栞と嘘の季節

書籤與謊言的季節

THE BOOKMARK AND THE LIE

米澤穗信

圍繞著劇毒書籤的層層謊言……

THE BOOKMARK AND THE LIE

contents

本故事最初發表於
小說月刊「SYOSETSU SUBARU」二〇二二年一月號～八月號
集結成書時經過增添及修改。

第一章　書籤與花

1

那個人很愛惜書本。

像是對待易碎物一樣，輕輕地把書還回放學後的圖書室。書本還回來時，我正在寫催討單。我們學校圖書室的使用者不多，借書逾期不還的人卻很多，寫催討單時必須一再地對照名單，所以我沒注意到那個人走過來。

依照這間圖書室的規矩，還書時只要放進還書箱就好了，還書箱是沒有蓋子的。我不知道察覺到了什麼，或許是人的存在感，又或許是書本碰觸箱子的聲音，搞不好是衣服摩擦的聲音，總之當我抬起頭時，原本空無一物的還書箱裡出現了一本書。

除此之外，有個人正從敞開通風的門走出去。我只是稍微瞥見穿著我們學校水手服的那個人的背影。

我放學後一直在寫催討單，寫得都有點煩了，所以我暫停工作，望向還書箱裡的書本。

那是一本很漂亮、看起來有點眼熟的普通尺寸精裝本，封面插畫是沒有用到透視技法的古典畫風繪製的建築物，有點像中東風格，或是歐洲風格，或是這世上沒有的風格。背景有很多橘色的三角形，看起來像是尖塔，又像是樹林。一位黑翅膀的天使飛在建築物上方，手往下伸出。書很厚，印在左上角的書名是《玫瑰的名字》，這本是下集。

作者是安伯托・艾可。我記得這套書不是上中下三集，而是上下兩集。我沒讀過這本書，但我看過電影，那是個可怕的故事，描述一個連擁有感情都得有理由和正當性的世界。不知為何，我沒有立刻拿起那本書，而是打算晚點再放回書架上。

圖書室除了我之外沒有任何人，不過這種情況並不稀奇。我嘆了一口氣，繼續寫催討單。

書本外借記錄由電腦管理，誰在何時借了什麼書，是否逾期，全都存在檔案裡。但是，沒人能看到這些資料，因為一個人需要的書能反映出他的內心，任何人都沒有權利偷窺。話雖如此，若是有人借書不還就麻煩了，必須知道誰借了書才有辦法催討，這就是矛盾之處。

我目前正看著螢幕上列出的逾期清單，裡面只寫了「人名」、「逾期日數」、「借書數量」，沒有寫出「書名」，圖書委員會依照這份清單來寫催討單。

其實不是每天都要寫很多催討單，遺憾的是我們的圖書委員會很散漫，工作老是拖延，往往累積了一大堆逾期清單沒催討，所以發現工作累積很多的人只好一口氣寫完幾天份的催討單，就像我今天的情況。

這項工作很麻煩，雖說只是把螢幕上的資料抄到單子上，但電腦在櫃檯後方，而且那邊沒有寫字的空間，必須轉頭看螢幕上的資料再轉回來寫單子，我今天已經不知道在螢幕和工作區之間轉來轉去多少次了。如果能把逾期清單列印出來就輕鬆多了，但司書老師不同意這種做法，說是「螢幕上就看得到，列印出來太浪費紙張了」。原來我們的辛勞連一張紙都不值。

後來我想出了兩人合作寫催討單的方法，就是一個人坐在螢幕前讀出清單，另一個人抄在單子上。發明這種方法後，我和另一個人不到一個小時就解決了累積的工作，結果圖書委員會達成了一致的共識：「催討單都交給堀川次郎去寫就好了」。發明效率高的方法反而增加了工作量，聽起來很沒道理，但我也沒有多排斥就是了，反正只要有兩個人就能輕鬆解決。

可是，今天只有我一個人。

我看看牆上的時鐘。我一放學就來到圖書室，至今過了將近一個小時。我放下原子筆，大大伸了個懶腰，喃喃地說：

「好慢啊。」

放學後有兩位圖書委員一起值班，今天是我和高一的植田登值班。說得更準確點，經常和我搭檔的圖書委員將近兩個月沒來圖書室了，所以才由植田代替。不過，今天連植田都沒來，所以我寫催討單的效率才會如此低迷。

我從口袋裡掏出手機，本來要打給植田，想想還是不打了。植田不是沒有責任感的人，他沒來一定是有要事處理。就算他沒事，只是突然厭倦了放學後來當沒有酬勞的圖書委員，那也很正常。

催討單不必在今天之內全部寫完，借書櫃檯上還有堆積如山的工作，像是新書的上架程序，圖書室通訊的文稿，還有張貼獎學金海報，但那不單單是我和植田的責任，而是全體圖書委員的工作。我把手機放回口袋。

風吹了進來。現在是二月。

今年的冬天不太冷，但傍晚時分的風還是有點涼。圖書室裡很容易積灰塵，放學後一定要打開門窗通風，現在已經通得差不多了。我走出櫃檯去關窗戶。

窗外的北八王子市瀰漫著黃昏的氣氛，足球社在操場上練習，不時傳來踢球的鈍響。旁邊有其他社團的人在跑步。所有人都沒出聲。因為我們學校位於住宅區，如果運動社團大聲吆喝，附近鄰居就會抗議。

我呆呆望著窗外時覺得越來越冷，於是關起窗戶，上了鎖，把原本打開通風的窗簾緊緊闔起，防止紫外線照進來。二月的陽光雖弱，但紫外線可是書本的大敵。

我轉過身，看見櫃檯裡坐著一位男學生。

那人五官深邃，嘴角掛著揶揄的笑容，像是把櫃檯當成自己的地盤，大剌剌地坐在那裡翻著新採購的書籍。他發現我在看他，就闔起書本，輕輕抬手。

「嗨，堀川次郎。」

我也抬起一隻手回答：

「嗨，松倉詩門。你未免遲到太久了。」

「遲到嗎……」

松倉喃喃說著，露出苦笑。

「是啊，我遲到了。抱歉。」

「本來是植田要來，不過他也沒來。」

「我跟他換班了。還是植田比較好？」

不好說。

「他工作還不太熟練。」

「的確，可是不多多練習就不會進步。真是個兩難的老問題。」

松倉看了看堆在櫃檯上的書本和紙張。

「你們累積了不少工作呢。」

我非糾正他不可。

「不是我們累積的，是被累積的。」

「真慘。」

我本想說「都是因為你沒來才累積這麼多」，結果還是沒說。松倉自己應該心知肚明，而且圖書委員會也太過依賴我們兩人的工作能力了。

松倉詩門和我都是高二，但是我們沒有同班過。

我們第一次見面是在去年四月的圖書委員會會議，當時的委員會沒有正常運作，圖書室形同圖書委員的遊樂場，委員們自己鬧翻天，其他學生根本沒辦法安靜看書。面對這個情況，我和松倉既沒有強硬制止，也沒有跟著玩鬧，只是安分守己地做自己的工作。

導致圖書室變成私人場所的高三生已經退出委員會，圖書室漸漸恢復了平靜，我們兩人的態度還是一如往常。就算我誇口本校圖書室能順利地運作至今，都得歸功於我和松倉一直勤勉不懈地處理雜務，也不算言過其實。

松倉指著我寫到一半的催討單。

「要先做完這個嗎？我需要重新熟悉狀況。誰負責念？」

我不知道松倉是明知故問，還是真的生疏了。以前我們合作寫催討單，都是我負責念，松倉負責寫。松倉寫字比我漂亮多了。

「老樣子。」

聽到我這麼說，松倉不加思索地拿起筆，我則是把椅子搬到松倉背後的電腦螢幕前。

「好，來吧。你寫到哪裡了？」

「二年一班，佐田桃，兩本。」

「ＯＫ。從下一個開始。」

「一年三班，Aoki Masamichi。青綠的青，樹木的木，正確道路的正道。一本。」

松倉照我說的寫在單子上。

「下一個。」

「二年四班，Takamoto Yuuri。高低的高，書本的本，悠然自得的悠，示部的ri。」

「示部？」
「啊……是衣部。」
「衣部的ri？我還是想不出來……」
松倉舉起筆在半空揮動，彷彿在畫魔法陣。
「其實我也想不起來悠然自得的悠要怎麼寫。太失敗了。」
「去查字典吧。」
我一邊說，一邊在手邊的紙寫上「悠裡」交給松倉，他露出不甘心的表情。（註1）
「如果你說是『背地裡』的裡，那我就知道了。」
他不服氣地說道。
「真的嗎？」
「不，假的。繼續吧。」
幹麼扯這種謊啊……
兩人合力工作非常輕鬆，我們不到五分鐘就寫完了催討單。松倉拿起整疊單子，啪沙啪沙地揮動。
「圖書室明明都沒人來，催討單卻這麼多。這是不是違反了什麼質量守恆定律啊？」
「來的人雖少，但毫無例外地全都逾期了。」

1　在日文中，「裡」不是常用漢字。

「這樣會導出性惡論喔。」

我真想說「你早就是性惡論的擁護者了」，結果還是沒說，這種話不太適合拿來抬槓。

從去年十一月底開始，松倉都沒再來圖書室值班，所有圖書委員都很意外，因為松倉從來不曾蹺班。他在排班表上造成的空缺由幾位圖書委員輪流補上，最近漸漸固定由植田代替。也就是說，植田現在負擔了兩人份的班次。

我知道松倉為什麼不來圖書室。

因為他有問題需要解決，有選項需要考慮。雖然沒有實際確認過，但我猜松倉不只沒來值班，甚至連學校都沒來。如果他把圖書委員的工作和上學擺在自己的問題之後，我也不覺得意外。

現在松倉詩門又出現在圖書室。他是不是已經找到答案了？他的答案是什麼？我很想問松倉「那件事後來怎麼樣了」。

可是，我也說不出這句話。早在去年十一月的那一夜，我就決定不再插手松倉私人的事，如今再去打聽結果，未免太厚臉皮了。

所以我只是從松倉手中拿回整疊催討單，說道：

「繼續做事吧。」

松倉聳聳肩，露出笑容。

「言之有理。那接下來要做什麼？」

我望向櫃檯，有一些書本需要圖書委員來處理。新買的書，破損的書，還有弄髒的書。要先處理的應該是……

「先處理歸還書籍吧。」

歸還的書本要放回書架上，這是圖書室最基本的工作。

還書箱裡只有剛才放進來的《玫瑰的名字》下集，要放回書架的書不只這一本，圖書室裡有一個附輪子的活動櫃，裡面堆滿了歸還書籍。松倉看著活動櫃，露出厭煩的表情。

「這裡也積了這麼多。」

活動櫃不是用來放書的地方，而是用來把書本放回架上的移動工作台，活動櫃堆滿書本就代表這幾天值班的圖書委員都沒有把書歸位。松倉用視線默數書的數量。

「大概有二十本。」

根據我的經驗，歸還書籍累積到二十本，就表示圖書委員已經偷懶了兩三天。很遺憾，這種情況早就司空見慣了。

松倉聳了聳肩膀。

「那就做吧。我不討厭歸位的工作。」

「我懂。」

該怎麼說呢？把東西放回該放的地方確實挺愉快的。

要把借書者歸還的書本放回架上有兩個步驟，首先要掃描貼在書上的條碼，把電腦資料的書籍狀態從「借出」改成「在架」，接著才是把書放回書架。堆在活動櫃裡的書應該已經改好資料了，接下來只要依照貼在書脊上的分類號放回原本的位置。

松倉走出櫃檯，從活動櫃裡拿出最近的一本書。我看見封面寫著「馬克士威的惡魔」。松倉停止動作，轉頭看我。

「檢查過了嗎？」

「……喔，對耶。不知道檢查了沒。」

檢查不是圖書委員的專業術語，但我知道松倉要表達的意思。

還回圖書室的書本經常夾著東西，最常見的是市面販售的文庫本附贈的書籤，便利商店之類的收據也不少，還有人把升學意向調查表夾在書裡，我有一次甚至在書裡發現了千圓大鈔，後來交給司書老師了。

就算書裡沒有夾東西，也可能會發現塗鴉或髒汙。只要把歸還的書本迅速地翻一遍，就能免去很多麻煩，可是圖書委員不知為何經常疏忽這個步驟。要是問我這些書被放進活動櫃之前有沒有檢查過，我還真不敢保證。

松倉單手從活動櫃裡抽出幾本書遞給我。

「檢查一下吧。」

「也好。」

活動櫃裡的書有一半是小說，另一半是升學相關書籍、科學讀物、知識類書刊等等五花八門的書，甚至還有保養機車的書。一般高中的圖書室為什麼會有這種書呢？

第一本是《監視與懲罰：監獄的誕生》。我在快速檢查時無意翻到某一頁，裡面寫著「單個肉體變成了一種可以被安置、移動及與其它肉體結合的因素」這種讓人似懂非懂的句子。我之所以會翻到這一頁，是因為裡面夾著集點卡。我拿出集點卡，舉向松倉。

「裡面有東西。『排排站』？該怎麼說呢，好像是會讓人很累的店。」

我喃喃說道，松倉朝我的手上瞥了一眼。

「你不知道嗎？沒想到我們學校裡竟然有人不知道『排排站』。」

「你一定也不知道。」

「你猜錯了。那是賣炸豬排的店。」

「好吃嗎？」

「我又沒吃過。」

那就等於不知道嘛。

集點卡註明集滿二十點就能折價五百圓，這張已經集了十七點。可想而知，丟了這張集點卡的人一定會非常懊惱。我把卡片丟進失物盒，一個不知從何時開始放在這裡的餅乾鐵盒。

沒過多久，松倉從《產婆蟾之謎》中拿出一張紙片。

「大豐收，我也找到了。」

那張紙像是從影印紙撕下來的，上面寫著一些數字，大概是電話號碼。這張紙也被丟進了失物盒。

我們三兩下就檢查完活動櫃裡的書本，接著要把書放回架上。我本來這樣想，卻突然想起還有一本，就是還書箱裡僅有的《玫瑰的名字》下集。

「我都忘了，還有這本。」

這本書還沒更改書籍狀態。我用讀碼器掃描書上的條碼，完成資料上的還書程序。松倉看到我手上的《玫瑰的名字》下集，探出身子說：

「《玫瑰的名字》？有人借這麼厲害的書啊？」

「你看過嗎？」

「看過電影。」

果然是我的好搭檔。

松倉從我手上拿走《玫瑰的名字》下集，快速地翻閱。看到他這麼隨性的動作，我忍不住出言提醒。

「這可是推理小說，別先看結局喔。」

松倉漫不經心地回答：

「知道啦。」

他繼續翻閱，但很快就停下來，用食指和中指夾起某樣東西。松倉笑著說：

「還好有檢查，光是今天就找到三件呢。」

夾在他手指間的是書籤，裡面有朵漂亮的花。我說：

「這是今天找到的失物中最適合夾在書裡的東西。」

松倉把書籤放在櫃檯上。

這是壓花做的書籤，葉子類似茼蒿，細長的莖上開著狀似銅鈴的紫花，外面加了護貝。

我沒看過這種紫花，有點像紫斑風鈴草，但花比較小，換個角度來看又像是帽T的帽兜，又小又可愛。我隨口說了句：

「這是真的嗎？」

松倉不發一語，他可能也不確定吧。

壓花擺放的位置偏高，下方畫了黑色的花紋，像是水中的旋渦，又像搖曳不定的火焰，充滿躍動的美感。我覺得這張書籤不像商品，這多半不是買的，而是自製的。

「是手工書籤嗎？」

松倉還是沒回應。我抬頭一看。

松倉的表情十分嚴肅，眉頭稍微皺起，眼神有些緊張，嘴巴緊抿，先前嬉鬧的氣氛像是被擦得一乾二淨，半點都不剩。看到他這種表情，連我都開始擔心了，忍不住問道：

「怎麼了？你看過？」

松倉回過神來，搖頭說：

「……沒有。不過這個……」

「這書籤怎麼了嗎？」

松倉愣了一下，像是聽到什麼意外的詞彙。

「書籤……喔，對，是書籤。」

他一再重複，彷彿此時才發現自己手上的東西是書籤。接著他捏起書籤一端，臉色凝重地說：

「或許是我搞錯了……堀川，你跟我來一下。」

我不明白他的用意，但還是點頭。松倉把《玫瑰的名字》下集留在櫃檯，捏著書籤走向書架。

他的步伐沒有半點猶豫，徑直走向平行的書架的其中一排，那是日本十進分類法的第「4」類，也就是自然科學的書架。他經過「450」的地球科學，也沒看「460」的生物學，直接走到「470」的書架前，在植物學書籍之中找尋。

松倉默默找了一陣子，從書架上抽出《天然色日本植物圖鑑》，那本書又大又厚，足足有一人環抱。松倉把書放在最近的桌子上，翻開書頁。

他的查詢方式讓我很驚訝。我看得出來松倉很在意書籤上的壓花，不過圖鑑只能用來查詢知道名字是「櫻」或是「菊」的植物，不適合用來查詢「莖很細、花朵是紫色的草花」，但松倉只是看了一下目錄，立刻翻到他要找的那一頁，然後指著某一處給我看。如同書名「天然色」所示，書中印著一株色彩鮮豔的草花，細細的莖，邊緣有不規則羽裂的葉子，紫色的可愛小花，全都和那張壓花一模一樣。我感嘆地說：

「幹得好啊，松倉。我都不知道你這麼懂花。如果你要跳槽去當校內環境委員，我雖然會很寂寞，但我一定支持你。」

不過松倉沒有坦率地接受我的稱讚。

「你還真淡定。」

他把手指從書上移開，底下的文字隨之露出。那是這株植物的名稱。

我終於明白松倉為什麼緊張了。

圖鑑類書籍通常會把動植物的名稱寫成片假名，這本《天然色日本植物圖鑑》也一樣，紫花的名字是這麼寫的：

——烏頭。

「Torikabuto。烏頭。」

我喃喃念著圖鑑上的名稱，然後望著松倉說：

「這不是有毒嗎？」

「是啊。」

「不只有毒，而且還是劇毒？」

「應該吧。」

「幾百克就能殺光全人類之類的。」

「這……」

松倉歪著頭思索。

「不至於吧。你說的應該是那個……肉毒桿菌之類的。」

聽他這麼一說，我也覺得沒那麼誇張。與其仰賴不可靠的記憶，還不如直接看眼前的專業書籍。我讀起書中的說明。

植株直挺，高度約一公尺。葉厚有光澤，新芽呈褐紫色。秋季開花。冬季莖葉枯死，僅以塊根度過冬天。特徵是花的頂端有空心的刺能儲存花蜜，以及頭盔狀的上萼片。種類繁複多變，不易分類。除了藥用也有觀賞功能。全株皆含有毒性強烈的烏頭類生物鹼，致死量約二至六毫克，有研究報告指出半數致死量僅只零點一毫克。

或許是因為這是植物圖鑑，提到「致死量」時並沒有清楚說明這是針對體重多少的人，我想大概是以平均體型為基準吧。最多只需要六毫克……我記得一日圓鋁幣大約是一公克，也就是說，只要有一日圓鋁幣的兩百分之一重量就能致人於死。雖然沒辦法殺光全人類，要殺死一個人卻是易如反掌。

松倉把書籤放在桌上，我們兩人默默盯著這張壓花書籤。先開口的是我。

「重點在於花是不是真的。說不定是人造花。」

松倉突然湊過去聞書籤的味道。老實說，我有點嚇到，不過就算這是真的烏頭花，光聞味道也不會中毒。

松倉看見我的表情，露出壞心的笑容。

「沒有味道。」

「那是當然的，都護貝了。」

「我在漫畫上看過，要分辨是不是真花，舔一下就知道了。要試試看嗎？」

我有點生氣了。

「烏頭不適合拿來開玩笑。」

松倉聳著肩說：

「我的看法不同，我反而覺得沒有比這個更適合拿來開玩笑的花。算了，這個先不管。」

他換了一副正經的語氣，繼續說：

「我從沒聽過人造花會做出蟲咬的痕跡，因為人造花通常不是用來當植物學的模型。如果這是連蟲咬痕跡都做出來的精緻模型，我更不懂為什麼會拿來做書籤。」

我仔細一看，葉子上確實有小小的蟲咬痕跡。

松倉一口斷定：

「這是真的。」

我謹慎地補充一句：

「再不然就是為了讓人誤以為是真花而製造的。」

松倉板著臉說：

「難道這是專門用來騙我們的假貨？若是這樣還真讓人不爽。你想得太複雜了，我們會發現書籤只是巧合。」

「圖書委員都會檢查歸還的書，把書籤夾在裡面一定會被我們發現，不是嗎？」

「只有我們兩個才會檢查，要是換成其他圖書委員，搞不好看都沒看就放回架上了。」

也是啦，松倉說得對。如果今天值班的圖書委員偷懶了……或者我們在工作時稍有疏忽，這本《玫瑰的名字》下集恐怕要等到多年之後才會被人翻開。

見我不再反駁，松倉盤起手臂。

「好啦。這是含有真實毒性的書籤，我們身為圖書委員該怎麼做呢？」

圖書委員嗎……松倉很快就抓到重點了。烏頭這個名字的強大震撼力讓我有點慌了手腳，但是說到圖書委員該做的事，答案就很明確了。我簡潔有力地回答：

「當成失物保管。」

松倉微微一笑。

「嗯，就是這樣。」

但是這書籤含有可以輕易殺死一個人的毒素，如果和本市知名炸豬排店「排排站」集點卡用一樣的方式處理，我總覺得不太對。松倉也想到了這一點。

「不過呢，堀川，如果像平常一樣放在餅乾鐵盒，有人跑來說『太好了，我找了好久，謝謝你』，我們應該默默看著那人拿走書籤嗎？這點得先想清楚。」

和平時不一樣，松倉的表情很認真。

這個問題確實得嚴肅看待。我交互望向攤開的圖鑑和書籤。

圖鑑提到烏頭雖然含有劇毒，但也是觀賞植物，不像硝化甘油稍微震動就會造成嚴重災害，只要了解植物特性，就不會有危險。再說書籤是用來夾在書裡的，又不會有人放進嘴裡。

可是……

如果擁有書籤的人不知道這花有毒，那就傷腦筋了。我是覺得不太可能啦，但我最好還是提醒一下對方這花很危險，免得今後睡得不安穩。

我思考片刻才回答：

「或許我只是在白擔心，搞不好擁有書籤的人早就知道這花有毒，但我覺得最好還是提醒對方一下。」

這問題明明是松倉提出的，他自己卻還沒得出結論。他沉默地低著頭，又望向天花板，過了一陣子才說：
「……是啊，我也這麼覺得。」
松倉向來不喜歡管閒事，若是看到有人空著手走向暗處，他也不會提醒那人記得帶燈。要警告陌生人烏頭有毒，對他來說或許有必要仔細考慮及妥協。
不管怎樣，我們已經決定了處置書籤的大方向，接下來還有一些細節需要討論。
「此外，我們要告訴其他圖書委員這件事嗎？」
書籤的所有者來圖書室找失物時，不一定是我們在值班。值班表不是固定的，基本上一週只要值班一天。
松倉歪著腦袋。
「其他圖書委員喔……該怎麼說呢，我不想讓太多人知道這件事。不管書籤的所有者知不知道這花有毒，如果某人擁有烏頭花書籤的事傳了出去，恐怕會惹出是非。」
「你是說應該小心避免火花噴濺？」
「是啊。」
松倉滿不在乎地補上一句「雖然燒不到我啦」。我沒有異議。
「那書籤的事就對其他人保密吧。或許可以貼一張告示，譬如說……『遺失花書籤的人，請洽圖書委員松倉或堀川』。」
「這方法不錯。」

趁著還記得的時候先做吧。我立刻行動，從自己的書包拿出筆記本，撕下一頁，寫上「遺失花書籤的人，請洽圖書委員松倉或堀川」。我寫字不如松倉好看，反正看得懂就好。我走到布告欄前面。

布告欄設置在圖書室門邊的牆壁，要張貼的東西可以釘在那塊綠子的板子。布告欄通常貼著讀書心得比賽的資訊或最近購入圖書的清單，現在正貼著預防流感的小海報。我用圖釘把自己寫的告示釘在板子上，突然想起一件工作。

「松倉，櫃檯上有獎學金的海報，你去拿一下。」

松倉苦笑著說：

「你還真勤勞。」

貼完告示後，松倉指著桌上的書籤說：

「接下來是這東西。要怎麼處理？又不能放在失物盒。」

如果不想讓其他圖書委員知道，就不能放在那裡。

沒有多少方法可以採用了。我說：

「那就藏起來吧。」

於是我們把書籤藏在圖書室。

這天放學後沒有人來使用圖書室，所以藏毒花書籤的地方只有我和松倉知道。

2

進入二月以後，班上出現一股緊張的氣氛。

我沒辦法明確指出是什麼地方改變了，同學們還是喜歡聊些無關緊要的話題，譬如無聊的蠢事、運動或遊戲的事、別人的八卦等等，但我就是覺得氣氛不太一樣，感覺像是被什麼東西緊追在後。

我們學校是本市數一數二的升學學校，考上大學或短大的比例超過八成。如果選擇繼續升學，到了三年級，就算再怎麼散漫也無法逃避大考將至的事實，如果不升學，而是選擇就業，三年級也是學生生涯的最後一年。不管選擇哪條路，代表「終幕」的高三已經近在眼前——雖然沒有人這樣說，但我覺得班上的緊張氣氛或許就是這麼來的。

找到那張書籤的兩天後。早晨班會開始前，教室裡雖然吵鬧，氣氛還是有點緊張。鈴聲響起，級任老師走進來，說了一些老生常談的注意事項，像是要妥善使用網路或上下學要遵守交通號誌之類的。我本來以為接下來就要開始一天的課程，但老師看著綁繩的資料夾，像是突然想起，又加了一句：

「喔喔，還有，三班的岡地同學拍的照片得了冠軍，照片展示在保健室旁邊，有興趣的人可以去看看。」

老師沒說那個學生參加的是什麼比賽。
我不認識岡地這個人，對攝影也沒有研究，所以一下子就把得獎照片的事忘得一乾二淨。我想，在班會和第一堂課之間的短暫休息時間，一定不會有人提起岡地的照片。

放學後，我去圖書室，發現松倉先到了。
我們今天不用值班，坐在櫃檯裡的是高一的植田。植田看到我就笑著說：
「真稀奇，你們兩人都來了。」
的確，我和松倉不值班時很少來圖書室。雖然我們兩人都喜歡看書，但是還不至於沒有書就活不下去，此外，以前我們學校的圖書委員喜歡把圖書室當成私人場所，讓我覺得不太舒服，所以我若是沒必要就不會來。
「今天有人來找失物嗎？」
今天我來圖書室的理由只有一個。我向植田問道：
植田訝異地望向松倉。
「你們問了同樣的問題呢。是什麼失物啊？」
松倉瞄了我一眼，他似乎不確定該不該說出書籤的事。植田在圖書委員之中算是比較認真的，而且常常跟我們聊天，松倉若想把祕密告訴植田也很正常。
但我還來不及說什麼，松倉就若無其事地緩緩說道：

「歸還書籍夾了一張好像很昂貴的精緻書籤，那是張薄薄的木片，刻著櫻花之類的圖案。我想失主一定會來找，結果沒人來啊？」

這是徹頭徹尾的謊話。不過松倉在解釋時的懶散態度看起來一點都不像在說謊，連我都差點相信了，植田當然更不可能起疑。

「原來是這樣。」

「是啊。你應該知道吧，把歸還書籍放回架上前，得先檢查裡面有沒有夾東西。」

植田聽到松倉這句話，立刻轉移了視線。

「喔，是，我知道。」

這也是謊話。因為植田說謊說得太明顯，我忍不住問道：

「你沒有檢查嗎？」

「呃……嗯，沒有。」

「真拿你沒辦法。你還記得是哪些書嗎？」

「呃，是的，今天的書很少，我應該還記得。」

「有時還會在書裡找到現金喔。我們幫你顧著櫃檯，你去檢查吧。」

植田鞠躬道謝，然後離開櫃檯走向書架。我走進櫃檯裡，但松倉依然站在原地，笑嘻嘻地說：

「真親切。真是個好學長。」

「我是個親切的好學長又怎麼了?」

我反脣相譏，然後歪著頭說：

「和植田搭檔的人是誰啊?」

放學後是兩位圖書委員一起值班。雖然這間圖書室門可羅雀，光靠一個人還是忙不過來，前天的我已經驗證了這一點。

松倉皺著眉頭說：

「我怎麼知道?大概是高一生吧。」

他會這樣猜很合理，不過圖書委員的排班表可沒這麼簡單，有些人住得遠，放學後不能值班，有些人某幾天要補習，有些人中午要參加社團活動不能值班，每人都有各自的情況，所以搭檔的人也有可能是不同年級、不同性別。我搜尋著記憶。

「應該是東谷。」

「你既然知道幹麼還問我?」

松倉立刻吐槽，然後陷入沉思。

「……是她就奇怪了，東谷應該會檢查歸還書籍才對。」

東谷理奈和我們一樣是高二，在圖書委員會裡擔任委員長。她和我們的關係不太好，雖然同屬圖書委員會，卻完全不交談。

我們和東谷的關係這麼差是有理由的。東谷在高三生退出後當上圖書委員長，她提議做一些宣傳活動來提升圖書室的借書率，具體的方法是分發集點卡，每次借書都能累積點數，達到一定點數之後就給予某種形式的獎勵，如果預算許可就直接送獎品。

其他的圖書委員都是一副無所謂的態度，覺得要做不做都行，只有我和松倉反對東谷的提議。我覺得借書率又不是越高越好，如果要增加借書率，只要大量採買現在流行的漫畫書就能立竿見影，但我不認為這是學校圖書室應該努力的方向。

松倉的看法更直接了當。

「如果是我就會每節下課都來借書，借滿數量上限，又立刻歸還。」

結果東谷的提議被投票否決了。

我並不後悔當時反對東谷的提案，但是現在看到圖書室老是只有一兩個人在使用，我就覺得東谷的方法雖然不好，但她試圖增加圖書室使用者的想法確實有其道理。我應該跟她好好商量，提出折衷方案，找出雙方都能接受的做法，但當時的我太堅持己見，不想要妥協。我想東谷或許也一樣吧。

算了，就算待在同一個委員會，也沒必要跟所有人當朋友。但我很確定，東谷絕對是個熱心的圖書委員。如同松倉所說，如果是東谷值班，歸還書籍卻沒有檢查過，確實有點奇怪。

我正在這麼想，就聽見有個聲音說：

「不好意思。」

我們才剛提到的東谷從松倉背後走過來。她的臉型偏長，身材矮小，總是戴著一副太大的眼鏡。坐在櫃檯裡的我立刻挺直身子。

「原來妳在啊？」

「是啊，今天是我值班。」

「隨便跑進來真抱歉，我立刻出去。」

東谷稍微皺起臉孔。

「這點小事不用在意。」

說是這樣說，不過值班的人都回來了，我沒理由繼續坐在櫃檯裡。我把座位讓給了東谷。

松倉問道：

「妳剛才在哪裡？我怎麼沒看到？」

「在書架那邊。我倒是看到你來了。」

意思就是她看到了松倉，但是覺得沒必要跟他打招呼。松倉一定覺得自己被敷衍了，露出不悅的表情。

「書架？妳在那裡幹麼？」

東谷瞪著松倉，像是在說「這不關你的事吧」，但她隨即改變了想法，嘆著氣說：

「有社團說要演出童話故事，想找拇指姑娘的原作。資料顯示這本書在架上，所以我就去找了，結果卻找不到。」

松倉訝異地皺起眉頭。

「拇指姑娘是格林童話吧？不可能沒有啊。」

我小聲地說：

「是安徒生。」

「拇指姑娘是安徒生童話吧？不可能沒有啊。」

東谷交互望向我和松倉，一臉感慨地說：

「我常常搞不懂，你們到底是認真的還是在開玩笑。」

接著她焦躁地用指尖敲著櫃檯。

「我聽說了，在我幫忙找書的時候，植田的工作出了紕漏，我承認這是我的疏忽。」

松倉不耐煩地說：

「我又沒有這樣想。我會幫忙注意安徒生童話，可能是放錯位置了。」

「大概吧。謝謝。」

東谷說完就拿起還書箱裡的書，開始閱讀。我猜她不是真的想看書，只是不想再跟我們說話。我和松倉互看一眼，一起離開了櫃檯。

既然沒人來找書籤，我們就沒理由繼續待在圖書室了。我大可直接離開，但我還是想先跟植田說一聲，於是穿越閱覽區，走向書架。我在途中對松倉說：

「安徒生是『9』吧？」

十進分類法的「9」代表文學類。松倉回答得有些遲疑。

「大概吧，不過我記得在其他書架看過那一類的書。應該是『3』。」

「3」是社會科學。仔細想想，民間故事合集比較像是社會科學，而不是文學。根據我不可靠的記憶，格林童話是由民間故事集結而成，安徒生童話則是作家的創作，所以安徒生童話確實是「9」，但又不能完全排除「3」的可能性。我本想告訴東谷，又覺得沒有必要，東谷已經搜尋過館藏資料，一定知道這本書的分類號。

我走進書架之間。這間圖書室的藏書雖不豐富，但書架很高，書架之間的距離很窄，燈光都被書遮住了，有些陰暗。

植田站在自然科學的書架前。說來也真巧，他剛好站在我們前天看過的《天然色日本植物圖鑑》前面，正在跟別人說話。

跟植田說話的人是女生，一臉活潑，一頭長髮，像是高一學生。他們之間的氣氛很融洽，不過女生看到我們走過來，就閉上嘴巴，不知道本來在說什麼。植田轉過頭來，說道：

「喔喔，學長。」

那女生察覺到我們和植田的關係，鞠了個躬就默默離開了。植田朝她的背影瞥了一眼，然後對我們露出笑容，但我覺得他這副表情是裝出來的。

植田說：

「有什麼事嗎？歸還書籍裡沒有夾東西。」

我回答：

「沒事，不過我們惹東谷不高興了，要是連累到你，真是不好意思。」

「這樣啊。」

植田嘆了一口氣。

「感謝學長特地來提醒我。東谷學姊雖然嚴格了點，但她一直很仔細地教導我委員會的工作，讓我輕鬆很多。」

「那就好。辛苦你啦。」

我正準備結束對話，松倉卻提起了不相干的事。

「剛剛那個女生，我好像在哪裡看過。」

這不像是松倉平時會說的話。我忍不住問道：

「在哪看到的？」

「我不確定，但今天應該也有看到。到底是在哪裡呢……我還挺擅長記別人的長相耶。」

植田有些為難地說：

「可能是照片吧。展示在保健室旁邊的照片。」

松倉「啊」了一聲。

「對了，就是那裡，我去體育館的途中有看過。那張照片很棒喔。」

然後他燦然一笑。

「你很清楚嘛，植田。你們是什麼關係啊？」

植田轉移了視線，簡短地回答：

「她是我的小學同學。」

看來植田真的不太會說謊。我看得出來他們的關係不只是朋友，但我沒興趣打探學弟的人際關係，所以又重複了一樣的話。

「這樣啊。辛苦你啦。」

松倉還是一副興致盎然的模樣，我拉著他的袖子離開了圖書室。冬天的白晝比較短，窗外開始變暗了。

松倉是帶著書包來圖書室的，但我的書包還在教室，我不打算叫他等我回去拿，而且我也沒有放學跟他一起走的習慣，所以一出圖書室就跟他分開了。

我回教室拿了書包，來到一樓的鞋櫃前，此時我突然心血來潮，很想看看那張得獎的照片。

那張照片展示在保健室旁。保健室位於通往體育館的路上，所以松倉去體育館時自然會看到照片。

我本來打算，如果參觀照片的人太多，我就要直接回家，所幸保健室旁一個人都沒有。從敞開窗戶吹進來的冬天冷風中，「多漱口」、「勤洗手」的海報旁邊掛著一張放大的照片，高度約一公尺。

那張照片生動得令我不禁「啊」了一聲。

一個女孩穿著我們學校的水手服，手捧著鮮花跳起來。照片捕捉到了絕妙的一瞬間，女孩的上身大幅度往後仰，感覺她的雙腳下一秒就會踢到自己的頭。她的長髮因離心力而飄向背部，像是擺脫了重力漂浮在半空。鏡頭沒有拍到地面。畫面充滿了強烈的律動感，女孩的表情舒暢到難以形容。

照片附了標籤。

〈解放〉

JE2C高中生數位照片比賽得獎作

攝影　岡地惠（本校二年三班）

模特兒　和泉乃乃花（本校一年二班）

上面只寫了這些資訊，沒有任何關於作品的說明。我覺得應該多寫一些才對，又覺得或許不解釋更好。我不太理解「解放」這個標題的意義，又覺得標題取得很好，照片中的女孩確實全身都表現出解放的喜悅。

照片上的女孩只拍到側臉，這也不是平時會展現的表情。松倉只看了照片一眼就能記住模特兒的臉，在書架之間的陰暗空間短暫見到那個女孩就覺得眼熟，難怪他敢誇口自己很擅長記別人的長相。我都不知道他還有這種專長。

話說回來，這張照片是在模特兒聽到信號而跳躍的一瞬間拍下來的。我不瞭解攝影比賽，可以用人為方式製造出適合拍照的畫面讓我有點意外。我心想，這一切都是刻意打造出來的，譬如女孩手上的花也是刻意挑選的可愛花朵。紫色的，形狀像小小的頭巾……

「嗯？」

我往照片靠近半步，定睛注視。

我一邊緊盯著照片一邊掏出手機，迅速看了一下螢幕，從聯絡人清單裡找到松倉詩門，本想傳訊息就好，想想還是決定直接打電話。校規禁止學生在穿制服時講手機，反正現在也沒有別人在。

響了幾聲，松倉就接聽了。

『是堀川啊？嚇我一跳。』

這也難怪。我雖然知道松倉的手機號碼，但我從沒打過電話給他。

「抱歉，我有點事很在意。你已經回家了嗎？」

『正要走出校門。麻煩你講快點，橫瀨就在附近。』

橫瀨是訓導處的老師，該怎麼說呢，依照松倉對他的描述，即使學生本來就不喜歡訓導處的老師，但橫瀨這號人物確實大有問題，他老是無憑無據就斷定學生做了壞事，還冤枉過植田的哥哥，他自己也因此吃了不少苦頭。不過松倉現在想必穿著制服，講手機確實違反校規，要是被橫瀨抓到根本無法辯解。

所以我依照他的要求長話短說。

「保健室旁的得獎照片。」

『喔喔。照片怎麼了？』

「模特兒拿著烏頭。」

松倉停頓了一下，然後語氣凝重地說：

『我立刻過去。』

誠如所言，松倉很快就來了。斜背著學校規定的書包。

在這個季節要是沒穿禦寒衣物，太陽下山晚風吹起一定會冷到發抖，但松倉的制服外面沒加上厚外套，也沒有圍圍巾。我曾經在秋天晚上和松倉一起走在街上，我記得他當時只多加了一件毛衣。或許松倉天生不怕冷吧。

松倉對我默默地點頭，我們兩人一起站在那張〈解放〉前。

他很仔細地凝視著照片，過一會兒才說：

「確實是烏頭。我明明看過這張照片，卻沒有注意到。」

「你只是去體育館的途中瞄了一眼，光是這樣就能記住模特兒的臉，已經很厲害了。」

松倉沒有回答，只是笑了笑，又轉頭看著照片。

模特兒的背後有幾株很高的植物，上面開滿紫花。毫無疑問，那確實是烏頭，也就是說，這張〈解放〉是模特兒在盛開的烏頭前拿著烏頭花跳躍拍下來的照片。我忍不住喃喃說道：

「解放啊……太諷刺了。」

松倉笑了一下。

「我倒覺得這標題取得很好。」

前天是書籤，今天是照片……烏頭是這麼常見的植物嗎？」

「圖鑑寫了烏頭可以作為觀賞植物，想必不會很罕見。不過我也覺得烏頭最近出現得太頻繁了。」

我歪著頭思索。

「……是不是有些東西你本來沒發現很常見，開始注意之後，才發現到處都看得到？」

「唔，確實有這種情況。」

「這次或許也是這樣？」

「天曉得。說不定吧。」

松倉回答得漫不經心，大概覺得這個理由很沒說服力。其實我自己也這麼覺得。

我重新仔細觀察那張照片。

「這是在哪裡拍的呢？」

畫面沒有拍到地面，沒有足夠的線索能判斷。雖然拍到了幾株烏頭，但看不出來是種在花盆還是花壇，或是自然生長在野外的。背景有一道磚牆，可見拍攝地點不是人煙罕至的深山。松倉盯著照片好一陣子，然後抓抓頭說：

「……我看不出來。畫面裡連建築物都沒有，線索太少了。而且，嗯……我這樣說或許不太中聽……」

他先如此強調，然後才說：

「沒有任何證據顯示這張照片裡的烏頭和那張書籤有關，就算有關，也不代表什麼，植物要長在哪裡是它的自由。這件事確實讓我有些驚訝，但我們又不是毒草管理委員。堀川，你看到這照片會想做些什麼嗎？」

仔細想想，我打電話給松倉也不是因為想要做什麼。

「沒有，我只是嚇了一跳，所以想告訴你。」

「這樣啊。感謝你讓我看到了有趣的東西。」

松倉用這句話做了結論。幾位不認識的學生一邊走向體育館一邊訝異地看著照片前的我們。風有點冷，我關起走廊的窗戶。

我還是沒辦法像松倉那麼灑脫。我並不打算要求松倉做什麼，卻忍不住把心裡想的事說出來。

「松倉，我問個假設問題，你看到路上有個洞會怎麼辦？」

松倉一臉疑惑，但還是回答：

「繞過去吧。」

「如果有其他路人呢？」

他似乎猜到了我想說什麼，表情變得有些嚴肅。

「打電話給市公所或警察局，在負責人到達之前守在旁邊免得有人摔下去……你希望聽到我這麼說嗎？」

「我不是希望你這樣說，而是我自己可能會這樣做。」

松倉沉默不語，過了一會兒才無奈地聳肩。

「好吧，其實我也不希望明天的頭條新聞是『北八王子市幼童中毒身亡，疑似誤食烏頭』。我想先搞清楚照片是在哪裡拍的，如果有必要，還得通知相關單位。」

「那你剛才說的話是什麼意思？」

「真心話。我剛才說的是真心話，現在說的也是真心話。如果只是要查拍攝地點，費不了多少工夫。」

松倉輕鬆地說道，然後望向照片上的標籤。

「這是三班的岡地拍的啊？我們國中時同校，應該很好說話。」

運氣真好。拍攝者不可能不知道拍攝地點。我隨口問道：

「岡地同學的名字要怎麼念？」

這人的名字只有一個「惠」字。松倉愣了一下。

「是 Megumi 吧。」

我突然想到另一個方法，又補充說：

「或許也可以拜託植田去問那位模特兒？」

松倉像是看到什麼可怕的東西，露出了僵硬的笑容。

「我雖然喜歡捉弄植田，不過這樣是不是太過分了？」

「會嗎？只是請他幫忙問個問題啊？」

「這樣植田太可憐了。還是先去問岡地吧，反正我們同年級。」

既然松倉這麼說，我也沒有異議。

我們兩人都把那張〈解放〉拍了下來，說不定之後派得上用場。

我不認識岡地這個學生，甚至不知道「岡地惠」是男生還是女生。我憑著薄弱的根據猜測，這個人既然參加攝影比賽得了獎，或許是攝影社的人，但我也不知道攝影社的社辦在哪裡。

「話說我們學校有攝影社嗎？」

松倉問道。我想了一下，回答：

「一定有。」

「你還真可靠啊。」

「放心交給我吧。」

校舍分成普通校舍和理科校舍，學藝類社團多半在理科校舍，所以我們朝那棟走去。

經過穿廊時，我遇見了班上的男同學。我不知道他有沒有參加社團，但他放學後來到理科校舍一定是要參加社團活動，所以我問他知不知道攝影社的社辦在哪，果然得到了有用的答案。

「攝影社就在那邊，暗房的隔壁。」

我望向他指著的地方，那個房間掛著「暗房」的牌子。都到了二年級的冬天，我竟然不知道這間學校還有這種設備。我對松倉擺出一副「怎樣啊？」的得意神情，松倉並沒有誇我。

暗房隔壁的房間沒有掛門牌，想必就是攝影社的社辦。我打開了門。

沒有名稱的教室裡有三位學生，離門口比較近的男生和女生有說有笑，較遠的地方有另一個女生，正在用軟布擦拭鏡頭。我們學校的室內鞋可以從顏色分辨年級，所以遇見不認識的學生時都會先看對方的腳。這三個人都和我們一樣是高二的。

我不知道哪一位是岡地同學，就向那位男學生問道：

「不好意思打擾一下，請問岡地同學在嗎？」

男學生臉上的表情頓時消失，隨即堆出刻意的笑容，對著正在擦鏡頭的女生說：

「喂，岡地，外找。妳真是個大紅人呢！」

岡地同學默默地用布蓋住鏡頭，站了起來，一邊朝我們揮手，一邊用格外開朗的語氣說：

「歡迎歡迎，我就是岡地。哎呀，是松倉啊。那一位是誰？」

我報上了名字。

「二班的堀川。」

「喔。」

明明是她主動問我的，她卻好像一點都不在乎。松倉走到我前方。

「抱歉，岡地，可以占用妳一些時間嗎？」

岡地同學不解地皺起眉頭，然後微微一笑。

「好啊，去走廊說吧。」

我們被岡地同學推到走廊上，最後離開教室的岡地同學關上了門。

「有什麼事？」

這種時候還是交給和岡地同學相識的松倉吧。松倉看到我的眼色，點點頭，說道：

「我想要向妳打聽一件事……不過剛才那個氣氛是怎麼回事？」

我本來決定讓松倉來處理，卻又忍不住問道：

「什麼氣氛？」

松倉不耐地看著我說：

「難道你沒發現嗎？」

這麼一說，剛才那兩個人確實和岡地同學離得很遠，而且兩人聊得那麼開心，像是故意排擠她，那男生叫岡地同學時的語氣還帶著一絲嘲弄，若非松倉提醒，我一定不會注意到。是松倉太敏銳，還是我太遲鈍了？

岡地同學不以為意地說：

「我們三人都參加了攝影比賽，只有我一個人得獎。這樣你的疑惑得到解答了嗎？」

松倉含糊地點頭。

「唔……算是吧。」

「所以你找我有什麼事？應該不是專程來打聽攝影社的糾紛吧？」

「當然不是。」

松倉轉換心情，進入了正題。

「我看了妳得獎的照片。」

「多謝。」

「非常棒，跳起來的女孩好像隨時都會落下。」

「真是奇怪的感想。不過還是謝謝你。」

「關於那張得獎照片，呃，是在哪裡拍的呢？」

我還以為岡地同學會問松倉為什麼想知道這件事，她卻乾脆地回答：

「喔，在校舍後面。」

松倉聽了就立刻說：

「恭喜妳得獎。非常感謝妳的協助。」

松倉隨即轉身離開，我也跟著他走了。背後傳來一句：

「我得把話說清楚。」

我回頭一看，岡地同學皺緊眉頭。

「那兩個人……」

她一邊說一邊望向社辦，氣鼓鼓地繼續說：

「如果散播一些莫名其妙的謠言，你們可別相信。那張照片毫無疑問是我拍的，那真的是我的照片。」

我和松倉看了彼此一眼，同時向她點頭。

我好像從來沒去過校舍後面。

我沒有理由去那裡。學校被住宅區包圍，一定有學生從校舍後方進來比較方便，但是學校沒有後門，所有學生都得走正門。不只操場在校舍前方，體育用具倉庫也是，所以沒必要去校舍後面。我們學校的校舍後面沒有任何設施。不，或許有吧，只是我到現在都沒理由去校舍後面。

我和松倉不同班，所以鞋櫃的地點也不同。我們各自換了室外鞋之後再次會合，松倉一臉凝重地說：

「我們現在要走進社會的陰暗角落，什麼事都有可能發生。」

學校確實是社會的一部分，要這樣說也沒錯。我也神情嚴肅地點頭。

「那就繃緊神經吧。武器帶了嗎？」

「我身上有筆。」

「聽起來比劍更厲害。」

我們一起邁出步伐，和正要放學回家的學生擦身而過，走向校舍後面。

我在途中對松倉這麼說：

「攝影社感覺怪怪的。」

松倉不加思索地回答：

「是啊。」

「岡地同學還說了奇怪的話。」

「確實是。」

「你不好奇嗎？」

松倉露出苦笑，把手插在口袋裡。

「我沒有愛湊熱鬧到會去干涉陌生人的糾紛。就算岡地的照片被人懷疑不是自己拍的，也不是什麼稀奇的事。」

「你說反了。岡地同學說質疑她的謠言不能相信。」

松倉臉上的笑容消失，他喃喃說道：

「你相信她說的話？」

我沒有回答，因為我意識到自己對攝影社的糾紛也沒有在乎到讓我想要譴責松倉的無情。

冬天的白晝較短，天色逐漸變暗，可能不到一個小時就要入夜了。兩人之中只有我圍著圍巾。黃昏時分，我抬頭仰望校舍，只有少數教室還亮著燈。

校舍後面是泥土地，到處長滿雜草，不過比我想像得更乾淨，地上沒有顯眼的垃圾，連落葉也不多，顯然有在整理，可能有某個班級負責打掃吧。我和松倉一邊走一邊找花。

一陣風吹來，我縮了縮脖子。

「剛剛應該問清楚是在校舍後面的哪裡。」

松倉四處張望，滿不在乎地說：

「是啊，只說校舍後面，範圍也太大了。」

「我們要找的花看起來……」

「高度約一公尺。」

「差不多是加拿大一枝黃花的一半高度吧。」

松倉稍微睜大眼睛。

「你那是什麼比喻？我聽了也不明白。」

但我不知道還有什麼植物高到會用公尺當作單位。

我們遲遲找不到花。松倉突然說：

「喂，堀川，我剛剛才想到，烏頭是什麼時候開花啊？我在書上看過，但是想不起來。」

前天看到的《天然色日本植物圖鑑》資料很詳細，裡面一定有提到開花的季節。我回溯著記憶。

「好像是……秋天。」

「嗯，我也隱約記得是秋天。」

松倉一邊說一邊拿出手機，找出圖鑑的照片，不知道是何時拍的。

「是秋天沒錯。」

明明拍了照片，幹麼還問我？

現在是冬天，雖然有幾天溫暖到不像二月，但太陽下山後還是很冷。我說：

「花一定都凋謝了，說不定整株都枯萎了。」

松倉無力地說道：

「也就是說，現在只剩下草，或是枯草……這樣很容易看漏吧？真麻煩，還是別找了。」

「我們來都來了，就找找看吧。」

松倉默默地聳肩，但也沒有離開。

如果因天色變暗而看漏，放學後留下來找花根本沒有意義。我和松倉一邊左右張望一邊慢慢行進，始終沒有找到類似的植物。話說回來，如果這裡有超過一公尺的植物，就算不是毒草也會被拔掉吧。岡地同學提供的資訊是正確的嗎？我們該不會被她騙了吧……正當我開始懷疑時，松倉戳了戳我的手腕。

「堀川。」

我沿著松倉的視線看過去。

前方有一位女學生。她背向校舍，蹲在地上。那一帶用水泥磚圍成方形，大概是花壇。我們離得這麼遠，蹲在那邊的女生不會聽見我們的聲音，但她突然抬頭望來，慢慢起身。

和她對上視線時，我有點畏縮。

那個女生身材高䠷，披著一頭長髮，瀏海夾了上去，額頭看起來有點寬，鼻子偏圓，五官說不上均衡完美，這反而讓她顯得異常美麗。在暗紅色天空之下，她細長的眼睛有些黯淡，有點三白眼傾向的眼眸充滿了不容妥協的堅定意志。她緊握著雙手。

我們讀同一所學校，每天經過同一條走廊，所以我見過她幾次，卻不知道她的名字。

但松倉不一樣。他也有些驚訝，卻故作鎮定地說：

「嗨，瀨野。妳在這裡做什麼啊？」

瀨野。原來她就是瀨野。

我知道這個名字，也聽過她的傳聞，連松倉都跟我提過她。傳聞說她美貌非凡，不過脾氣很差。松倉說的是另一件事，他說瀨野被訓導老師指責襪子花紋違反校規，就一言不發地直接脫下襪子丟進垃圾桶。

瀨野同學瞇起眼睛，或許是因為在黃昏時分看不清楚我們的臉。她用清脆的聲音說：

「是松倉啊。我才想問你在這裡做什麼。」

「我是來找花的。」

瀨野同學的眼中浮現了怒氣。松倉若無其事地說：

「先說清楚，我不是在說妳。」

「那就好。如果要動手，我也打不過你。」

聽她的言下之意似乎是說，就算打不過，她也會動手。瀨野同學的視線從松倉的身上轉向我。

「那位是？」

松倉回答：

「二班的堀川。和我一樣是圖書委員。」
「圖書委員？」
瀨野同學露出嘲諷的笑容。
「有人放學後在校舍後面掉了書嗎？」
「沒人掉了書。瀨野，那妳掉了什麼？告訴我。」
松倉反問道，瀨野同學望向腳邊的花壇。
「我沒掉東西。我是來挖……」
「妳說什麼？」
「我是來挖墳墓的。」
松倉笑了。
「真有趣。」
「是嗎？」
瀨野同學只說了這句話，然後她彷彿突然沒了興致，朝我們這裡走來。我和松倉往兩旁讓開，她從我們中間走過去，我只能默默目送她的背影離去。
天空不知何時變成靛藍色。松倉回過神來，望向花壇，我也跟著走過去。
花壇裡有個小小的土堆，上面擺著小石頭。那是墳墓嗎？我不自覺地喃喃說道：
「剛才是什麼回事？」

松倉嘆了一口氣。

「那是一班的瀨野。」

「這個我知道。」

花壇裡除了那個土堆之外什麼都沒有。應該說，除了一把像是被丟在這裡很多年的生鏽小鏟子以外，只有土堆。

我蹲在地上，拿起鏟子。松倉的聲音從上方傳來。

「喂，你想做什麼？」

我沒有理會，逕自把鏟子插進土堆。松倉驚慌地大喊一聲，我很少聽到他這種語氣。

「堀川！」

說來也真奇妙，我很確定瀨野同學為什麼緊握著雙手。

想必是因為她的手沾了泥土。

此外，瀨野同學對我們說她是來挖墳墓的。

既然來挖墳墓，手當然會沾到泥土，沒什麼好隱瞞的。

可見她是在說謊。

我挖開泥土。剛挖過的泥土很鬆軟，鏟子輕鬆地插了進去。

那個洞並不深。我們望向埋在土裡的東西。

松倉倒吸一口氣。

瀨野同學說的墳墓裡躺著幾枝折斷的枯草，還有紅褐色的小小嫩芽。

3

埋在土裡的植物是什麼呢？

光看枯草很難分辨。

松倉看看嫩芽，又對照了圖鑑照片，然後指著嫩芽底部類似芋頭的那塊東西，斷言道：

「是烏頭沒錯。這是塊根。」

既然知道是烏頭，就不能繼續讓這東西留在墳墓裡。

松倉回校舍去拿垃圾袋，我負責在這裡看守花壇。我思考著如果有人看見，質問我在做什麼，那我該怎麼回答，一邊望向挖開的墳墓。

這個花壇十分老舊，水泥磚受到風化侵蝕，稜角都變圓了。面積差不多是兩塊榻榻米……其實我家沒有鋪榻榻米的房間，所以我只是在知識上認識這個單位，而不是實際體會到的。

除了墳墓裡的烏頭，花壇沒有種植其他植物。可能因為是冬天，連雜草也沒有。

我看了看疑似被瀨野同學用過的小鏟子。紅色外漆脫落，嚴重生鏽。如果只是棄置兩三年，還不至於變成這樣。難道這裡的烏頭已經種植了很多年？我不這麼認為。

松倉還沒回來，所以我想找出那張〈解放〉的拍攝地點，確認照片真是在這裡拍的。花壇後面就是磚牆，上面有明顯的水痕，很容易就能找出岡地同學拍照的位置。跳躍的模特兒好像是以仰角拍攝的。會在烏頭前面拍照……只是巧合嗎？因為找尋拍攝地點時發現了可愛的紫花，所以覺得這裡很適合嗎？或者岡地同學是為了打造最佳拍攝景點，特地在這裡種了烏頭？

松倉回來了，他提著一個垃圾袋，裡面裝著半滿的垃圾，可能是從圖書室的垃圾桶偷拿出來的。松倉一副老大不高興的模樣，念念有詞地說：

「為什麼我們要幫瀨野收拾爛攤子啊？」

這是理所當然的疑問。我回答：

「那你可以快點追上瀨野同學，跟她說『垃圾要丟進垃圾桶』。」

「我可能有瀨野的聯絡方式。」

松倉把垃圾袋交給我，拿出手機。我並非真心想把瀨野同學叫回來收拾，所以默默地開始把枯萎的烏頭莖、嫩芽及塊根裝進垃圾袋。沒過多久，松倉嘖了一聲，說道：

「沒有儲存。」

對了，看瀨野同學剛才的態度顯然是認識松倉。我問道：

「你們是什麼關係啊？」

「我高一跟她同班。」

「所以才會交換聯絡方式？」

「我跟她一起準備過校慶活動，是在那時交換聯絡方式的。」

難怪沒有存下來。

松倉還在操作手機，我已經把烏頭全裝進垃圾袋了。校內的垃圾會分門別類地放在垃圾集中處，只要把這個丟進可燃垃圾箱，就會被送去本市的垃圾焚化爐。

在回家的路上，我和松倉聊了一下。

松倉依然沒穿禦寒衣物，若無其事地走在二月的晚風中。我們兩人的目的地都是車站。站前的商店街是拱廊構造，到了那邊應該比較不冷。

我很少和松倉一起走出校門。說起來還真奇怪，我和松倉一起被圖書委員會的學姊請去開過保險箱，一起去剪過頭髮，還曾經在夜晚的街頭一起尋寶，平時放學卻不會一起走。

我只有少數幾次跟他一起離校的回憶，其中一次是因為植田的哥哥被誣賴的事，我和松倉邊走邊討論植田遇上的麻煩的細節。今天和那一天的情景有點像。

被街燈照得一片明亮的天空掛著閃爍的金星。我學過金星被稱為傍晚的亮星，如今一看確實很亮。我一邊後知後覺地感嘆，一邊說道：

「那到底是怎麼回事？」
松倉做出向前踢的動作。
「什麼怎麼回事？」
他明明知道我在說什麼，還故意問我。
「我是說瀨野同學。她為什麼把烏頭埋起來？」
「我們又沒有當場看到，不能確定那是瀨野埋的。」
「你是認真的嗎？」
「不是。」
松倉不以為意地說著，把手插進口袋。看來他還是會怕冷。
我又重複了一次。
「瀨野同學在校舍後面的花壇拔掉烏頭埋起來。那到底是怎麼回事？」
我不期待得到答案。就算松倉再怎麼聰明，也不可能從瀨野同學那些莫名其妙的行動看出什麼的。不過松倉很乾脆地說：
「我至少可以理解她為什麼用埋的。」
「喔？說說看？」
「沒什麼大不了的。瀨野可能是今天發現校舍後面有烏頭，想要把它處理掉。」
「為什麼？」

松倉自暴自棄地抬頭看天。

「我怎麼知道?我只是在解釋『為什麼用埋的』。」

的確是這樣。

「抱歉。你繼續說吧。」

松倉好像沒有不高興,但也不是多認真,而是一副心不在焉的模樣。

「……也沒有其他好說的了。換成是你站在瀨野的立場,恐怕也想不出掩埋之外的方法。」

我試著思考,如果是我會怎麼做……應該說,回想我們實際上是怎麼處理的。

「對耶,至少要有袋子才行。」

松倉對我笑了笑,說道:

「不愧是堀川。重點就是袋子。」

如果瀨野同學是今天才知道校舍後面有烏頭,又想在今天之內把它處理掉,就會先到校舍後面拔掉烏頭。她可能不想直接摸到烏頭,但方法多的是,譬如用腳挖土,或是從筆記本裡撕下一張紙包住再拔。事實上,花壇旁邊有一支歷經日曬雨淋的生鏽小鏟子,她多半是用鏟子挖的。

可是,她沒辦法把拔起來的烏頭帶走。沒人會把沾滿泥土的毒草放進書包裡,這時如果有袋子是最好的,但她今天才知道烏頭的事,不可能事先準備袋子。

我喃喃說道：

「原來如此，所以攝影社的人才會那樣說。」

「攝影社？」

松倉皺著眉頭問道。

「攝影社怎麼了？」

「你沒注意到嗎？如果瀨野同學今天才知道烏頭的事，她一定和我們一樣，是從那張得獎照片上看到的。我們去找岡地同學時，攝影社的男生對她說『妳真是個大紅人呢』，我當時就覺得很奇怪，如今想想，或許瀨野同學在不久前也去找過她。」

松倉停頓片刻，搖著頭說：

「岡地的反應不像被問過同樣的問題。唔，我不確定啦，可能有，也可能沒有。」

我也不打算堅持己見。不管怎麼說，瀨野同學一定是今天才發現烏頭的存在。

想到這裡，我突然發現自己和松倉把事情想得太複雜了。

「不，等一下，這樣好像不太對。瀨野同學沒必要把拔掉的烏頭藏起來吧？她可以光明正大地拿在手上，如果有人問起，她大可坦白地說看到有毒植物就拔了起來，然後直接丟進學校的垃圾桶。再不然也可以像你一樣，借用學校裡的垃圾袋。」

松倉聽了就刻意地嘆著氣，一副無可奈何的模樣。

「哎……你還在糾結這種地方啊。」

我感覺好像被他看扁了。
松倉用一種教導孩子的口氣說：
「聽好了。瀨野一發現烏頭的存在，就立刻跑去拔掉。被我們撞見時，她還隨口撒謊說自己是來挖墳墓。我不知道理由是什麼，總之瀨野顯然想要隱瞞自己跟烏頭的關係，所以她絕不可能光明正大地把烏頭拿在手上，垃圾袋當然也不行。」
垃圾袋是半透明的，遮不住烏頭。其實就算把枯萎的烏頭裝在垃圾袋裡帶走，也不太可能被人看出來，但她還是不敢掉以輕心。
松倉繼續說：
「瀨野需要的是不透明、又不怕弄髒的容器……對了，譬如紙袋之類的。學校裡又找不到紙袋，她只好拔掉烏頭，直接埋在土裡藏起來。」
我還有一些疑惑。
「不能明天再做嗎？她可以今晚準備紙袋，明天一大早再來學校拔掉烏頭，然後把紙袋藏在學校裡，或是乾脆蹺課把紙袋帶回家。如果不喜歡這兩種方法，她也可以更早起床出門，拔掉烏頭拿回家，再去學校。」
松倉沉默不語，似乎在思考我的論點，然後一臉不高興地說：
「……的確，換成是我也會這樣做。不過瀨野沒有這樣做，為什麼呢？」
「她一定是想要儘快把烏頭處理掉。」

「什麼嘛，你自己問了問題，卻又自己說出答案。」

「我是說到一半才想到的。」

聽到我這麼說，松倉突然停下來，我感到不解，然後發現他看著路邊的自動販賣機。

松倉鏗鏘有力地宣告：

「好冷。」

「你果然會怕冷。那怎麼不多穿點？」

「都是為了骨氣。」

「誰的骨氣？怎樣的骨氣？為了什麼的骨氣？」

「Of the people, by the people, for the people.」

「發音很標準嘛。」

松倉走向自動販賣機，看了一下有哪些飲料，然後從口袋掏出零錢。飲料咚的一聲掉下來，他得意地向我展示。

「堀川，你看，是珍品呢。」

確實很罕見。松倉手上的罐子寫了「Hot Gazpacho（熱的西班牙番茄冷湯。）」，還有這句廣告詞：「湯界的大革命！」。

「……Gazpacho 不是冷湯嗎？」

「就是要做成熱的才叫大革命啊。」

松倉挺起胸膛，彷彿他自己就是這場革命的發動者。我想了一下，很小心地選擇措詞，免得刺激到松倉。

「松倉，我不知道該不該說。Gazpacho 做成熱的，不就是……那個……一般人認知的……普通的番茄湯嗎？」

雖然我有顧慮到松倉的心情，但他還是大受震撼。他看看罐子，看看我，又看看罐子。

「不，不可能是這樣，如果只是番茄湯就沒必要特地推出了。就是因為和番茄湯有區別，才叫作大革命啊。」

松倉急忙打開蓋子，喝了一口。我觀察著他的表情，問道：

「如何？」

松倉不發一語。他真的什麼都沒說，默默地又喝了一口。

松倉拿著那罐 Hot Gazpacho 繼續向前走，我也跟在一旁。我們來到拱廊商店街，站前的公車總站出現在前方，地面從柏油路變成了粉彩色的磚頭和磁磚。

我說：

「雖然我不知道理由，但是看得出來瀨野同學很想儘快處理掉烏頭。想要快點處理掉毒草不是什麼壞事，而且，松倉……你覺得那張書籤和校舍後面的烏頭和瀨野同學有關聯嗎？」

松倉用雙手握住罐子取暖。

「那個不重要啦，堀川，番茄湯很好喝呢，在冬天格外好喝。你不這麼想嗎？」

「別鬧脾氣。」

松倉一口灌下熱湯，說道：

「老實說，我沒有任何頭緒。我只知道，如果瀨野是今天才知道校舍後面有烏頭，那張書籤一定不是她製作的……不對，我連這點也不確定。」

的確，瀨野同學說不定能其他地方拿到烏頭製作書籤。雖然我不確定烏頭是不是那麼容易拿到的植物。

地上有一團口香糖，我往左閃避，松倉往右閃避，然後又走回來並肩而行。我擔心地上還有其他東西，一邊盯著地面一邊問道：

「……對了，瀨野同學是怎樣的人？」

「你很關注她嗎？」

「看到她拔掉烏頭埋在墳墓裡，誰會不關注啊。」

「有道理。」

松倉踢著腳下的磁磚。

「我和她也不太熟，只是校慶時一起演過戲。」

「對了，你剛才也有提到校慶。」

我高一時還不認識松倉，我也不記得在校慶時看過戲劇表演，當天我一直在班級製作的巨大迷宮當售票員和修理工。

「你說演戲，是演什麼戲？」

「白雪公主。」

哎呀呀。

「精彩嗎？」

被我這麼一問，松倉揚起嘴角，皮笑肉不笑地說：

「只是一齣分不清是詼諧改編還是惡搞的演出，除了做為高中時代回憶的一個篇章以外沒有任何意義。」

「真刻薄。你怎麼不自己寫劇本？」

「你以為我寫得出來嗎？……再說，我還不至於寧可對抗班上的主流意見也要演正經戲碼。」

的確，在大多數人都想胡鬧的地方提議正經事，不但需要勇氣和勞力，還會降低自己在團體內的地位，而且又得不到回報。我在高三圖書委員把圖書室當成自己家玩鬧時也沒有挺身而出，所以我沒資格批評松倉。我感到有些心虛，又問了其他問題。

「瀨野同學演的是白雪公主嗎？」

松倉搖晃著罐子，像是在混合藥物。

「……不是，她演的是皇后。」

我有點意外。

「喔？你說你跟她一起演出，那你演的是……」

「獵人。」

「那個故事有獵人嗎？」

「連白雪公主的故事都不知道也太丟臉了吧，圖書委員。皇后派了獵人去殺白雪公主。」

對耶，我有一點印象。

「結果獵人違反命令，放走白雪公主？」

「是啊。」

「……後來獵人是不是被皇后殺掉了？」

松倉本來想說什麼，但他默默想了一下，才嚴肅地回答：

「仔細想想，應該是這樣沒錯，獵人背叛了皇后一定會受到懲罰。我都沒想過這一點。」

「你的角色揣摩做得太差囉。離勞倫斯・奧立佛還很遠呢。」

「我會改進的。」

我們走近公車總站。松倉把罐子湊近嘴巴，仰望著星空喝光熱湯。

「瀨野的事就先不管了。我們該做的只是期待失主快點來取回書籤。」

松倉依然舉著罐子，乾脆地說道。

「討論到此為止？那就再見啦。」

「嗯嗯。再見。」

松倉轉身背對站在原地的我，走進車站。

我心想，松倉回家不需要搭電車吧？松倉的家應該在徒步通學的範圍內，他會來到車站，只是不想讓我知道他家位置的障眼法。雖然沒有任何根據，但我確信事實就是這樣。因為我自己也是一樣。

我對松倉並非心懷忌憚，他對我想必也沒有，我們只是想要適度地保持距離罷了。我轉身走回拱廊商店街。

4

隔天早上，在班會和第一堂課之間的短暫休息時間，我收到一則訊息。是松倉傳來的，內容很簡短。

〈告示不見了。〉

我一時之間沒有看懂他指的是什麼，看著教室的天花板想了一下，才想起來。

〈失物招領的那張紙？〉

〈是啊。〉

那是貼在圖書室布告欄、寫著「遺失花書籤的人，請洽圖書委員松倉或堀川」的告示。

我寫在筆記本撕下來的內頁，用圖釘釘上去。

〈掉下來了嗎？〉

我才剛傳出訊息，上課鐘就響起來，老師走進教室。松倉也沒有再回覆。第一堂的數學課結束時，松倉又傳來訊息。

〈在圖書室。〉

那就去圖書室看看吧。

還好第二堂課不用換教室，我有整整十分鐘下課時間可用。我走出教室，去到圖書室，裡面卻沒有人，不但松倉不在，連負責辦理借書的司書老師都不在。話說回來，司書老師非常忙碌，本來就很少出現在圖書室。

我閒著無聊，看了看布告欄，我用圖釘釘在那裡的手寫告示確實不見了。

「……真的耶。」

「什麼真的？」

後面突然傳來這句話，不過我已經聽見松倉的腳步聲，所以沒被嚇到。

松倉站在我身邊，盤起手臂。

「因為一直沒人來認領書籤，我懷疑是告示不夠顯眼，就過來檢查看看，卻發現告示不見了。」

原本釘著那張紙的地方空蕩蕩的。我用指尖摸了摸那個空隙。

「看起來不像意外脫落的。」

如果告示是被什麼東西勾到而扯掉的，應該還留著圖釘和碎紙片。既然沒留下痕跡，那就表示……

「有人故意拿掉了。」

「是啊。」

「要怎麼辦？」

松倉露出煩惱的表情。

「……被人蓄意阻撓真是不愉快，不過我們也沒必要因此改變做法。」

我同意他的看法。

「所以要再貼一次嗎？如果又被拿掉，到時再看著辦。」

「也好。你要現在做嗎？」

下課時間還剩五分鐘，還來得及寫好訊息釘上去，不過我身上沒有紙。圖書委員就連一張影印紙都不能隨便使用，所以先前的告示用的是我從筆記本撕下來的紙，但我現在沒帶筆記本。

「下一節下課時間再來吧。」

松倉露出有些苦澀的表情說：

「抱歉哪。」

第二堂課是英文寫作，我像平時一樣聽課，下課之後又來到圖書室，把我帶來的筆記本撕下一頁，用圖書室的簽字筆寫下「遺失花書籤的人，請洽圖書委員松倉或堀川」，從圖釘盒裡拿出四根圖釘，把紙釘在布告欄上。上次我只釘了上方兩個角，這次則是懷著不容許別人撕掉的意志，釘住紙張的四個角，還用拇指使勁按緊。松倉沒有來。反正貼張告示用不著兩個人，他沒必要跟著跑一趟。

上完第三堂課、第四堂課，到了午休時間。

我們學校有學生餐廳，不過也有老師會去吃飯，氣氛難免拘謹，所以有很多學生中午會在教室裡吃飯。我中午也是吃便當。

在午休時間的教室裡，大家都會和比較常聊天的同學併桌，沒有一個人獨自吃飯。說不定有人想要自己吃，不過教室裡有人單獨吃飯似乎會讓某些人有罪惡感，所以還是會被邀請去併桌。或許也有人不喜歡這樣，跑去其他地方一個人安靜地吃飯，但我不可能知道班上所有人的行動，所以沒辦法確定。

我正悠哉地吃著今天的便當時，松倉傳來訊息。

〈快要貼不住了。〉

我知道他是在說那張告示，但我看不懂「快要貼不住了」是什麼意思。難道是圖書室裡颳起大風嗎？

便當才吃到一半。我回訊說：

〈正在吃飯。要現在過去嗎？〉

〈我會阻止的。你慢慢吃。〉

我完全看不懂松倉準備阻止什麼，但還是接受了他的體貼，繼續吃飯。不過我比剛才吃得更快，我沒辦法照他要求地慢慢吃。

收起便當盒後，我立刻前往圖書室。

雖然我們學校的圖書室生意清淡，午休時間還是有不少人來。閱覽區的四張桌子各坐了一兩個人，還有學生在書架之間走來走去找書。櫃檯有值班的圖書委員在處理平時的工作，布告欄前站著兩個人，是松倉和東谷。

松倉一看見我就說：

「真慢。」

明明是他自己叫我慢慢吃的，他卻好像等得很不耐煩。

面對眼前的事態，我倒是不怎麼意外。圖書委員長東谷同學顯然不同意我們擅自使用圖書室的布告欄。

松倉在訊息裡說會阻止，的確，現在布告欄除了讀書心得比賽的資訊、最近購入圖書的清單、預防流感的小海報之外，還有我那張告示。雖然紙張的四個角被四個圖釘牢牢釘住，如今卻像風中殘燭。

東谷同學指著那張紙說：

「你說要等堀川來了再談，所以我才等的。我現在問你們，這是什麼？」

我和松倉互看一眼。要由誰來解釋？要從哪裡解釋起？

但我們還沒開口，東谷同學就揮著手說：

「抱歉，剛才那句當我沒問，問這麼多餘的問題太惹人厭了。我看得出來有人遺失了書籤，但我不理解的是為什麼要找你們領取，如果撿到失物，應該放進失物盒才對吧。」

她說得一點都沒錯，我沒有任何反駁的餘地。

松倉昨天回答關於書籤的問題時說了謊，如果讓我順著他的話來說，或許會露出破綻，所以我最好還是別開口。

松倉抓抓頭說：

「植田沒有告訴妳嗎？那張書籤夾在歸還書籍裡，上面刻了圖案，看起來很昂貴，而且很容易弄壞。妳說要放進失物盒，那只是個餅乾鐵盒，書籤跟自動鉛筆或直尺那些東西一起放在裡面很容易刮傷，搞不好會斷掉，所以我們才要另外保管。」

「另外保管？撿到貴重物品要交給老師，你應該知道吧？」

「我只知道撿到現金才需要交給老師，至於貴重物品嘛，很抱歉，我從來沒聽過需要這樣處理。此外，我也不覺得提醒別人掉了東西有什麼不對。」

「沒什麼不對，但是書籤沒必要用其他方式處理，就算有必要，你們也不該自作主張。

這個布告欄是學校的設備，就算你們是圖書委員，也不能擅自使用。」

「委員會一個月只開會兩次，妳是要我等到開會時再提出來討論嗎？」

「我沒這樣說，不過你們至少應該向我報告吧？如果告訴我，我一定會處理的。」

松倉口才好又擅長說謊，腦袋也很聰明，但是這次行不通了，東谷同學才是有理的一方，松倉很難找到理由，光是要讓她轉移注意就得費盡全力。

東谷同學嘆了一口氣。

「那張書籤到底是誰的？你不是說書籤夾在書裡嗎？那你應該知道是誰借的吧？」

松倉立刻回答：

「就算知道也不能告訴妳。這一點妳也很清楚吧？」

誰借了什麼書是必須保密的事，圖書委員不能告訴任何人，就算對方是圖書委員也一樣。

氣氛變得很緊張。松倉突然聳著肩膀說：

「……不過呢，原則的問題先不談，我是真的不知道，我那天值班遲到了。詳細情況得問堀川。」

竟然把話題丟給我。東谷同學眼神銳利地盯著我看，我不得不說明。

「有人還了書，我先更改藏書狀態，然後檢查書裡有沒有東西，就發現那張書籤。我也不知道書是誰借的。」

「你有看到還書的人是誰吧？」

我想了一下才回答：

「沒看到。」

東谷同學用懷疑的眼神盯著我，然後無奈地嘆氣。

「這樣啊。既然不知道就沒辦法了。總之，不可以擅自張貼告示。會被老師教訓的人是我耶。」

松倉真誠地說：

「抱歉。我們不是故意給妳添麻煩的。」

「沒關係。把書籤放進失物盒吧。反正大家都看得出來那東西容易損壞，不然也可以用衛生紙之類的東西包起來。」

「我知道了，就這麼辦吧。」

東谷同學似乎很滿意，點點頭說：

「既然你們同意了，就把那張告示拿掉吧。我不想再做一次同樣的事。」

東谷同學正要轉身離開，我突然想到一件事，就問道：

「第一次是什麼時候？」

「啊？」

她轉過頭來，皺著眉頭說：

「……喔，你是問我什麼時候拿掉告示的嗎？是前天。」

「這樣啊。謝謝。」

東谷同學盯著我看，像是在說「那又怎樣」，隨即走出圖書室。我和松倉望向彼此，然後松倉朝布告欄伸出手去。

「貼上去是你做的，那麼拿下來就交給我吧。」

只要直接把紙扯下來，一瞬間就能解決，但松倉卻把圖釘一個個拔掉，彷彿不想隨便糟蹋我貼的告示。

他一邊用指甲挖起圖釘，一邊喃喃說道：

「我沒轍了，東谷說得對。把書籤放進失物盒吧。」

「那張書籤又不是木片雕刻的，這樣東谷同學會發現你說了謊喔。」

「發現就發現吧，我跟她之間也沒有多少需要保護的情誼。」

我可不像松倉這麼瀟脫。

松倉拔起第二個圖釘。我向他問道：

「那我們不警告對方那種花有毒了嗎？」

松倉在拔第三個圖釘時陷入了苦戰，一直拔不出來。他不再用拉的，而是改成旋轉搖晃圖釘，就拔出來了。

「我本來就沒有很想警告那個人。現在也只能遵從圖書委員長的命令了。」

「……喂，松倉。」

我有一個非常想問、卻又問不出口的問題。聽著松倉和東谷同學對話時……不，我從更早之前就注意到了。不過，松倉先拔完了四顆圖釘，把告示和圖釘交給我。

「拿去……放學後再把書籤放進失物盒吧，現在人太多了，而且我還沒吃飯。」

「喔喔。」

「先走了，改天見。」

松倉簡短地說完，就快步離開圖書室。我錯失了時機，沒有說出心裡的話。

我想問的是：松倉，為什麼不告訴東谷同學？為什麼不跟她說「那張書籤是用能殺人的毒草製作的，我們不想害失主惹出閒話，所以想要低調一點」？如果坦白地告訴東谷同學，她一定會理解的。再說，我們只是覺得書籤的所有者很快就會現身，才會隱瞞毒草書籤的事，沒理由拼著被東谷同學怪罪都要隱瞞到底。松倉為什麼如此堅持不告訴她呢？

我看著手中的紙，上面用我難看的字跡寫著「遺失花書籤的人，請洽圖書委員松倉或堀川」。松倉是不是有什麼顧慮？就連對我都沒提過的某種顧慮。

又或者，他在某件事上對我說了謊？

我不自覺地把手握緊。圖釘刺痛皮膚，我趕緊攤開手一看，還好沒有流血。

5

鈴聲宣告班會時間結束，現在已經是放學後了。

打掃工作是一天課程結束之後由學生分攤。我這一組現在負責打掃教室外的走廊。說是打掃，其實平時不會做得多徹底，只須用拖把在指定範圍裡抹過兩遍。打掃區域每兩週會調換一次。

打掃結束後，同學們三三兩兩地離開，有人直到高三春天都還在參加社團活動，有人從不參加社團、每天去補習班，也有人放學後直接回家。我把拖把放回掃具櫃，在廁所洗過手，就前往圖書室。

我和松倉沒有相約，我卻在圖書室前遇見他。

「嗨。」

「唷。」

我們簡單地打聲招呼，走進圖書室。那張書籤藏在圖書室，只要拿出書籤，放入失物盒，這個關於書籤的小祕密就結束了。

放學後的圖書室人很少，在櫃檯值班的圖書委員是兩位高一女生，她們看見我們就戰戰兢兢地點頭行禮。我們在她們的眼中大概成了反抗圖書委員長的凶惡學長，她們會害怕也是沒辦法的事。

……我正在這麼想，一位值班的圖書委員小聲地說：

「不好意思，學長……」

我和松倉站在一起，不過那女生說話的對象是我。我可以理解，因為松倉的外表實在說不上平易近人。我客氣地回答：

「嗯？什麼事？」

「有人來找你和松倉學長。」

我和松倉交換了一個眼神。如果有人找我們，一定是書籤的所有者。可是，真的會有這種事嗎？告示明明都撤掉了。

松倉擺出戒備的態度，問道：

「有人找我們？是誰？」

高一的圖書委員非常緊張，真可憐。

「呃，那人沒說名字，不過長得很漂亮。她應該還在這裡等你們，剛剛還在閱覽區……」

意思是現在不在。

我和松倉環視圖書室。這裡空間不大，但死角很多，閱覽區的學生一覽無遺，書架那邊就看不見了。松倉低聲問道：

「要去找嗎？」

我點點頭，向高一圖書委員道了謝。

沒必要分頭找，我們一起在書架之間找尋來訪者。經過百科全書，經過鄉土文獻。走過哲學書、歷史書、法律書和植物學、醫學書籍包夾的通道。養蠶的書和印象派畫冊附近沒有人。最後，我望向書櫃和窗戶之間的通道。

有一位女生站在那邊看書，冬天的陽光透過窗簾照在她的側臉。她略帶憂鬱的眼神注視著康乃爾・伍立奇《幻影女子》的文庫本。剛剛聽到高一圖書委員說來訪者「很漂亮」的時候我就猜到是她了。站在那邊的是瀨野同學。

我們沒有發出半點聲響，但瀨野同學很快就注意到我們，眼中浮現堅決的神情。瀨野同學似乎很不好意思被人發現她在看書，立刻闔上《幻影女子》，小心地放回架上。她的語氣很冷靜。

「你們來了。我正在找你們。」

松倉隨即回答：

「妳看起來不像正在找人。」

「我找累了，所以來打發一下時間。」

接著雙方都陷入沉默，彷彿在觀察情勢。先開口的是瀨野同學。

「松倉和堀川。壓花書籤在你們手上吧？」

我坦白地回答：

「是啊。」

瀨野同學滿意地點頭，雙手插腰。

「那是我的東西，抱歉讓你們添麻煩了。」

松倉詫異地說道：

「那是妳的？」

瀨野同學點頭，沒有半點心虛的模樣。松倉摸著下巴說：

「虧妳知道書籤在我們手上。」

「你在說什麼啊？」

瀨野同學的語氣有點厭煩。

「不是你們貼出告示說撿到了書籤，請洽松倉和堀川嗎？」

「……是沒錯。妳看到告示了？」

「我當然看到了。你該不會說那張告示不能看吧？」

「妳真有趣呢，瀨野。」

「是嗎？別說這些了，把書籤還給我吧。」

松倉望向我，像是在問：「怎麼辦？」

我沒辦法做出判斷，我不知道該說什麼，也不知道該怎麼說。松倉見我沉默不語，像是想到了什麼，轉頭對瀨野同學說：

「我當然會歸還，不過，如果弄錯就麻煩了。妳遺失的書籤長什麼樣子？」

「這是在考我？」

「嗯，是啊。」

瀨野同學笑了笑。

「無妨。那張書籤……」

她像是在歌唱。

「裡面有一枝壓花，花是紫色的，莖很細，葉子凹凸不平，外面有護貝。上面還畫了圖案，是很複雜的花紋，類似燃燒的火焰。」

書籤浮現在我的腦海中。確實是那個模樣。

瀨野同學最後又補充一句：

「花紋裡藏著一個字母……R。」

「R？」

松倉向我問道。

「你有發現嗎？」

我默默搖頭。

「我想也是，我們又沒有看得那麼仔細。那麼……」

松倉滿不在乎地說道，然後表情嚴肅地詢問：

「昨天的墳墓和書籤有什麼關係？」

問得好啊。瀨野同學歪著腦袋，動作非常自然，我差點相信她真的聽不懂松倉在說什麼。

「墳墓？和書籤的關係？」

「喂，別跟我裝傻。」

「我聽不懂你在說什麼，此外，圖書委員會歸還失物還有條件？難道我不回答你的問題就不能拿回自己的東西嗎？」

氣氛變得很緊張。

不過這個局面沒有維持太久。松倉嘆了一口氣，無力地說：

「不，沒這回事，我當然會還給妳。跟我來吧。」

松倉走在前面，瀨野同學跟在後面，我也遠遠地跟著他們兩人。

我們來到了不能帶出圖書室的書本所在的書架，也就是禁止外借的那一區。松倉走到三冊一套的《北八王子市通史》所在的角落，拿出第三集。瀨野同學驚訝地說：

「這是在幹麼？你不是要還我書籤嗎？」

「妳先別急。」

《北八王子市通史》放在書盒裡。圖書室經常把書盒丟掉，這套書是為數不多的例外。松倉把書從書盒裡拿出來後，似乎不知道該怎麼處理盒子，我在後面說道：

「我幫忙拿著吧。」

「喔喔，不好意思。」

我拿著外盒，松倉翻開書本，書籤就夾在厚重市史的正中央。紫花做的書籤。

瀨野同學錯愕地說：

「為什麼放在這種地方？」

松倉拿起書籤，闔上書本。我接過書，小心地放回書盒。松倉拿著書籤說：

「我想妳應該知道，這花是有毒的。堀川認為不能當成一般的失物處理，應該把這書籤的危險性告訴其他圖書委員，但我不同意讓太多人知道書籤有毒的事，所以決定在失主現身之前先藏起來。最適合藏書籤的地方就是書。」

我和松倉還一起挑選不像很快就會被借走的書，這個任務出奇地困難，每本書都好像明天就會被人借走。最初我們把書籤夾在《神曲》裡，後來換成《社會契約論》，之後又考慮過《伊波拉浩劫》和《蘇菲的世界》，最後選擇的是《北八王子市通史》。

瀨野同學喃喃地說：

「你們考慮得很周到嘛。」

她伸出右手，當然不是要跟我們握手，而是要求我們把書籤還給她。松倉把掌心朝向瀨野同學，示意她等一下，然後凝視著書籤。

「等一下，妳說花紋裡藏著字母R？」

我也在松倉身後盯著書籤。那紫花和邊緣不齊的葉子正如瀨野同學所說。書籤下方有剪影般的黑色花紋，像是躍動的火焰，又像席捲的水流。乍看之下不會發現字母，但松倉指著某處花紋說：

「……是這個吧？」

那裡確實有個藝術字體的R，一旦注意到就會覺得很明顯，甚至覺得至今都沒發現才奇怪。我忍不住喃喃說道：

「做得真精緻。」

瀨野同學第一次露出笑容，雖然只是淺淺的笑容。

「就是啊。」

「這是妳做的嗎？」

被我這麼一問，瀨野同學的笑意頓時消失，轉變成一臉怒容。

「問這麼多幹麼？夠了吧，可以還給我了吧。」

松倉沒有理由拒絕。

到了這個地步，我必須做出最後的決斷了。

自從聽到瀨野同學說書籤是她的，我一直在猶豫，不確定該行動還是該觀望，只能站在一旁聽著松倉和她對話。我也想過，把書籤交給瀨野同學沒什麼不好的。

可是，還是不行。不能把書籤交給她。我擠出聲音說：

「松倉，不好意思。」

松倉正要伸出手，聽到這句話就轉頭看著我。

「怎麼了？書本損傷了嗎？」

把書放進書箱時，可能會不小心把盒側夾進書裡。松倉最先關切的是書況，真是個稱職的圖書委員。

我搖搖頭。

「沒有……其實我說謊了。」

「說謊？」

我深吸一口氣，不敢和松倉或瀨野同學對上視線，只好看著松倉手上的壓花書籤。

「那天有人來還書時，我看到了那個人的背影。」

他們兩人都屏息等著我說下去。

「不對，那個人不是瀨野同學。」

松倉望向瀨野同學，瀨野同學面無表情，視線依然盯著松倉，而且動作非常迅速。

瀨野同學的手動了。因為事出突然，松倉來不及反應。瀨野同學一把搶走書籤。

下一瞬間，瀨野同學轉身就跑，飛也似地衝出閱覽區。

我知道會有狀況，卻沒想到會是這種狀況。松倉大喊：

「這是假的吧，喂！」

我們每個人都說了謊，只有這件事是真的。瀨野同學真的搶走烏頭書籤跑掉了！

在圖書室必須保持安靜的規矩減緩了我的起步速度。我一邊跑，一邊回頭對松倉說：

「快追！」

可是松倉比我更慢，他抬起一隻腳，揮手要我先去追。我一下子就明白了。松倉把室內鞋的後跟踩在腳下，得重新穿好鞋子才能跑步。

我不等松倉，立刻跑去追瀨野同學。坐在櫃檯裡的高一圖書委員驚訝地張著嘴巴。瀨野同學已經出了圖書室的門，衝到走廊上。真快。我到走廊時，她已經跑到圖書室旁邊的樓梯，從我的視野裡消失了。我不發一語地衝過去，放學後走廊上的學生都紛紛靠到牆邊，讓路給我過。

瀨野同學是往上還是往下？從她遠去的腳步聲聽得出來，是往下。我望向樓梯，瀨野同學正從樓梯間繼續往下跑。

我們學校的圖書室在二樓，下一層樓就能走出校舍。我跑了幾階，然後一口氣跳到樓梯間，落地的衝擊貫穿全身，我差點跌倒，踉蹌了幾步。

我繼續從樓梯間往下跑，瀨野同學的背影已經消失在一樓走廊。上方有聲音傳來。

「堀川！」

是松倉。我連頭都不抬，直接大喊：

「下樓！」

一樓有教職員辦公室，瀨野同學避開辦公室的方向，跑向另一個方向。她跑步的姿勢很漂亮，雖然已經跑得很遠，但還不至於遠到會跟丟。我也繼續奔跑。瀨野同學經過鞋櫃，又經過保健室，我也跟著她經過了岡地同學拍攝的〈解放〉。前方是穿廊，再過去是體育館，排球社和籃球社正在練習，館內有很多人。

沒想到瀨野同學從穿廊往外跑。穿廊只有屋頂，沒有牆壁，可以通往室外，我卻停下了腳步。

松倉的聲音從後面追來。

「人呢？」

我回頭看見松倉，就指著穿廊外面。

「跑出去了！」

「真的嗎？那傢伙是怎麼搞的！」

我會遲疑是因為我還穿著室內鞋，但瀨野同學毫不猶豫地衝了出去。我的決心比不上她，所以才會被她溜走。

雖然慢了點，但我終於拿出決心。弄髒室內鞋又怎樣？事後洗乾淨不就好了？為這點小事而停步真是太丟臉了。我從穿廊跑出去，松倉也跟在後面。

瀨野同學沒有跑向操場，而是跑向校舍後面。我因為短暫的猶豫而被她拉開一大段距離，不過校舍後面是又平又長的筆直空間，無論離得再遠也不會跟丟。

瀨野同學跑得很快，已經拉開了幾十公尺的距離。我逐漸加快速度。既然沒有跟丟的疑慮，接下來就是比體力，看誰先累到跑不動。順帶一提，我已經開始喘了，雙腳漸漸不聽使喚，但我還是堅持跑下去。只要繼續跑，我們之間的距離就會一點一點地拉近。從瀨野同學的跑步姿勢可以看出她也快要精疲力竭了，我應該能追上她。正當我這麼想時，她突然向前撲倒，不適合跑步的室內鞋脫離她的腳，飛到半空中。瀨野同學在地上滾了兩圈。

我和松倉低頭看著倒在地上的瀨野同學。我喘到肩膀上下起伏。瀨野同學一手撐著地面，支起上身，低著頭粗重地喘氣。

令人生氣的是，松倉並沒有很喘。

「妳到底在搞什麼鬼？」

瀨野同學抬起頭。校舍後面是泥土地，她的制服都髒了，臉上和頭髮也沾了泥土。她一聲不吭，表情非常不甘心。松倉皺起眉頭。

「沒事吧？」

瀨野同學跌倒的動作雖然很大，換個角度想，這樣反而能卸掉衝擊的力道。她慢慢站起來，鞋子少了一隻，裙子沾滿了泥土，右手還抓著那張書籤。我看見她沒有流血，才放心地吁了一口氣。

「妳應該沒受傷吧。」

松倉伸出右手。

「我不知道妳想幹麼，不過那張書籤不是妳的，還給我。」

瀨野同學還在調整呼吸。我忍不住問道：

「妳為什麼要跑？」

瀨野同學一聽就笑了。

「……你問我為什麼要跑？」

她把左手伸進裙子的摺子，那邊似乎有口袋，接著她掏出一個小小的東西。那是……

「我很少去圖書室，但我覺得那邊應該……禁止用火吧？」

是打火機！

瀨野同學用左手點了火。那是尺寸較大的煤油打火機，火焰旺到令人害怕。我們還來不及說什麼，她就把壓花書籤拿到火上。

「住手！」

松倉見狀急忙大喊，但書籤已經燒起來了。書籤像是抗拒火焰似地扭曲，但還是持續燃燒。

瀨野同學把書籤丟到地上。書籤冒出煙。

她用像是在笑的聲音大喊：

「別吸進去！煙也有毒！」

我和松倉嚇得後退，瀨野同學又趁機跑掉了，她一隻腳穿著室內鞋，另一隻腳只穿著襪子。逐漸跑遠的瀨野同學的襪子底下變得黑漆漆的。

我們沒有開口喝止她，因為我們兩人都用制服袖子摀住了口鼻。

書籤外面有護貝，也就是說，外面有一層塑膠薄膜。塑膠似乎不易燃燒，所以火勢不大，可是燒起來又很難熄滅。在我們屏息注視之下，壓花書籤逐漸燃燒殆盡。

過了好一會兒，我們才開始深呼吸。校舍後面已經看不見瀨野同學的身影，只有她的一隻室內鞋掉在附近。

就這樣，內含烏頭的書籤化成了灰燼。

圖書室使用者的失物被燒掉，我們應該自認失職，不過老實說，我反而覺得卸下了肩頭的重擔。

松倉看著灰燼說了一句話，我也非常同意。他是這麼說的：

「唔……說不定這樣更好。」

第二章　書籤與毒

1

書籤在校舍後面被燒掉的隔天，我午休時在教室裡看書。午休剩下不到十分鐘，沒有人還在吃便當。冬風從打開通風的窗戶吹入教室每個角落，到處都有人小聲地聊天。今天沒有那麼冷。

小學因為鼓勵閱讀，在午休時間讀書不是什麼稀奇的事，雖然多少會引人側目，被人覺得太認真，但也不至於被當成異類。中學的情況就不一樣了，在教室裡讀書等同聲明自己是怪人，在中學那種不和別人一樣就有可能受到危害的環境裡，讀書等於是向人挑釁。高中就輕鬆多了，無論誰在讀什麼書，都不會有人在意。

話雖如此，我午休時間幾乎沒有在教室裡讀過書，因為我大可去其他地方讀，故意在教室裡讀書感覺像是在炫耀。但我今天看的不是小說，我覺得這不是讀書，而是查書，比較像是學習。在教室裡學習再自然不過了。

我正在翻書，突然有人對我說：

「嗨，堀川。」

我還沒看到人就知道這是誰的聲音。我不經意地闔起書，把手按在書上，抬起頭來。

「你會跑來我們教室還真少見呢，松倉。」

說少見不太對，他以前根本沒來過。

松倉像平時一樣掛著調侃的笑容。

「昨天真是糟糕啊。」

我稍微皺起臉孔。

「是啊。但是事後想想就覺得沒啥大不了的。」

圖書室保管的失物被燒毀不算小事，但也算不上天翻地覆的大事。我不知道瀨野同學為什麼要燒掉書籤，但我其實暗自慶幸因此擺脫了燙手山芋。

松倉沒有相信我說的話，他望向我按著的那本書。

「你嘴上說著沒啥大不了，卻又找這種書來看。」

這傢伙眼睛真利。我無奈地把手移開。松倉讀出書名。

「《簡單易懂的日常毒物百科》。沒想到我們學校的圖書室竟然有這種書。」

「我碰巧發現的。」

「少騙人了，你是專程去找的吧？別死要面子，你明明想調查什麼事。」

我沒必要刻意瞞著松倉，闔上書本只是反射動作。我把書翻到剛才那一頁。

「烏頭鹼。」

松倉默默地閱讀我指著的那段文字。書上是這麼寫的：

攝取之後會立即刺激到神經和心臟細胞，使人瞳孔放大，脈搏減弱，呼吸困難。烏頭鹼特有的中毒症狀是口腔和喉嚨有灼熱感。心臟及呼吸器官麻痺可能導致死亡。在不致死的情況下，烏頭鹼主要由腎臟排出，所需時間因人而異，從四小時至二十四小時不等。尚未發現留有後遺症的案例。

「唔……」

松倉讀完之後發出沉吟。

「確實是劇毒。你是因為最近正好碰到，才會對這種毒感興趣嗎？」

「我的確很感興趣，但不只是出自湊熱鬧的好奇心。你還記得瀨野同學臨走前撂下的那句話嗎？」

「喔喔，好像是『給我記住』。」

才不是。

「是『別吸進去！煙也有毒！』。」

「什麼嘛，原來是那句啊。」

「不然還會是哪句？瀨野同學才沒說過『給我記住』咧。」

「臨走前撂話多半都是撂這句。」

胡說什麼……

松倉又讀了一次書上的說明，然後心領神會地點點頭。

「的確，聽你這麼說我才注意到。燒烏頭的煙真的有毒嗎？如果煙有劇毒，而瀨野同學也知道這一點……」

「那她就太狠毒了。」

「這根本是殺人未遂吧？」

我點頭，又隨便翻了翻書頁。

「可是書上沒有提到燃燒烏頭鹼的煙有毒。其他植物倒是有提到，像是夾竹桃燃燒產生的煙也有毒。」

松倉摸著下巴。

「所以瀨野只是在嚇唬我們？」

「大概吧。我不確定那些煙有沒有毒，或許真的有危險，但是光看我們學校圖書室的資料沒辦法確認。如果瀨野同學不是憑著親身經驗而說出那句話，那她就只是在嚇唬我們。」

松倉咂著舌。神情有點愉悅。

「意思就是我們被她擺了一道。」

「瀨野同學很聰明呢。」

「我完全沒想到這一點。堀川，真有你的。」

「又不是當場想到，也沒什麼好驕傲的。」

我再次闔上《簡單易懂的日常毒物百科》。松倉聳著肩說：

「反正書籤都燒掉了，雖然什麼都沒搞懂，但事情已經結束了。」
「是啊……對了，你有什麼事嗎？」
如果沒有要事，松倉不會專程跑來我們班。果不其然，松倉一臉凝重地點頭。
「既然事情結束了，我聽到了一些後話，不是什麼讓人愉快的事，所以我也想讓你知道。」
「要講就講些讓人愉快的事嘛。」
「我不想要獨自承受這麼不愉快的事。」
松倉說得一副可憐兮兮的樣子，但我沒有當真。他不是這麼柔弱的人，他一定是覺得和我分享這條消息比較好。
「昨天瀨野燒掉書籤之後，我們不是立刻離開了嗎？」
松倉以這句話作為開場白。
「是啊。」
「燒剩的東西沒有處理掉。」
「就算放著不管也會被雨水沖走啦。」
我這句話不是謊話，但更重要的理由是我不想摸到烏頭的灰燼，再說我們也沒義務幫瀨野同學玩火的行為收拾爛攤子。
松倉坐到我的桌上。

「然後呢，看到火和煙的人不只是我們。任何人從走廊往那邊看，都會看到有人在點火。有個高一生碰巧看見了那一幕，就好奇地跑去校舍後面。」

「你還真清楚。」

「我是聽來的。我們班上有人和那個高一生是同一個社團的，所以聽到他在抱怨。那個高一生看著燒掉的書籤發呆時，有個老師正好走過來。」

「喔，這種事也很常見啦。」

「結果老師認定是那個高一生燒的。」

我感覺彷彿被人塞了一口難吃的東西。

「太過分了。」

「是啊，真的很過分。那個高一生連禦寒衣物都沒穿，一直站在那裡挨罵直到天黑，他因此感冒發燒，今天還缺席了。」

現在是二月，在寒風中站那麼久，誰都挺不住的。

「有個細節讓我很在意，老師自己不覺得冷嗎？」

「誰知道，或許他當時穿得很厚吧。」

我稍微壓低聲音。

「這事確實很過分，但我也聽過類似的事。那位老師一定是……」

松倉點頭。

「是啊，就是橫瀨。」

根據我的經驗，一所學校裡無論有多少好老師，學生對老師的回憶都是以最爛的那位為基準。那個高一生想必一輩子都不會忘記橫瀨不分青紅皂白地罵他，這所高中也會成為他記憶中厭惡的場所吧。

我不經意地盯著那本《簡單易懂的日常毒物百科》。

「……老實說，我有點同情橫瀨。」

「喔？」

松倉應了一聲，等我繼續說下去。

「我們學校有上千位學生，這裡又不是調查機關，不可能每次發生事情都正確地抓到元凶。花很多年時間審理的案件都會出錯，怎麼可能只用五分鐘、十分鐘就判斷出誰做了壞事？雖然橫瀨老師常常胡亂給人定罪，但這個環境確實不容許他慢慢研判……我以前是這樣想的。」

「以前這樣想，就代表你現在不是這樣想吧？」

「真巧，我也是。」

松倉插嘴說。

「我不同意你的看法。好歹我也上過十一年學校。」

「要說高中不是調查機關或司法機關，小學和中學還不是一樣？光靠單方面認定就給人定罪可不是普通的事。就連我們學校也一樣，除了橫瀨以外，我沒聽說還有誰會這樣做。你只是太認真看待橫瀨的蠻橫，若無合理解釋實在難以忍受，才會硬幫他找藉口吧。」

我裝出一副苦瓜臉。

「太犀利了，松倉。聽別人說大道理真是不愉快。」

「真抱歉。那你現在是怎麼想的？」

「我現在覺得自己只是太認真看待橫瀨的蠻橫，若無合理解釋實在難以忍受，才會硬幫他找藉口。」

松倉笑了笑，然後他看看四周，悄聲說道：

「我告訴你這件事是為了提醒你，如果被橫瀨知道我們當時在場就麻煩了。要不是因為這樣，我才懶得管橫瀨。」

「多謝啦。」

「順便告訴你另一件事，你可別覺得我很愛說人長短。我跟植田的哥哥稍微聊過，他說橫瀨幾年前只是個普通的老師。」

「植田的哥哥和我們一樣是高二，他怎麼會知道幾年前的事？」

「他打工的地方有我們學校的校友，是那個人告訴他的……總之，聽說橫瀨是因為家裡發生了不幸的事才會變成這樣。」

我一時之間不知該怎麼回應。

「那還真是令人同情……」

「因為他太太厭倦他而跑掉了，後來他就變得很會疑神疑鬼。」

聽到不幸的事，我還以為是孩子過世之類的。呃，太太跑掉也很不幸啦。

「松倉，我實在不知道該做何反應。你說這些是要幫橫瀨辯解嗎？」

「怎麼可能？我只是想表達，我終於明白像他這種人為什麼到現在還沒受到懲處。如果是因為他本來很正常，那倒是說得通。」

我歪著腦袋。

「是嗎？我反而覺得這個故事太戲劇性，沒有證據我很難相信。」

松倉有些不滿。

「你太謹慎了。」

松倉自己平時也很謹慎啊，他一定是因為對橫瀨毫無興趣才會輕易相信這麼狗血的流言。其實我也一樣，我關心的只有我們會不會惹禍上身。

「總之謝謝你的忠告，我會小心的。」

我突然想到一件事，又補充說：

「既然你說的那件事是後話，那我也有一樁後話。」

松倉坐在我的桌上疊起了腿。

「說說看。」

「我們第三堂課是體育課，我去體育館的途中遇見了瀨野同學。我想找她說話，又不知道該說什麼，結果就說『昨天真是敗給妳了』。」

松倉仰天大笑。

「好遜的台詞啊，堀川。太遜了。」

「我知道。」

我的臉一定變紅了。

「總之我這麼說了以後，瀨野同學卻回答『什麼事？』，像是不明白我為什麼突然找她說話。」

「不意外。我問她埋烏頭的事情時，她也裝傻了。」

「裝傻有辦法裝得那麼自然嗎？我感覺瀨野同學真的不知道我在說什麼。」

「……是的話又怎樣？」

我的身體稍微前傾。

「或許有兩個瀨野同學。」

「喔。」

「埋烏頭的瀨野同學和燒書籤的瀨野同學是不同的人。今天來學校的是埋烏頭的那個，所以她聽我提起昨天的事才會毫無反應。」

「堀川，你真有趣。」

「你前陣子也說過呢。」
松倉露出錯愕的表情。
「嗯？什麼？」
「『真有趣』。這是你的口頭禪嗎？」
松倉摀住自己的嘴。
「我說了這種話？我自己都沒意識到。如果你覺得不舒服，那我就不說了。」
「不會啦。」
「我以後會注意的。還有，我要修改一下你的假設。」
松倉微微一笑，把手按在我的桌上。
「就算你今天攀談的是埋烏頭的瀨野，她多少也會有些驚慌。既然她沒有任何反應，應該有三個瀨野。」
「真可怕。」
「假如有三個瀨野，沒人敢保證沒有第四個，搞不好我們學校的學生除了我和你以外全都是瀨野偽裝的。」
「太嚇人了，我們一定要阻止瀨野同學毀滅世界。」
別再胡扯下去了。
「……再不然，瀨野同學或許真的不認得我。如果她有嚴重的臉盲症，那也是有可能的。」

松倉放下疊起的腿，離開我的桌子。我還在想他要坐多久呢。

「確實有這個可能，但我更覺得她擅長演戲和說謊，腦袋聰明，又很大膽。還有其他後話嗎？」

我瞄了教室牆上的時鐘一眼。午休時間還剩四分鐘。

「沒有了。」

松倉的雙手在腦後交握。

「那書籤的事就真的結束了。打擾啦。」

我揮揮手，表示我不覺得被打擾。第五堂課開始前應該還來得及還書。此時外面傳來警笛聲，聽起來像救護車。警笛聲逐漸靠近。

喔，很近耶。

……警笛聲不斷逼近，比我隨意的預測更近。松倉皺起眉頭，望向窗外。

「怎麼了？」

我跟著松倉往外看，教室裡的同學也紛紛走到窗邊。其他教室的情況大概也差不多吧，若是從外面看過來，應該會看到幾百個學生黑壓壓地湊到窗邊。

救護車開進校門，停在校舍門口，穿著藍色制服的救護人員不慌不忙地迅速下車。

我和松倉都沒開口說話。難道有人摔下樓梯了？希望傷勢不嚴重。

鈴聲響起。我錯過還書的時間了。

關於午休時間的救護車，放學後出現了很多流言蜚語。

有人說是腦中風，也有人說是心肌梗塞。

有人說救護車到達時人已經死了，也有人說還活得好好的。我想正確的應該是後者吧，因為救護車離開學校時也是開著警笛，可見患者被緊急送醫了。我在小說上看過，救護車不負責運送遺體。

有人說被載走的是女生，但又聽說那個女生只是正好從救護車旁邊經過，才造成了誤會。最後流言縮減為唯一的版本，那就是有人倒下，被送進醫院。

聽說出事的是橫瀨。有人說他午休時間在訓導處倒下，自己打電話叫了救護車，還有人說他在倒下之後還勉強參加了職員會議，撐到午休時間快結束時才決定叫救護車。這故事太精采了，八成是假的。

松倉對這場騷動沒有表示任何意見。今天放學後我們不用值班，所以我上完課，打掃結束，就直接回家了。

週末我一直在注意電視新聞，沒有看到高中教師死亡的消息。

2

冷到打破歷年紀錄的星期一，教室裡有人謠傳橫瀨死了。

根本是胡說八道。我早上才在走廊上和橫瀨擦身而過，絕對錯不了。

我還記得松倉的忠告，所以沒有一直盯著橫瀨看，但我短暫瞄到他的臉，發現他變了很多。該怎麼說呢，他的神情不像以前那麼凶，像是附身的邪靈被驅走了。

換一種形容方式，橫瀨看起來似乎很消沉。

關於他死亡的流言當然是假的，但還是有比較可信的流言。午休時間有個女生站在我的座位附近提到「聽說是食物中毒」。

「他正在吃便當，吃到一半突然說『好難受』。」

「真的嗎？」

「千真萬確，我朋友說她是親眼看到的。」

橫瀨出事是在午休時間，說他當時正在吃便當很有說服力，但我還是不敢輕易相信，因為食物中毒不會這麼快出現症狀，而且現在是二月，這不是食物中毒的高峰期。

總而言之，他還活著真是太好了。如果在我們說他壞話的當天……不，應該是說他閒話的當天，他就死掉了，我八成會良心不安吧。

放學後，我在圖書室裡告訴了松倉這些事，我本來以為他會諷刺幾句，或者會說他對橫瀨的死活不感興趣，結果我猜錯了，松倉只是緩緩地說了句：

「還好他還活著，我可不想看到認識的人死掉。」

圖書室很罕見地有人在使用，分散擺放的閱覽區桌子各自坐了一人，總共有三個人在看書，其中一位很快就走了，另一位找到了需要的書，一臉滿足地去辦理借書，最後一位不斷地看時鐘，一到四點半就離開了……市立圖書館總是擠滿了讀書的學生，學校圖書室卻沒人來看書，這到底是怎麼搞的？

今天沒有任何工作，不用寫圖書室通訊，沒有需要催討的逾期清單，也沒有海報可以貼，大概是午休時值班的委員做完了。雖然這間圖書室很少人來，但兩個人在放學後值班卻沒事做的情況很少見。松倉喃喃說道：

「好閒啊。」

「我也這麼覺得。」

「用書名來玩遊戲吧，我們輪流說出帶有季節的書名。從春天開始，依照順序。」

「我奉陪。《寂靜的春天》。」

松倉緊接著說：

「《嘈雜的夏天》。」

我想了一下。

「《中世紀的秋天》。」

「《近代的冬天》。」

「《春天與修羅》。」

「《夏天的惡魔》。」

喂。

「你是隨便亂說的吧？」

「怎麼會呢，堀川，你覺得我像是那種人嗎？」

「不像，但我知道你做得出這種事。不然你把作者名字也說出來啊。」

「聖經說過不可以試探別人喔。」

「真的嗎？」

「不對，好像是說不可以試探神。」

應該只有我們兩人的圖書室突然傳來這句話：

「你們老是做這種事嗎？」

一個女生從書架之間的暗處走出來。

是瀨野同學。

我被她嚇了一大跳。我並沒有仔細數，但我清楚看到有多少人進來圖書室。從我放學後走進圖書室櫃檯開始值班，總共有三個人來圖書室，如今三個人都走了，瀨野同學是從哪裡進來的呢？不用想也知道，她一定是比我和松倉更早就來了。

松倉似乎也被她嚇到了，但是我還說不出話的時候，他就先回嘴了。

「偶爾啦。妳一直躲著真是辛苦了。」

「別說得這麼難聽，我只是在等待時機。」

「時機？」

我插嘴說道。

「等待其他人都走光的時機嗎？」

瀨野同學沒有回答，松倉卻領悟地「喔」了一聲，接著說道：

「妳有些不能讓別人聽到的話要說？」

瀨野同學微笑著回答：

「嗯，沒錯。」

她走近櫃檯，兩手按在桌面。

「我有事想問你們。」

松倉立刻回答：

「我拒絕。」

瀨野同學大概沒想到他會這麼說，她的手離開了桌面，細長的眼睛睜得渾圓。

「……至少先聽我說完嘛。」

「妳應該有其他的話得先說吧。」

我可以理解松倉的心情。我主動解釋：

「妳對我們說謊，搶走圖書室保管的失物，還把東西燒掉。松倉說得沒錯，如果妳做了那種事以後還想問我們問題，有句話妳得先說。」

我和松倉並不是多麼在意書籤被燒掉，不過是非對錯還是要分清楚。

瀨野同學這次沒再裝傻。

「這樣啊。也是啦。」

她喃喃說道，然後挺直身體。我心想，她有這麼高嗎？她平時大概會駝背吧。瀨野同學鞠躬說：

「對不起。」

我和松倉迅速地互看了一眼。先開口的是松倉。

「……那妳想問什麼？」

瀨野同學詫異地抬眼看著松倉，似乎很驚訝他沒再指責她，也不要求她解釋。不過那只是一瞬間的事，瀨野同學很快就恢復了原先的強硬。

「我要問書籤所有者的事。」

見我們默不吭聲，瀨野同學又問道：

「你……是叫堀川吧？你不是看到了那個人嗎？」
我停頓片刻才回答：
「我上次也說過，我只看到那個人的背影。」
「那個人的背影是什麼樣子？」
「什麼樣子喔……」
我想了一下。其他的圖書委員怎麼想我不清楚，但我和松倉都堅持要保護圖書室使用者的隱私，就算是警察來問，如果沒有搜查令，我們絕不會說出誰借了什麼書。
但這次情況不一樣，瀨野同學要問的並不是書籤的所有者「借了什麼書」，就算我說出那個人的事，也不算違反圖書委員的規定。不過，我現在能回答的只有這句：
「我也說不清楚，要看到才會知道。」
瀨野同學稍微瞇起眼睛，像是在觀察我有沒有說謊。看到她這副表情，我的心中突然冒出疑惑。
「我才想問妳為什麼……」
「喂！」
松倉立即喝止，像是在告誡我不要涉入太深，但我沒有就此打住。
「為什麼要燒掉書籤？妳找書籤的所有者是要幹麼？」
其實我想問的不是這些事，我真正想問的是：

「……那張書籤到底是什麼東西？」

夾在《玫瑰的名字》下集的書籤雖然含有烏頭，但那終究只是書籤，瀨野同學卻堅持要消滅它，不顧一切地把它燒掉。如今書籤已經消失在世上，瀨野同學卻開始找尋書籤的所有者，她到底打算做什麼？

瀨野同學稍微低下頭。我聽見了她的喃喃自語。

「我就知道，果然被問到這件事了。」

然後她慢慢抬起頭。

「我會說的，所以你要幫我的忙喔。」

我還沒開口，松倉就先回答：

「現在還不能答應，得先聽完妳的答案。」

瀨野同學看了松倉一眼。

「喔？算了，無所謂。那就這樣吧。」

然後她回頭望著空無一人的閱覽區座位，提議說：

「站著說話不方便，去那邊的座位談吧。」

我們坐在櫃檯裡，只有瀨野同學一個人站著，這樣確實不方便談話。我正要起身，松倉又嚴肅地開口：

「我們還在值班，不能離開櫃檯。不好意思，妳還是在這裡說吧。」

瀨野同學明顯露出厭煩的表情，她第一次轉身面對松倉。

「我說啊，看到書籤所有者的是堀川，我又不是在問你，這事跟你無關。」

「如果妳沒有從我的手上搶走書籤，這事或許跟我無關。都是因為妳，害我變成了沒有妥善保管失物的無能圖書委員。就算我接受妳的道歉，也不會改變妳給我添了麻煩的事實。」

先不管他們對話的內容，我到現在才注意到一件事：松倉和瀨野同學似乎不只是同班過，而是還有更深的關係。至於那是不是友善的關係，我就不清楚了。

瀨野同學好像比較冷靜了，她嘆了一口氣。

「總之你是不想讓我掌握主導權吧？我知道了，那我就站著說。」

松倉開玩笑地說：

「我只是盡忠職守罷了。」

此時我才明白松倉為什麼不肯移到閱覽區，如果遵從瀨野同學的提議去閱覽區，對話的主導權就會落在瀨野同學的手上。松倉很小心地防範這一點，我卻沒有半點戒心。

瀨野同學把一隻手按在櫃檯上。

「反正我也不會說很久。如同你們所見，那張壓花書籤是經過精心設計的。」

書籤上的花紋像是席捲水流又像是躍動火焰，裡面還藏著英文字母，確實設計得很精美。我默默點頭。

「設計那個花樣的人就是我。」

松倉驚訝地說：

「喔？」

瀨野同學沒有轉頭看松倉。

「國中二年級的校慶，我們班要開咖啡廳，大家一起討論主題，而投票表決的結果是書本咖啡廳。」

我也忍不住插嘴說：

「真冷門。」

瀨野同學的表情變得比較柔和了。

「我不太記得當時的情況，貓咪咖啡廳和女僕咖啡廳的票數好像更高，可是都被老師駁回了。」

唔，這種事也很常見啦。

「我們還製作書籤作為書本咖啡廳的贈品，在塑膠片畫上不同人設計的圖案，和壓花一起護貝，送給來光顧的客人。壓花有好幾種，我記得用了很多種類的花……後來我才發現，我準備的花裡面也包含了烏頭。」

「哎呀。」

「真的很不妙。不過當時沒有發生問題，因為沒有人會吃書籤，而且只要我假裝不知道，就沒有人需要承擔責任了。」

假裝不知道啊……這也是一種處理方式。

「我本來早就忘記那件事了，沒想到後來又看到那張書籤，我被嚇到了……所以忍不住把書籤燒了。」

「我也有被嚇到過。」

松倉盤起雙臂。

「但我不會因此燒掉什麼東西。」

「嗯，我也不會。」

瀨野同學回答得很乾脆。

「每個人的反應本來就不一樣。」

是這樣嗎……

「看見以前犯的錯突然出現在眼前，既然有機會除掉，當然要除掉。我本來以為解決了，可是事情並沒有結束。如果我設計的書籤被拿去做不好的事，我會很頭痛的。」

我和松倉迅速地互看一眼，觀察對方知不知道瀨野同學口中「不好的事」是指什麼。松倉微微搖頭，所以我直接問她：

「什麼不好的事？」

瀨野同學收回按在櫃檯上的手，她的表情很冰冷。

「……你不知道嗎？」
「知道什麼？」
「你不是在裝傻吧？」
「妳到底在說什麼？」
瀨野同學啞口無言，我彷彿窺見了她的懊悔。她發現原來我們什麼都不知道，似乎很後悔主動提起。這讓我想到了一件事。
「難道……」
松倉向我問道：
「堀川，你是不是知道什麼了？」
「不，我不知道。我只是在想，難道瀨野同學知道症狀？」
「症狀？什麼症狀……」
松倉說到一半，突然「啊」了一聲。瀨野同學微微地點頭。
「有個女生當時在救護車旁邊聽到他們說的話。我去問過她了，她說聽到急促的呼吸聲，以及『嘴裡好熱，喉嚨好熱』，救護人員用無線電回報『脈搏不穩，還有散瞳』。」
散瞳的意思是瞳孔放大。
我想起了星期五看過的書。
【瞳孔放大，脈搏減弱，呼吸困難。】

【烏頭鹼特有的中毒症狀是口腔和喉嚨有灼熱感。】

松倉愣住了。

「所以橫瀨……」

我情不自禁地厲聲說道：

「瀨野同學，妳明知這件事，卻沒有告訴醫護人員他是烏頭鹼中毒？還好橫瀨被救回來了，他說不定會來不及救治耶！」

瀨野同學睜大眼睛。

「我也是今天才知道的！如果我星期五就知道，我一定會告訴他們的！」

她喟然長嘆，接著又說：

「烏頭中毒的人……應該說是烏頭鹼中毒的人，如果沒有死，身體很快就會排出毒素，所以他已經沒有生命危險了。」

我也看過類似的說明，書上說只要四小時至二十四小時就會排出毒素，而且不會留下後遺症。

「因為我的疏失而製作出來的烏頭書籤經過多年又出現在我的眼前，我本來以為已經處理掉了，學校老師卻出現類似烏頭中毒的症狀被送醫急救。我想搞清楚書籤是從哪來的，我無論如何都要搞清楚，差點殺死橫瀨老師的書籤是不是我以前的班級發送的。在圖書室遺失書籤的人或許和橫瀨老師沒有任何關聯，但我只有這條線索。」

瀨野同學停頓了一下，筆直注視著我。

「所以，請你告訴我，遺失書籤的人是什麼樣子？」

只有三個人的圖書室陷入了沉默。如同冬天的氣氛，窗外一片昏暗，北風搖撼著玻璃門。

我默默地沉思。

「是什麼樣子……我也說不上來……」

該怎麼描述呢。

「那人穿著我們學校的水手服，應該是女生，但我不敢保證絕對不是男生。」

「你不是看到那人的背影嗎？髮型呢？」

「髮型啊……我只知道沒有很短，也沒有很長。」

「有沒有明顯的緞帶或髮圈？」

「沒有緞帶。髮圈我就不確定了，我根本沒注意到那人有沒有綁頭髮。」

「也是啦，我們學校的校規禁止綁緞帶。」

既然如此幹麼還問我？

瀨野同學緊接著又問道：

「是幾年級的？從徽章和室內鞋的顏色應該看得出來吧？」

很不巧，女生制服的徽章在胸前，室內鞋表示幾年級的彩色線條不分男女都是在腳背上。

「從背後看不到啦。」

「說得也是。那麼身高呢？比我高還是比我矮？」

「這個嘛……應該比妳矮吧。」

松倉在一旁看不下去，插嘴說道：

「光靠這些資訊是不可能找到人的。」

「是沒錯啦，但我只看到一眼啊。」

「我不是對你說的，而是對瀨野說的。妳打算靠著堀川的目擊證詞到處問人有沒有遺失烏頭書籤嗎？」

瀨野同學果斷地回答：

「如果有這個必要。」

松倉也堅定地說：

「沒用的。如果對方假裝不知道，妳也看不出來。」

「不然你要我怎麼辦？」

松倉轉頭對著我說：

「堀川，如果你再次看到書籤所有者的背影，你認得出來嗎？」

我一邊回憶那人的背影，一邊回答：

「很難說。」

「至少比瀨野靠著你含糊的目擊證詞去問全校學生更有可能找到吧？」

「是這樣沒錯啦。」

「書籤的所有者在圖書室借了玫瑰……借了那本書，想必是愛看書的人，只要在這裡守著，那個人一定會再來。」

我十分吃驚，松倉竟然想要幫助瀨野同學。

瀨野同學也感到不解。

「啊？怎麼回事？你剛才不是很生氣嗎？」

「我現在還是很生氣。」

但松倉的語氣不像是在生氣，他別開了臉。

「我和堀川本來就想警告書籤所有者烏頭有毒，正如妳所說，不會有人吃書籤，但是萬一發生意外，我們一定會良心不安。事實上，現在已經發生了疑似烏頭中毒的事，如果再坐視不管，以後說不定會有人死掉。這已經不只是良心的問題了，我們是騎虎難下，只能硬著頭皮奉陪到底了。」

說到這裡，松倉望向我。

「……我是這樣想啦，不過負責找人的還是你。我擅自幫你出主意，真是抱歉。」

我歪起腦袋。

「看到書籤所有者的只有我，但我不喜歡自己一個人辛苦，所以也要請你出點力。」

「我？」

松倉一臉詫異地指著自己。

「太不機靈了，松倉。我們又還不確定橫瀨送醫急救的原因是鳥頭，你不覺得應該先去調查一下嗎？」

松倉疑惑地皺起眉頭。

「你是叫我潛入醫院偷病歷嗎？」

「怎麼可能？是調查案發現場啦。」

「……喔喔。」

松倉發出感嘆的聲音，他似乎沒想到這一招。

「對耶，的確該去看看現場，雖然十之八九不會留下痕跡。橫瀨是在哪裡倒下的？」

「聽說是訓導處。」

「喔。」

松倉摸著下巴，望向半空。

「從出事至今已經打掃過兩次了，別說是十之八九，恐怕十之九成九會白跑一趟。」

「但你還是會去吧？」

「嗯啊。」

我和松倉一起望向瀨野同學，她還沒有跟上我們迅速的步調，呆了好一陣子。

「呃，意思就是……你們要幫我的忙？」

「這算是幫妳的忙嗎……」

我說到一半，實在想不到適當的表達方式，只好說：

「就是這樣。」

松倉的說法比較嚴謹。

「應該說是合作關係吧。就算妳拒絕讓我們加入，就算只靠我一個人，我也會找出書籤的所有者。不過，既然目的相同，我建議互相分享資訊比較好。」

瀨野同學顰起細細的眉毛，拇指指甲靠在嘴脣上。

「只有堀川看過書籤的所有者，我也沒有其他線索……看來我沒有選擇的餘地了。」

我點頭說：

「那就決定了。我從明天開始在這裡盯梢，看能不能找到背影像書籤所有者的女生。」

松倉接著說：

「我也會想辦法去調查訓導處。我應該找得到門路。」

「那我……」

瀨野同學語帶猶豫。

「我該做什麼呢？」

瀨野同學本來打算從我口中問出目擊證詞，自己去找書籤的所有者，如今我自告奮勇要幫忙找人，令她的計畫落空了。話雖如此，我和松倉又沒資格指使她做事。

「我們如果有發現就會通知妳，妳發現了什麼也要通知我們。」

「總覺得你只是隨便回答我。」

瀨野同學短促地嘆了口氣。

「我知道了。不過我要先跟你們說清楚……」

瀨野同學如此說道，交互望向我們兩人。

「我早就覺得自己一個人什麼都做不到，但我不想讓更多人知道書籤的事，所以沒有找任何人商量。坦白說，我也想過要找你們幫忙，不過我對你們做了那種事，本來還以為沒希望了。」

瀨野同學再次鞠躬，動作流暢又優美。一縷頭髮披垂而下。

「你們願意幫忙讓我安心不少。謝謝你們。」

黃昏已經過去，差不多該準備關閉圖書室了。今天非常冷，雖然圖書室有空調，但學生沒有權限打開電源，瀰漫在室內的冷空氣令我忍不住打顫。松倉看著旁邊說：

「不需要道謝，我們什麼都還沒做……對了，瀨野。」

瀨野同學抬起頭，沉默地歪起脖子。松倉問道：

「書籤圖案裡的『R』是什麼意思？」

瀨野同學彷彿早就料到會被問到這件事，想都沒想就直接回答：

「那是『Rest』的『R』。我們班開的咖啡廳店名就叫作『Rest』。」

松倉輕輕點頭。

「名字取得不錯。」

他只是如此回答。

3

流言是如何產生，又是如何散播的？是知情者不小心洩漏的一句話演變而成，還是毫無根據地憑空冒出呢？

隔天早上，教室裡流傳著橫瀨是被人下毒才會病倒。我所知道的是「校舍後面種了烏頭」、「橫瀨的症狀很像烏頭中毒」，以及「用烏頭製作的書籤至少有一張」。我比那些無憑無據的流言更接近真相嗎？或者我也是毫不知情卻聽信流言的其中一人？在早晨的教室裡，一位平時會跟我聊天但不算很熟的同學用分享祕密的語氣告訴我：

「聽說橫瀨被下毒了。聽起來像是假的。」

如果是假的就好了。

我把書包放在教室，趁著還沒開始上課先去圖書室。圖書室一向很少人使用，一大早絕對不會有人去……我本來以為是這樣，當了圖書委員之後才知道有很多人會在這個時間去圖書室，大概是因為早上先去還書就不用把該還的書放在手邊一整天。

上課前不會有圖書委員值班，司書老師也不在，可能是去參加早晨的職員會議了，也就是說圖書室現在沒人，但不時有人進來把書放到還書箱。我突然覺得，既然沒有人能辦理借書，何不把還書箱放在走廊上，將圖書室鎖起來呢？那樣做還比較合理……說是這樣說，我也不反對在無人值班不能借書的時候開放圖書室啦。

圖書室空無一人，我坐在閱覽區，掐指數算現有的問題。

第一，橫瀨送醫急救是因為烏頭書籤嗎？若是如此，是誰讓他吃下了烏頭？……不過這應該是警方的工作吧。

第二，我該如何揭露把書籤夾在《玫瑰的名字》下集的人？

再來是最根本的問題，那張書籤到底是「什麼東西」？瀨野同學說是在中學校慶時製作的，我該相信她嗎？如果她說的是真話，種在校舍後面花壇的烏頭就和書籤無關了。事實真是這樣嗎？

在空蕩蕩的圖書室，我喃喃自語著：

「我越來越搞不懂了……」

圖書室的門被拉開，有個高三男生走進來，把一本書放進還書箱。

在開始上課前總共有三個人來還書。上課鈴響起，我回到教室。班會時沒有提到橫瀨送醫的事，宣布事項只有鄰市發生交通事故，請大家上下學多加注意，以及禁止太花俏的圍巾。

上完第一堂課，我又走向圖書室。

如果圖書委員每節下課都要去圖書室值班，就沒辦法好好上課了，所以下課時間是由司書老師坐在櫃檯裡……本來應該是這樣，可是我到了圖書室，卻發現坐在櫃檯裡的是圖書委員。那是委員長東谷同學。

我大吃一驚，東谷同學似乎也嚇到了，眼鏡底下的眼睛睜得渾圓。她先鎮定下來，問道：

「咦？你來做什麼？」

我不知道該怎麼回答，結果說出來的是：

「只是想來一下圖書室……」

東谷同學思索片刻，大概覺得學生在下課時間來圖書室也沒什麼不對的，就摀著嘴巴喃喃說著「是喔」。

圖書室裡看不到其他人。我本來想問司書老師在哪裡，但東谷同學先開口說：

「你來得正好，我有事想問你。」

也是啦，東谷同學確實有一件事得向我確認。她問的果然是那件事。

「書籤怎麼了？」

東谷同學只知道我和松倉貼了告示找尋書籤的所有者，卻不知道後來的事。換句話說，她還不知道書籤已經被瀨野同學搶走燒掉了。

我不確定該敘述得多詳細，總之就照實說：

「有個自稱是物主的人把書籤拿走了。」

「物主？」

東谷同學皺起眉頭。

「那人真的是物主嗎？」

不是。這件事解釋起來太複雜了，我也不知道該不該說出毒花書籤的來歷。我極力避免提到瀨野同學的事，簡單地向東谷同學說明了書籤的情況。

第二堂課結束後，我也跑來圖書室盯梢。

從我的教室來圖書室大概要兩分鐘，為了避免上課遲到，敲鐘前兩分鐘就得離開了，所以下課時間十分鐘，我頂多只有六分鐘能待在圖書室。我雖然照著松倉的建議來圖書室，要是這種盯梢方式真能遇到書籤所有者，我反而會很驚訝。

我正坐在圖書室閱覽區想著這些事，門打開了，一位女生走進來。是瀨野同學。她看到我就輕輕抬手，走了過來。

「成果如何？」

「妳沒必要專程跑來，有事我會傳訊息給妳的。」

我和松倉和瀨野同學已經交換了聯絡方式，她叫我如果發現疑似書籤所有者的人就立刻聯絡她，所以我沒想到她會親自過來。

瀨野同學拉開椅子坐下，說道：

「我不是來問情況的。該怎麼說呢……算是來加油的吧。」

「加油？為什麼？」

「要找書籤所有者的是我，辛苦的卻是你。所以我至少該來幫你加油。」

我笑了笑，說道：

「真是禮數周到啊。」

「嗯。想不到吧？」

我沒想過這一點，不過被她這麼一說……

「的確很意外。」

瀨野同學望向窗外。

「我看起來很自由奔放？」

說到外表給人的印象，瀨野同學就像是電視劇或電影裡的美女突然出現在眼前，美得彷彿和校園生活扯不上關係。但我若是覺得瀨野同學自由奔放，也不會是因為她的外表。

「在學校裡用打火機燒掉書籤的人當然很自由奔放。」

瀨野同學苦笑似地揚起嘴角。

「說得也是。那件事真是抱歉。」

她好像想要轉移話題，看了看圖書室各處。剛才司書老師還坐在櫃檯裡，不知何時又走掉了，如今圖書室裡只有我和瀨野同學。

「……因為現在是下課時間嗎？」

瀨野同學說道。

「圖書室竟然這麼安靜，簡直不像真的。」

「或許就是因為現在是下課時間吧。」

「書店感覺隨時都有客人，所以我本來以為圖書室應該有更多人。這一節下課時間有人來嗎？」

「只有妳一個。」

瀨野同學聞言表情有些失落。

「都是我害你白忙一場。」

「是嗎？我倒不這麼覺得。」

我這樣說不是因為裝腔作勢或死要面子，而是我和松倉都知道圖書室的常態就是如此，所以早就料到來這裡盯梢多半只是一直盯著幾乎沒人打開的門。

瀨野同學或許有些尷尬，又換了個話題。

「你不是圖書委員嗎？你沒想過要鼓勵更多人來圖書室嗎？」

我沒打算笑，但還是不自覺地笑了。瀨野同學用銳利的眼神盯著我。

「有什麼好笑的？」

我急忙搖手說：

「不是啦。我只是想到圖書委員會也有人說過類似的話，才發現原來大家都會這樣想。」

瀨野同學「喔？」了一聲，一臉疑惑地抿起嘴脣。其實我沒有必要解釋，但我不希望她誤會下去，所以又加了一句：

「真的啦。」

瀨野同學不感興趣地揮揮手。我還是回答了她先前的問題。

「……如果問我希不希望有更多人來圖書室，或許多少有一點吧，不過那只是出於表面上的理由，像是書沒人看很浪費，或是既然當了圖書委員就該更努力一點。」

「我可以理解你不想要閒著沒事做的心情。如果這是表面上的理由，那真心話是什麼？」

為什麼我得告訴瀨野同學我的真心話啊？雖然我覺得沒道理，還是回答她了。

「真心話是我根本不在乎有沒有人來。」

「因為你只是被班上推舉的委員？」

「這也是其中一個理由啦。」

不只是這樣。我思索著該怎麼說。

「或許……」

瀨野同學撐著臉頰等我說下去。

「或許？」

「或許圖書室……還有圖書館，是為了保障變得偉大的可能性，所以重點在於『有或沒有』，而不是『使用的頻率多高』。」

「讓誰變得偉大？要怎麼變得偉大？」

「任何人，任何方式。所以才需要這麼多的書，而且這樣還不夠。」

手機發出震動。距離鐘響還有兩分鐘。

「該回去了。」

瀨野同學按著桌子站起來，把披在肩膀前的一縷頭髮撥到身後，說道：

「這個答案還不壞，老實說，我挺喜歡的。不過，只把圖書館視為幫助人增加優勢的設施，我覺得還稍嫌不足。」

我也站了起來，一邊把椅子推回桌下一邊回答：

「或許吧。」

「你比我想像得更熱愛圖書館呢。」

「有嗎？只是個圖書委員罷了。」

上課快遲到了，所以我們就此結束對話。

上完第三堂課，我依然跑來盯梢。只有一個男生來還書，沒有其他人進出。

這次瀨野同學又來了，我們像先前一樣，在同一張桌子相對而坐。瀨野同學神情苦澀地看著手機。

「松倉沒來呢。我還以為他會來。」

「他應該不會來吧。」

只有我看到書籤所有者的背影，松倉來了也幫不上忙，所以沒必要特地跑一趟……他可能是這樣想的，而我也可以理解。如果換成我是他，我應該也不會來。話雖如此，我並不討厭瀨野同學來幫我「加油」。

瀨野同學把手肘靠在桌上，盯著手機螢幕說：

「你和松倉認識很久了？」

原來她不知道啊。

「我們是去年四月當上圖書委員時認識的，到現在差不多十個月，要說久確實挺久的。」

這十個月發生了很多事，說起來好像沒有很久，但我感覺已經非常久了。自從認識了松倉，我看到了很多沒看過的事，聽到了很多沒聽過的事。這樣啊，原來才過了十個月啊。

瀨野同學的視線離開了手機。

「咦？只有這樣？」

「是啊。」

「我還以為會更久呢。」

我正準備問她為什麼這樣想，又覺得她只會回答「就是這麼覺得」，所以我問了另一個問題：

「瀨野同學，妳高一的時候和松倉同班吧？」

「是沒錯啦。」

「松倉在班上是什麼樣子？我只知道他當圖書委員時的樣子。」

其實我知道他更多面相。我看過松倉破解密碼，看過他擔心小鳥的安危，看過他調查過世的學長看的最後一本書，還聽他說過家裡的往事，但我對他在班級裡的樣貌仍是一無所知。

瀨野同學的眼神有些冷淡。

「在別人背後評頭論足不太好吧。」

有道理。

「那我等松倉在的時候再問吧，這樣他若是不喜歡就可以阻止了。」

瀨野同學有些訝異。

「咦？你想問的只是那種程度嗎？」

「不然還有哪種程度……」

「喔，沒什麼啦。那我就說了。」

瀨野同學隨便敷衍兩句，然後把手機蓋在桌上。

「他長得還不錯，班上有些女生很仰慕他。可是，該怎麼說呢，他的態度總是冷冷的，我還以為他不想理我。」

「冷冷的……」

「松倉不是說要幫我找書籤的所有者嗎？」

「嗯。」

「其實我有點意外……不，是非常意外，因為松倉這個人好像只會做自己想做的事。」

說到這裡，瀨野同學想了一下。

「呃，這或許只是我的偏見吧。高一的時候，我們在校慶上演了白雪公主，松倉演的是獵人。」

「我知道，他說過。他還說妳演的是皇后。」

說到這裡，我隱約感到有些不對勁……但是那種感覺很細微，所以我馬上就忘記了。

瀨野同學點頭。

「嗯。為了選出導演、劇本、大道具指揮、服裝指揮等主要工作人員，我們在星期天來學校開會討論。演員幾乎全都來了，松倉也在。當時我們提到要寫劇本最好先讀過原著，所以派一個人來這裡找書。」

瀨野同學一邊說一邊指著地板。查詢戲劇原著是圖書室的正常用途，我光是聽到有人正常地使用圖書室就覺得開心。看來我真如瀨野同學所說，很愛這個地方。

「只是找一本書，費不了多少工夫，所以我們只派一個男生去找，可是那人遲遲沒有回來，我們從早上開始開會，到午餐時間都還沒看見他，大家還在猜他是不是先回家了。打電話給他也沒人接，只好再派幾個人去找他，那男生一看到我們，就氣鼓鼓地抱怨『這是要怎麼找啊！』。」

「找不到白雪公主？不是仙履奇緣？」

「是白雪公主沒錯……仙履奇緣很難找嗎？」

「還好啦，不會差太多。我只是想到仙履奇緣最出名是夏爾‧佩羅的版本，相較之下收錄在格林童話裡的白雪公主更好找，因為格林童話的知名度比夏爾‧佩羅更高。」

格林童話也收錄了仙履奇緣，但我看過的版本是把標題寫成「灰姑娘」。

瀨野同學一臉佩服的模樣。

「我覺得仙履奇緣的故事還比白雪公主稍微有名一點，原來找起書來是另一回事。真有趣。」

「硬要比較的話就是這樣啦。然後呢？」

在我的催促下，瀨野同學露出晦澀的笑容。

「那個男生在圖書室裡從頭一本一本地找起，他找的是書名叫作《白雪公主》的書。那樣是找不到的。」

嗯，那樣當然找不到。

「圖書委員到底在幹什麼？」

「那天是星期天，圖書委員沒有值班，就算有圖書委員，人家沒問他們也不會主動告知。」

是沒錯啦。那個男生大概是去職員室借鑰匙自己進去的吧，而且我值班時也沒有主動問過別人「在找什麼書」。

瀨野同學突然直勾勾地盯著我看。

「你竟然沒笑。圖書委員聽到有人從頭一本一本地找書，一定會覺得很蠢吧？」

「沒什麼好笑的，我也不覺得這樣很蠢。」

圖書室的書本是依照分類排列的，但我也不是第一次踏進圖書室就知道這件事，而是當了圖書委員後才知道十進分類法，所以我絕不會嘲笑不懂得如何在圖書室找書的人。

瀨野同學不太高興。

「我很想笑，我也覺得很蠢，因為全體工作人員討論出來的結果是叫所有人分頭去找。

我也不熟悉圖書室，但我知道書本的排列方式一定有某種規則，如果不知道規則，去問知道的人就好了，他們卻沒有這麼做，而是叫所有人一起找。」

「妳可以提出建議啊。」

「是沒錯啦！」

她的語氣帶著一絲怒氣。

「你說得很簡單，但我才不想引人注目，所以我什麼都沒說。」

不想引人注目？真不像是把襪子丟進垃圾桶、搶走書籤在放學後的校內狂奔的人會說的話。

光是針對這件事，我可以理解瀨野同學的想法。明明有更簡單的方法，卻要選擇困難的來做，還要大家一起來承擔，面對這種情況不見得能輕易開口反駁。讓大家一起背負無謂的辛苦才公平，這是很常見的想法。

「松倉當時也沒有提出建議。」

瀨野同學繼續說。

「但我看見他用手機查資料，三分鐘後他就拿來一本格林童話，翻到其中一頁，說裡面有收錄白雪公主。」

喔喔，松倉的確會這樣做。

「他的做法讓人覺得不太舒服。大家誇獎整個上午都在圖書室找書的男生很有毅力，對松倉卻什麼都沒說，松倉好像不怎麼在意。」

「他一定不會在意的。」

「我不覺得松倉這樣做很酷。活在世上就得顧慮別人的目光，我實在沒辦法像他一樣。不過，其實我還滿想嘗試看看的。」

瀨野同學說完，就把手機翻到正面看時間。我的手機此時也發出震動，上課鐘再兩分鐘就會響起。

瀨野同學一邊站起來，一邊說道：

「關於松倉的事，我只記得這一件。」

結果午休前的下課時間只有一個男生來還書，雖然瀨野同學一直來陪我，讓我不會太無聊，但盯梢還是毫無收穫。

我中午沒有吃便當，因為我想要午休時間一到就去圖書室，而且圖書室禁止飲食。我餓著肚子前往目的地。

午休時間才開始三分鐘，我就到了圖書室，但有人比我更早來，是東谷同學和瀨野同學。東谷同學坐在櫃檯內的椅子，瀨野同學坐在窗邊的座位望向我。我先走向東谷同學。

「喔，妳中午值班啊？」

我這麼一問，東谷同學露出不太高興的表情。

「我是來代班的。」

「植田呢？」

圖書委員都是兩人一起值班，東谷同學通常和高一的植田搭檔，但我沒有看到植田。

東谷同學仍然臭著一張臉。

「沒必要把植田一起拖下水。」

午休時間會有很多人來，她一個人值班真的沒問題嗎？

「要我幫忙嗎？」

我嘴上如此提議，但心裡覺得她應該不會答應。果不其然，東谷同學搖了頭。

接下來，我向窗邊的瀨野同學說話。冬風從敞開通風的窗戶吹進來。瀨野同學沒有表現出畏寒的模樣。

「妳來得真早，午餐呢？」

「我才想問你咧。」

如果我回答「今天不吃了」，瀨野同學一定又會覺得為了找尋書籤所有者的事而委屈我了。我不討厭別人向我道謝，不過她若老是為同一件事向我道謝，會讓我壓力很大。

「隨便解決了。」

我打了個馬虎眼。

瀨野同學坐的窗邊位置可以看見整間圖書室，但是看不到門口。我還是跟她說一聲吧。

「我想換到能看見門口的座位。」

瀨野同學默默點頭，離開窗邊，跟在我後面，大概是有話要對我說。最後我們又面對面坐在下課時間來過的那張桌子，瀨野同學立刻開口：

「我聽到了下毒的流言。」

我回答得有些遲疑。

「我知道，我早上也聽到了。」

「你怎麼沒告訴我？」

「我還以為妳也知道。」

流言何時傳到自己耳中要看運氣，不過我在上課前就聽到了流言，瀨野同學卻中午才提起，比我慢了很多，她和班上同學的關係可能比較疏遠吧……一定是這樣。

瀨野同學一臉憂慮。

「警察會來調查嗎？」

我想了一下。

「不太可能。」

「為什麼？」

「雖然橫瀨被送到醫院急救，但是醫院似乎沒發現原因是中毒，毒素的種類就更不用說了。如果橫瀨死了，警方應該會展開調查，說不定還會查出原因是烏頭，既然他還活著，警方多半不會出動。」

「你敢保證嗎?啊,我的語氣太差了,抱歉。那警察在什麼情況下才會出動呢?」

我再次陷入沉思。我又不是警察,怎麼會知道……

「譬如醫院裡有個醫生直覺非常準確,猜到這是烏頭鹼中毒,檢驗之後發現真的是這樣,橫瀨知道了就去報警……諸如此類。當然,如果橫瀨自己察覺到什麼,可能就會主動去跟警察說『有人讓我服用了烏頭』。不管怎麼說,橫瀨病倒是上週五的事,警方要調查早就開始調查了,所以事情應該結束了。」

瀨野同學輕輕嘆氣,那大概是安心的嘆息吧。

「這樣啊。謝謝。」

側滑式的門打開了,一位女學生走進圖書室。瀨野同學沉默不語,等著我的反應,我小聲地說「不是」,她嘆了一口氣,然後眼中浮現堅決的神色。

「說到警察,警方問案不是都會一再重複地問同樣的問題嗎?聽說有些人被問很多次才會想起來。」

「妳怎麼會知道這些事?」

「在電視上看到的。」

原來如此。

「所以我要再問一次……書籤所有者是怎樣的人?」

就算她一再問我，能說的我都已經說了，沒有其他事情可以補充了。我不知所措地看著天花板，然後視線繼續游移，發現坐在櫃檯裡的東谷同學也瞪著天花板，神情焦躁地把手指按在嘴唇上。

我能說的還是同一句話。

「那人穿著我們學校的水手服。除此之外，我什麼都不確定。」

「真的嗎？」

瀨野同學的眼珠顏色很深，和她對望時會有一種快要陷進去的感覺。我強忍著轉開目光的衝動默默點頭，但瀨野同學還是一直注視著我，彷彿想要看穿我的心。我努力地回答：

「如果疑似書籤所有者的人來了，我絕對不會看漏的，只要稍微有點像，我就會告訴妳。現在我能做到的只有這樣。」

瀨野同學終於垂下視線。

「……我知道了。雖然我理智上明白現況什麼都做不了，情感上還是很難接受。」

「我真的很想幫妳，但做不到的事就是做不到。」

「我也知道自己給你添麻煩了。」

瀨野同學還是壓抑不了焦慮。看到她這個態度，我突然想到兩件事。

第一，瀨野同學為什麼會如此焦慮？因為她設計且製作了毒花書籤，才導致橫瀨中毒，這件事確實值得憂慮，這就像是曾經挖了陷阱，後來聽到有人跌入而受傷。不過，光是這樣會令她如此焦慮嗎？

第二，之前我都忘了，其實我有件事必須向瀨野同學確認。

「對了，我也可以問妳問題嗎？」

她冷淡地回答：

「要公平一點。我剛才問的問題你沒有給出正面回答，所以接下來還是我發問。」

「妳還想問什麼？」

「目前還沒想到。」

「不好意思，那就讓我先問吧……烏頭燃燒產生的煙真的有毒嗎？」

瀨野同學眨了眨眼睛。

「你說什麼？」

「妳很擅長裝傻呢，我幾乎相信妳真的不記得了。」

她拍了一下手，像是想起來了。坐在櫃檯裡的東谷同學瞪著我們看。

瀨野同學稍微低下頭。

「抱歉，我真的忘了。你是說我上週跑掉之前說的話吧？我的確那樣說過。那是我準備逃跑時突然想到的。」

她果然是在嚇唬我們嗎？

瀨野同學歪著頭。

「唔，我也不知道。我不是真的認為煙有劇毒，否則就不會在自己面前燒了。」

「是這樣嗎？」

「你把我當成什麼了？」

「不擇手段的人。」

「是這樣沒錯，但我說的是真話。如果嚇到了你，那我道歉。」

我並不是真的那麼害怕，但我還是繼續追問：

「為什麼妳覺得煙不是劇毒？某些植物燃燒產生的煙真的有毒耶。」

瀨野同學用纖細的手指按著額頭，像是在搜索記憶。

「……我們製作書籤時，剩下的花都燒掉了，其中也有烏頭，但是當時什麼事都沒發生。」

聽起來真不可靠。瀨野同學大概也這麼想，又補充說：

「只憑這樣好像還不足以相信。反正你不要去吸烏頭的煙就是了，如果真的有毒就完蛋了。」

……老實說，我沒有很在意，問她這件事只是為了確認。

午休時間還剩很久。我還有其他想問的事。

「妳為什麼會知道校舍後面的花壇？」

瀨野同學不高興地說：

「你真的沒在跟我客氣呢，問完一件又一件。你有沒有聽到我說的話啊？接下來換我發問了。為什麼你們會知道？」

「我們是看到展示在保健室旁的照片。因為照片拍到了烏頭，所以我們去攝影社詢問照片是在哪裡拍的。」

「差不多嘛。我也一樣。」

我早就猜到瀨野同學也去問過，看來真是如此。松倉說岡地的反應不像被問過同樣的問題，看來他判斷錯誤了。

瀨野同學或許放棄了輪流發問的規則，又或許覺得花壇的事沒啥大不了，她撐著臉頰說：

「你知道那個地方為什麼會有花壇嗎？」

我一邊回想起風化的水泥磚和生鏽的小鏟子，一邊搖頭。

「我是從校內環境委員那裡聽來的。這所學校以前受過破壞，當時的校長說，想要恢復學校的美觀就得多種一些花，所以在校內各處建造花壇。」

「……那是多久以前的事？」

「天曉得，可能是三、四十年前吧，我也不知道。後來的時代變了，學生只顧著升學，沒有閒工夫破壞學校，所以學校也不再種花了，花壇幾乎全被拆光，只有校舍後面的花壇不會妨礙到任何人，就被丟著不管了。」
我無法判斷這是真實故事還是傳說，但其中透露了一件重要的事。
「這麼說來，種植烏頭的人不是校內環境委員囉？」
「當然。」
「那又會是誰呢？」
我如此問道，話中隱含著「該不會是妳吧？」的質疑，但瀨野同學一句話也沒有回答。
圖書室的門打開了。
瀨野同學頓時緊張起來，隨即發出輕嘆，因為進來的人是松倉詩門。松倉戲謔地做了個懶散的舉手禮。
「嗨，監視辛苦了。有什麼收穫嗎？」
既然他問了，那我就如實報告。
「五人。」
「嗯？」
「五人。我從上課前開始盯梢，除了瀨野同學和圖書委員以外，只有五個人來過。」
松倉神情嚴肅。
「太少了吧，這間圖書室的情況比我想像得更不樂觀。」
「不樂觀會怎樣？破產嗎？」

「必須填補財政赤字，烤些仙貝來賣吧。」

「為什麼是仙貝啊？」

「對了，為什麼瀨野會來？」

瀨野同學不高興地回答：

「我不想把事情全都丟給堀川，所以來幫他加油。那你又做了什麼？」

松倉反倒露出笑容。

「Negotiate。」

我問道：

「破壞工作？」

「那是Sabotage啦，笨蛋。我去找人交涉了。」

我就知道松倉一定會用自己的方式去調查。松倉的表情稍微繃緊了一些。

「我去找放學後負責打掃訓導處的人商量，請對方讓我代班，這樣就可以藉著打掃的名義進入訓導處。堀川，要你在監視之後繼續工作真抱歉，你也一起去吧。」

「沒問題。如果只有你一個人去會顯得很可疑。」

聽到我答應後，松倉接著對瀨野同學說：

「就是這麼回事，妳要來不來都行。妳怎麼決定？」

瀨野同學這次真的生氣了。

「難道你以為我會說不去嗎？」

事情就這麼說定了。等到放學後，我們就要潛入橫瀨倒下的案發現場。

4

傍晚的班會時間氣氛非常詭異。

我沒辦法具體指出是什麼地方詭異，不過我們的級任導師感覺很焦躁，又像是惶惶不安，一直看著擺在講桌上的資料，直到說完注意事項都沒抬過頭。

關於下毒的流言已經完全消失了。雖然我沒有實際到處調查，但我認為應該不是我多心，大家確實不再談那件事了。

我不認為流言真的消失了。

對橫瀨不公正的態度心懷不滿的學生比我想像得更多，所以大家看到他倒下都覺得很痛快，下毒的流言也被當成平凡日常生活中短暫刺激的突發事件四處散播。不過，開玩笑的階段已經過去了，人們似乎漸漸意識到，下毒不是用來打發無聊生活的輕鬆有趣的謊話。真正的流言可能正在看不見的地方悄悄地流傳。

班會結束後是打掃時間，到時我就要潛入訓導處。我真想說「怎麼會這樣」。我本來只是在學校圖書室值班，竟然要為了一張書籤而偽裝身分潛入犯罪現場蒐證——如果橫瀨病倒真的是因為被人用烏頭下毒，那當然是犯罪——除了「怎麼會這樣」我也不知該說什麼了。如果被人發現了該怎麼辦呢？這件事表面上看起來只是代替別人打掃，應該不至於被退學吧。還是說，我想得太樂觀了？

訓導處在二樓。我們說好在樓梯前會合，但我到達的時候只看見松倉。我站在松倉身旁，兩人一起靠在牆上。我問道：

「瀨野同學呢？」

「還沒來。可能是班會時間延長了。」

既然要等人，那就好好運用這段時間吧。

「你一定查過『R』的事了吧？」

松倉皺起眉頭。

「幹麼像間諜一樣說話？你是指什麼？」

「我沒那個意思。呃，我本來在說什麼……」

「是『Rest』吧？」

「對，就是那個。」

他明明聽懂了嘛。

松倉問過瀨野同學書籤花紋裡的「R」是什麼意思，瀨野同學回答說，因為他們班級在校慶經營的咖啡廳店名叫做「Rest」。

當時我就料到松倉一定會去驗證她的那句話，他一定會去找和瀨野同學同一所國中畢業的人，打聽店名是不是真的叫「Rest」。

松倉一臉厭煩地說：

「你自己也可以去查啊。」

「我又沒有懷疑瀨野同學。」

「你就是這種個性。你不是不懷疑她，而是覺得被她騙了也無所謂吧？」

才不是……應該不是吧。

松倉不知為何笑了一下。

「算了。我知道瀨野以前讀的是哪一所中學，就去問同校畢業的人，對方說二年級時確實有班級在校慶時開過書本咖啡廳，但他不記得店名，我問他是不是『Rest』，他說『好像不是』。他不記得瀨野是不是那一班的學生，當時好像也沒有贈送書籤。」

我歪著腦袋沉吟。松倉把手插進口袋。

「不滿意嗎？我昨天打聽到的只有這些。」

「我不是對你的調查有意見，反而佩服你動作這麼快。我只是覺得很難找到瀨野同學說了真話的證據，所以有些鬱悶。」

「也不一定啦，如果能找到以前和瀨野同班的人，說不定那人會說『喔，對啊，店名叫作Rest，確實有贈送書籤』，但我不想大張旗鼓地到處打聽。」

「為什麼？」

「你真單純耶。瀨野那麼引人注目，我到處打聽她的過去鐵定會惹來閒話的。」

這麼說也沒錯啦。我又問道：

「那你自己的感覺呢？你怎麼想？」

松倉立刻回答：

「那是謊話。我不知道瀨野想要隱瞞什麼，總之她說的是謊話。」

然後他露出諷刺的笑容反問我：

「那你又是怎麼想的？」

「這個嘛……一半一半吧。」

「謊話或真話不可能一半一半的。要麼是真話，要麼就是摻雜些許真話的謊話。」

「如果要這樣形容，我覺得瀨野同學說的應該是摻雜些許謊話的真話。」

「那就是謊話啊。」

我不這麼認為，每個人多少都會說謊，如果摻雜了一點謊話就要當成全都是謊話，那這個世上的一切都是謊話了。這一點松倉應該也知道……不，松倉一定比我更清楚，所以我們可能只是用不同的方式稱呼同一件事。

我們聊了很多。我或許是因為不安才變得這麼多話，我也發現松倉其實和我一樣不安。

瀨野同學從樓梯走下來，跟她擦身而過的學生都回頭看她。我們兩人閉上了嘴巴。

「我說明一下打掃的步驟。」

松倉讓我和瀨野同學站在一起，對我們說道。

「打掃時會有一位老師留下來監督。打掃小組有四個人，所以通常是四個人一起做，其實只要兩個人就夠了。規矩只有一條，就是不能碰桌上的東西。至於打掃步驟，首先是通風，再來是一個人負責拖地，另一個人負責擦流理臺和泡茶，有空的話再擦擦窗台，最後，如果垃圾太多就要拿去倒，並且換上新的垃圾袋。」

我稍微舉起手，松倉開玩笑似地指著我說：

「堀川同學請說。」

「拖地、倒垃圾、擦窗台我可以理解，還要泡茶是怎麼回事？」

「聽說是老師要求的。」

「叫學生泡茶？這樣合理嗎？」

「你覺得不合理也沒關係，但是別在打掃時說出來，如果被發現我們是代人打掃就麻煩了。」

瀨野同學大概以為發言前先舉手是我們的規矩，也跟著舉起手。這次松倉沒有指著她。

「請說。」

「……我想問的是更基本的問題。你是怎麼弄到代班打掃的機會？」

松倉輕輕搔了搔頭。

「打掃的小組裡面有我的朋友。簡單說……我很坦白地去拜託他。」

「多坦白？」

「我說我想看看橫瀨倒下的地方，不會給他添麻煩的。」

我可以理解瀨野同學的擔憂，雖然我不知道原因，但瀨野同學顯然不希望毒書籤的事情流傳出去，所以她當然會在意松倉怎麼跟別人說。

「就這樣？」

瀨野同學再次確認，松倉稍微轉開視線。

「我說我想近距離看一看橫瀨蒼白的臉色，我朋友就笑著說他懂，很乾脆地答應我了，還說他會幫忙轉告打掃小組的其他人。」

瀨野同學沉默了好一陣子，然後抬眼瞄著松倉。

「……你朋友一定會覺得你的性格很惡劣。」

「大概吧。」

「抱歉，都是我害的。」

松倉很罕見地說了重話。

「只不過是一點小事，換成是妳也不會放在心上吧？既然妳自己這樣做沒關係，我這樣做妳又何必道歉？」

「你為什麼生氣？」

「我沒有生氣，我只是要告訴妳，說謊或不在乎別人評價都不是妳的專屬特權。不說這些了，沒時間了，要趕快分配工作。兩個人拖地，一個人擦流理臺和泡茶。不好意思，我沒泡過茶，你們誰有經驗？」

我和瀨野同學同時回答「我有」。松倉不加思索地說：

「那就拜託堀川了。」

瀨野同學疑惑地問道：

「不好意思我老是打岔。為什麼不是我去泡茶？」

「真行啊，瀨野，用打岔和泡茶押韻。」

「我又不是刻意的……」

瀨野同學臉紅了，松倉不悅地說：

「如果橫瀨是因為烏頭而病倒，最該調查的就是茶壺，如果有什麼遺漏就糟糕了。我了解堀川的觀察能力，若是要從堀川和妳之中挑一個人，當然要選我確定擅長觀察的人。」

瀨野同學看了我一眼，沒有再繼續追究。

「我知道了。」

「好。為了慎重起見，我要先跟你們討論一件事。打掃小組的成員有石川、宮田、岡村、北林這四個人，石川和宮田是男生，另外兩個是女生，北林昨天和今天都請假了。我們需要借用他們的名字嗎？」

松倉最後那句話是對我問的。我想了一下。

「我覺得不需要。如果訓導處的老師記得打掃小組成員的長相和名字，這樣反而會露出馬腳。我們只要小心避免叫彼此的名字就行了。」

松倉點頭。

「就這麼做吧。掃除工具要從樓梯間的櫃子帶過去。」

既然走到這一步，我不能再說「不安」或「怎麼會這樣」了。

可是計畫能不能進行順利，我一點把握都沒有。松倉能弄來代班打掃的機會，可見他交遊廣闊又懂得談判技巧，可是只要留在訓導處監督的老師問一句「咦？怎麼跟昨天打掃的人不一樣？」我們就玩完了。如果監督的老師是橫瀨就更糟糕了，雖然橫瀨和我們沒有直接牽連，但是在校舍後面焚燒書籤的事害高一學生被冤枉，所以我和松倉一直刻意避免接近橫瀨，要在橫瀨身邊打掃等於是闖入虎穴，如果能得到虎子當然很好，但也可能會被老虎咬。

松倉和瀨野同學拿著拖把，我什麼都沒拿。

訓導處在二樓的角落，空著手的我敲了敲側滑式門扉，不等回應就直接拉開門，橫瀨不在裡面，只有一位年邁的老師。名字是……呃……我不記得了。我一邊想著應該無所謂吧，一邊告知來意。

「我們來打掃了。」

年邁的老師看了我們一眼，只回答一聲「嗯」，然後沒再說什麼，也沒拿什麼，就走出了訓導處。松倉和瀨野同學隨即走進來。

我對著松倉聳肩說：

「你不是說會有老師留下來監督嗎？」

「我是這麼聽說的啊……」

松倉尷尬地露出苦笑。

「這也沒什麼好抱怨的，反而是求之不得吧。」

「是沒錯啦。那就開始打掃吧。」

說是這樣說，我打量著訓導處，突然覺得很厭倦。

這個房間不算大，桌子兩兩相對，共有四張桌子。牆邊擺著高大的資料櫃和矮櫃，矮櫃上方掛著白板，白板上方掛著時鐘。

桌面上都是紙、紙、紙。有拆過的信封、紙板材質的卷宗、教學用書籍，還有不知道是幹麼的紙堆，四張桌子全都堆滿了紙，紙堆之下隱約露出了筆記型電腦、電話、印表機。牆邊的資料櫃也塞得滿滿的，我真不明白為什麼需要這麼多資料，訓導處不是用來讓老師和學生面對面進行指導的嗎？

我忍不住喃喃說道：

「東西真多。」

松倉和瀨野同學的表情也有些愕然。松倉說道：

「如果想要認真調查，就得先用紙箱把東西一箱箱搬出去才行。」

「紙箱上要寫『警視廳』。」

「騙人是不對的，還會遭到逮捕。應該要寫『圖書館警察』。」

「史蒂芬・金？」

「有沒有逾期不還書的壞孩子啊？」

「這是生剝吧？」（註2）

現場東西這麼多，想要找到「橫瀨被人用烏頭下毒的證據」恐怕很困難……假如真的有那種證據的話。如果無法找到證據，那我們特地頂替別人值班就只是單純來打掃的了。

瀨野同學踢了一下拖把的握柄。

「別再聊天了，快做事吧。」

說得很對。

門的正對面是窗戶，窗簾是開著的。窗前有個小流理臺，瀝水架上擺著海綿和洗潔

2 生剝，日本東北地區流傳的外來神，長相猙獰，為人消災解厄。東北地區的習俗是在除夕扮演生剝，扮演者會戴上鬼面具、穿著蓑衣、手持菜刀，挨家挨戶詢問「有沒有不聽話的壞孩子」。

劑，不鏽鋼桌面放著熱水壺、茶壺、疑似裝了茶葉的金屬罐。我先打開窗戶通風，檢查熱水壺的水量，確認不需要再加水，然後打開陶製茶壺的蓋子。

老實說，我的心中一直懷抱著樂觀的期待，覺得事情看起來不容易或許只是我想得太困難，說不定做了以後就會發現很順利，說不定茶壺裡還留著上週五的茶葉，我一打開蓋子就會看到外型獨特的烏頭葉子或花……我本來這麼想，但是一看到茶壺裡的東西，這份天真的期待就被徹底打碎了。茶壺的濾網裡只有一個綠茶茶包。我又檢查了疑似裝茶葉的金屬罐，裡面果然只有茶包。

茶壺顯然不會留下線索，我只好乖乖地進行打掃小組的工作。我的任務是泡茶，不過茶壺裡還有半壺茶，我覺得倒掉原來的茶再泡新的有點浪費，但是仔細想想，茶包在裡面泡了這麼久，茶一定會變得很苦。我把茶倒入水槽，茶包也先擱在水槽裡。倒掉茶水後，我才想到如果保存下來拿去檢測，說不定能測出微量的毒素，現在才後悔已經來不及了。不過橫瀨病倒都已經過了四天，也不能怪我沒有保存證據吧。

我突然想到，空有茶壺沒辦法喝茶。我轉頭看看四張桌子，只有一張桌子擺著茶杯。松倉正好在附近，我向他問道：

「松倉，擺著茶杯的那張桌子是誰的？」

松倉停止拖地，望向桌面。

「……是橫瀨的。資料夾上面寫了名字。」

「我只看到那一個茶杯。」

松倉的眼神變得銳利。

「真不得了。」

「依照我的觀察……」

松倉揮揮手阻止我說下去。

「我知道你想說什麼，還是晚點再談吧。」

然後松倉環視房間一圈，喃喃說道：

「垃圾桶只有一個。」

松倉的腳邊有個垃圾桶，不是教室裡那種大型垃圾桶，而是普通的尺寸。我也迅速掃視了周圍，確實只有這個垃圾桶。

「應該是四個人共用的。」

「大概吧，我也沒聽說有專用的垃圾桶。」

松倉回答道，一邊掏出了報紙和拋棄式的塑膠手套。瀨野同學驚訝地愣住不動。

「咦？你是從哪裡拿出那些東西的？」

松倉笑而不答。我早就看見松倉用皮帶把報紙夾在制服裡面，所以一點都不驚訝。令人驚訝的不是松倉憑空摸出報紙和塑膠手套，而是他竟然事先準備了這些東西。松倉明明是今天才去拜託別人讓他代班打掃訓導處，可見他早上出門時已經為談成之後的事做好準備了。

他拿起垃圾桶，把垃圾全倒在報紙上。裡面幾乎全是衛生紙。我發現垃圾裡面還有泡過的茶包。松倉戴起塑膠手套，跪在地上，開始翻弄垃圾。我忍不住說道：

「真專業。」

松倉沒有笑。

「既然要做就做得徹底一點。這邊就交給我吧。需要手套可以跟我說。」

「喔喔，那也給我一副。」

「好。」

松倉依然跪在地上，從口袋裡掏出另一副塑膠手套遞給我。我又回到流理臺前。

水槽的排水口蓋著一個有切口的黑色橡膠蓋子，我戴上塑膠手套，拿起橡膠蓋子，下面有個接廚餘的濾網，是金屬製的。

因為戴了手套，我毫不遲疑地拿出濾網。不知道是原本的打掃小組很勤快，還是這個水槽平時很少使用，濾網非常乾淨，沒什麼黏液或汙垢，也沒有塞著葉子或莖。我慎重地把橡膠蓋子翻過來檢查，也沒有沾著任何東西。

「什麼都沒有，像剛刷過的一樣乾淨。」

我喃喃說道，但是沒有任何人回答，安靜的室內只能聽到吹進來的風掀起紙張的聲音。

為免連累原來的打掃小組，掃除工作還是要完成。我把濾網和橡膠蓋子放回去，脫掉塑膠手套，拿出茶包，用不至於捏破茶包的力道擠去水分，暫時擱在不鏽鋼桌面上，接著把洗潔劑倒在海綿上，輕輕刷洗茶壺裡外。清洗海綿之前我還先仔細觀察一番，還是沒看到上面沾有明顯的東西。

我輕輕甩著濕答答的手，不經意地看看四周。瀨野同學問道：

「怎麼了？」

「喔，我找不到擦碗巾，沒辦法擦乾茶壺。」

「可能本來就沒有吧。」

「水龍頭旁邊不可能沒有毛巾啊……」

瀨野同學稍微停頓，然後問道：

「你覺得很可疑？」

我想了一下。

「我也不確定。還不到可疑的地步啦。」

瀨野同學點頭表示她也這麼想，然後掏出一包面紙。

「需要的話就拿去用吧。」

我感激地接了過來。松倉和瀨野同學都準備得很齊全，只有我什麼都沒帶。我先用面紙把自己的手和茶壺擦乾，然後在茶壺裡放進茶包，倒入熱水。金屬罐上寫了泡茶的方法，說茶包只要泡一分鐘左右就能拿起來。我閒著沒事做，就在心中默數六十秒。

此時松倉突然說了句：

「沒有用。」

我和瀨野同學同時望向松倉，他把攤在報紙上的垃圾倒回垃圾桶裡。

「什麼都找不到。我早就料到會是這種結果，不過還是有點期待。」

松倉的心態和我一樣呢。不過他又繼續說：

「這裡的垃圾不多，可能是昨天或上週五清理過。水槽很乾淨，垃圾也倒了，打掃的人還真勤勞。如果不是因為勤勞……」

我插嘴說：

「我知道你想說什麼，不過還是晚點再談吧。」

松倉跪在地上看著我，喃喃地說「也好」。

我不記得茶包已經泡了幾秒，所以胡亂猜個三十秒左右，又接著數下去。我看看牆上的時鐘，打掃時間剩下兩分鐘。我現在才想到，應該用那個時鐘來計時一分鐘才對。

松倉脫下塑膠手套，放在攤開的報紙上。

「堀川，如果手套不用了，可以一起拿來丟掉。」

「喔，那就麻煩你了。」

我把手套翻了面，放在松倉的手套旁邊。松倉把報紙對摺兩次，再扭成條狀，正準備丟進垃圾桶，卻又停下來。

「……丟在這裡好像不太好。」

我不認為把報紙丟在這裡會曝露我們代班打掃的事，但可能會被發現我們把垃圾帶進來。

「最好還是別丟在這裡。」

「你也這麼覺得吧？」

松倉嘖了一聲，輕輕揮舞著捲成條狀的報紙，然後拿起垃圾桶，準備放回原位。

這時有人喊道：

「等一下！有東西掉下來！」

是瀨野同學。她和松倉離得很遠，中間隔了四張桌子。她的手指正指向垃圾桶。松倉停止動作，我望向他舉起的垃圾桶的周圍，但什麼都沒看到……

「掉到桌子下了！」

松倉輕輕地放下垃圾桶，大概是怕動作太大把東西吹跑，然後他又跪下來，雙手按在地上，望向橫瀨的桌子底下。

「什麼都沒看到。」

「我明明看到了……難道只是垃圾嗎？」

「會從垃圾桶掉下來的東西當然是垃圾……等一下，那是什麼？」

松倉把手探到桌下，努力伸長，抽回來之後，他的手指之間夾了一張小小的塑膠片。

我和瀨野同學都遠遠地觀望著。

那是透明的塑膠片，看起來像相機底片的碎片。形狀是長方形，但是非常細，應該說是長條狀。長邊大約三公分，短邊不到一公分。

松倉把那東西翻來覆去，有點恍惚地說：

「像是從空白底片剪下來的。」

凝神注視的瀨野同學瞇起眼睛。

「邊緣是不是有些黑色？」

「有嗎？」

松倉半信半疑，把塑膠片放在手心。我仔細一看，說道：

「的確有些黑色。像是把畫了圖案的底片剪下一小塊。」

松倉不耐煩地說：

「慎重是好事，但你可以說得更清楚一點。」

那我就明確地說吧。

「應該是從那張書籤剪下來的。黑色的部分是瀨野同學設計的花紋。」

明明是松倉自己叫我說清楚，他卻用不敢置信的口吻說：

「怎麼可能有這種事？」

我了解他的心情。如果這是書籤的碎片，就代表有人在訓導處剪斷壓花書籤。為什麼要剪斷書籤呢？最合理的推測就是要拿出裡面的花，也就是烏頭。換句話說……

松倉倒吸一口氣，說道：

「所以橫瀨真的是被人下毒的。」

「現在還說不準，要對照一下書籤的花紋。你一定拍了照片吧？」

松倉回過神來，一副「你以為我是誰啊」的態度，憤慨地說：

「當然拍了。」

「那就對照看看吧。不過……」

我望向牆上時鐘，打掃時間剩下一分鐘。

「老師要回來了，先打掃吧。」

松倉和瀨野同學點頭。松倉把垃圾桶放回原位，瀨野同學迅速地拖地，我看著放在流理臺上的茶壺，暗叫一聲不妙。我忘記把綠茶茶包拿出來了。

被別的事情吸引了注意力，就會忘記拿出茶包。如果這是很普遍的經驗，上一個用這茶壺泡茶的人可能也被別的事情吸引了注意力吧？

放學後的圖書室，我們三人占據了閱覽區的一張桌子。我的對面坐的是松倉，旁邊坐的是瀨野同學。桌面上放著那張底片，下面還慎重地墊著瀨野同學的面紙。

今天放學後值班的圖書委員是東谷圖書委員長和植田。東谷同學的眼神很冰冷，似乎很不高興看到圖書委員在圖書室裡聊天。我有點內疚，但今天只能請她多擔待了。

松倉叫出手機裡的照片，我們三人對照著底片和照片，檢查像火焰又像水流的花紋底端和我們在訓導處撿到的塑膠片是否一致。

我已經做出結論了。我說：

「一樣。這個塑膠片和那張書籤的花紋對得上。」

沒有人提出異議。松倉把手機放回口袋，嘆了一口氣。

「……我想到另一種情況：確實有人在訓導處裡剪開書籤，但書籤裡面不是烏頭，而是沒有毒的花。」

我認真地盯著松倉。

「真不像你。哪有這種奇蹟啊？」

松倉很罕見地露出不好意思的苦笑。

「人不想面對現實的時候，就會指望奇蹟。我已經深刻體會到這一點了。」

我看了瀨野同學一眼，她的臉色白得像紙一樣，緊閉著嘴巴。

松倉用手指敲了桌面兩次，像是逼自己面對現實的儀式。

「堀川，你剛才發現茶杯時不是有話想說嗎？現在可以說了。」

我雖然不太樂意，還是依照他的要求說：

「只有橫瀨的桌上有茶杯，所以我認為叫學生泡茶的人就是橫瀨。」

「這代表什麼意思？」

他明明知道還要我說，真過分。

「如果把花放進茶壺，只有橫瀨會喝到。橫瀨出事是在上週五的中午，當天放學後訓導處也打掃過，有機會拿走茶壺裡的花。」

松倉盤著雙臂沉默不語，這次換我問他：

「你在調查垃圾桶之後不是也有話想說嗎？你現在也可以說了。」

和我剛才一樣，松倉也露出非常不情願的表情。

「垃圾桶裡面東西很少，水槽也擦得很乾淨。我只是覺得，打掃得太徹底了……就像是在消滅證據。」

松倉這句話包含了太多臆測，但若真的被他說中，我也不意外。硬要挑毛病的話，我只能想到：

「如果真是這樣，讓證據沾在垃圾桶上真是太粗心了。」

松倉聳了聳肩。

「意外在所難免嘛。就算做足了準備、小心謹慎、再三確認，也有可能因為一點遺落的東西而毀了一切。」

「聽起來很像人生箴言。」

「更像經驗談吧？」

我和松倉一起發出乾笑。瀨野同學還是一樣沉默不語，彷彿沒聽見我們愉快的對話。我們都提出了各自的推理……或許該說是瞎猜。眼前擺著無可否認的證據。

松倉說過我不會懷疑瀨野同學，這句話只說對一半，錯了一半。我早就知道，瀨野同學就算不會說重大的謊話，還是會說些小謊，所以在訓導處找到證據時，我也懷疑過那會不會是瀨野同學偽造的。我不知道瀨野同學偽造證據有什麼好處，如果有些我們不知道的理由，她確實有可能做出這種事。不過，發現底片的時候，瀨野同學距離松倉很遠，發現有東西掉到桌子底下的確實是瀨野同學，但撿起東西的是松倉，不太可能是瀨野同學偽造證據讓松倉撿到的。

如此說來，沒有任何理由能否定我們的猜測和證據湊出的結論。我不得不這麼說：

「不說那些了。把至今所有線索統整起來，就會得到這個結論：打掃小組裡有人把書籤裡的烏頭放進訓導處的茶壺，讓橫瀨喝下去。」

我一邊說，一邊被這句話隱含的重大意義搞得有些暈眩。

松倉似乎也一樣，他有些恍惚地補充說：

「我剛才說過，打掃小組裡有個人從週一到今天都請假了。如果我是警察，一定會首先懷疑這個人。」

「很有道理。那我們該怎麼做？」

「你是問我要不要報警嗎？該怎麼辦呢……我是不會這麼做啦，如果你想要的話……」

松倉垂低視線囁嚅地說，瀨野同學則是明確地表示：

「別這麼做。」

我和松倉望向瀨野同學，等她說下去，但她只是盯著桌上的底片沉默不語，彷彿忘了自己剛剛開口過。

松倉像在說教似地對瀨野同學說：

「……烏頭書籤至少有兩張，一張被妳燒掉了，另一張很可能被人用來給橫瀨下毒。我們不能保證沒有第三張、第四張，也不能保證橫瀨是最後一個被下毒的人，更不能保證下一個人也能活下來。瀨野，如果這樣妳都不肯報警，妳是不是還有什麼事情沒告訴我們？」

瀨野同學的臉色蒼白到有些泛青。我意識到自己幾乎看呆了，趕緊把視線移向窗外。太陽正要下山。

瀨野同學依然不開口，松倉把右手放在桌上，稍微朝她逼近。

「妳的謊話已經曝光了。妳說妳是國中二年級在校慶開書本咖啡廳時不小心製作了烏頭書籤。妳以為我們不會去求證嗎？我已經查過了，咖啡廳的名稱不叫『Rest』。為什麼要說這種謊？妳還說了其他謊話嗎？」

松倉也是在說謊。他的確打聽過瀨野同學班級經營的咖啡廳的店名，只是還沒查出結果。不過，松倉的謊話很有說服力，瀨野同學有些慌亂。松倉又繼續施壓：

「妳到底為什麼要找書籤的所有者？妳可別說是要確認不小心製作的書籤是否大量散播出去，我打從一開始就不相信妳，現在更不相信了。找到書籤的所有者到底能知道什麼事？」

瀨野同學還是不肯開口。我沒有阻止松倉，雖然我很同情被他逼問的瀨野同學，但我還是沒有阻止。

松倉沉默良久，像是要給瀨野同學時間慢慢考慮。圖書室一片寂靜，我們和坐在櫃檯裡的東谷同學和植田都沒有說話。

松倉終於忍不住嘆氣。

「妳把我們捲入這件事，卻什麼都不告訴我們？算了，那我就照自己的意思做吧。」

松倉突然望向櫃檯，舉起一隻手，喊道：

「東谷，妳可以來一下嗎？」

東谷同學皺起眉頭。

「我還在值班。」

「我知道。不會耽誤妳太多時間的。」

東谷舉起握著筆的右手，表示自己正在忙。

「我在寫圖書室通訊的稿子。」

「只要一下子啦。」

東谷同學一副不情願的樣子，卻拗不過松倉的堅持，她啪一聲地放下筆，對植田說了幾句話，然後離開櫃檯，走向我們這一桌，神情不悅地說：

「幹麼？」

「我要向妳介紹一下瀨野。」

「瀨野？」

東谷同學和瀨野同學都一臉疑惑。松倉把手比向瀨野同學。

「這位是瀨野，高一時和我同班。對了，妳的名字是什麼？」

「啊？為什麼突然介紹我？」

松倉沒有回答終於開口說話的瀨野同學，接著把手比向東谷同學。

「瀨野，這位是東谷，圖書委員長，我經常受到她的關照。」

既然被介紹了，瀨野同學和東谷同學都勉為其難地彼此點頭致意。接著松倉又說：

「她就是妳正在找的書籤所有者。」

瀨野同學僵住了，東谷同學後退一步。松倉看著我，用憐憫的語氣說：

「堀川，你真不會說謊耶。」

5

上週一放學後，我一個人在圖書室值班，因為我本來的搭檔松倉八成沒來上學，代理搭檔植田也沒有出現。我當時正低著頭寫逾期未還的催討單，圖書室的門為了通風而開著，所以有人進出時也不會聽見開門聲。

借書需要到櫃檯辦理手續，但還書只要把書放進門邊的還書箱就好。當我發現有人像對待易碎物品一樣悄悄地把書還回來而抬起頭時，只來得及看見那人的背影。

即使如此，我還是知道那人是東谷同學。松倉也說過，我的觀察能力非常優秀，更重要的是，東谷同學來借《玫瑰的名字》下集時，負責幫她辦借書手續的圖書委員就是我。

沒錯，松倉說對了，書籤的所有者就是東谷同學。我朝松倉半舉雙手，表示投降。

東谷同學怒氣沖沖地看著我。

「是你說的？」

我還來不及回答，松倉就搶先說：

「堀川什麼都沒說，是我自己猜到的，沒有任何證據。雖然是虛張聲勢，沒想到效果這麼好。妳也坐下吧，讓妳一個人站著說話太失禮了。」

雖然松倉請東谷同學坐下，她卻一動也不動，只是呆呆地說：

「為什麼……」

松倉搖頭說：

「有必要解釋嗎？簡單得很。我們在布告欄貼出告示找尋書籤的所有者，卻一直沒人來認領，我先前沒發現這有什麼不對的，但今天情況不一樣了。書籤的所有者知道裡面的花有毒……說不定那人正是為了花的毒性才會持有書籤。」

松倉說得很隱晦，但我知道他說的「情況」指的是我們在訓導處找到了書籤剪下來的碎片，得知有人在訓導處用書籤裡的花給人下毒。所以說，我們當然可以合理推測遺失書籤的人也有相同目的。

「如果遺失書籤的人把書籤裡的花視為凶器，一定不希望別人知道自己有這種東西，所以絕對不會來認領的。那麼他會怎麼做呢？放棄書籤嗎？」

不，一定不會。我猜到了松倉要說的話。

「他一定不會放棄，而是會想出不用經過圖書委員……不用經過我們也能拿回書籤的方法。事實上，只有一個人要求我們把保管的書籤放進任何圖書委員都能接觸到的失物盒，那就是妳，東谷。」

東谷同學咬住嘴脣。

瀨野同學突然看著我。

「所以你早就知道書籤是誰的，卻一直瞞著我？還騙我說你不知道？」

我只能這麼回答：

「就是這樣。」

「為什麼！」

如果我解釋，她會相信嗎？我該怎麼說才好？

我還在思索時，松倉神情苦澀地說：

「妳別怪他。堀川是圖書委員，他不能洩漏誰借了什麼書。」

「我只問書籤的所有者是誰，從來沒問過那個人借了什麼書。」

「不是妳。」

松倉看著我，無可奈何地搖頭。

「是我。他要隱瞞的對象是我……堀川，你真有毅力呢。」

說得沒錯，松倉全都看穿了。

要告訴瀨野同學書籤的所有者是東谷同學很簡單，可是瀨野同學問我書籤所有者是誰的時候，松倉就在我身旁，松倉知道書籤夾在《玫瑰的名字》下集，如果我在他面前說出書籤所有者的身分，他就會知道《玫瑰的名字》是誰借的。我不能這樣做。我不能向任何人洩漏誰借了什麼書……就算對方是圖書委員也一樣。這是我和松倉一直努力遵守的原則。

我也想過有什麼方法既能向松倉保密，又能把事實告訴瀨野同學。今天第一節下課時間，我在圖書室遇見東谷同學……如今回想起來，她一定是來找書籤的。

於是我對東谷同學說了一些關於書籤的事，具體內容是我告訴她書籤被燒了，並且問她能不能告訴別人書籤的所有者是她，但她不答應，還叫我絕對不能說出去。不只如此，我午休時間和瀨野同學來盯梢時，她還坐在櫃檯裡監視我，一和我對上視線就把食指按在嘴唇上，那當然是在暗示我「不准說」。

我沒有義務幫東谷同學隱瞞，但也沒理由拒絕。如今情況不一樣了，因為我們在訓導處發現了書籤的碎片，雖然我很想當個稱職的圖書委員，但學校裡發生的事是貨真價實的刑事案件，我真的不知道該不該繼續保密。

所以我誠懇地說道：

「松倉，你幫了我一個大忙。到這種時候還要繼續保密也太煎熬了。」

松倉依然板著臉孔，片刻以後才嘆了口氣，無奈地笑了。

「就當作是你欠我的吧。」

我會記住的，我欠了松倉詩門一次人情。

好一陣子都沒人開口說話，不自然的寂靜籠罩著我們。

在放學後的圖書室裡，松倉和瀨野同學和我坐著，東谷同學站著，高一的植田在遠處的櫃檯裡訝異地看著我們。他雖然聽不到我們的對話，一定還是察覺得到氣氛怪怪的。圖書室的門是關著的，從我們進來以後一次都沒打開過。二月的冷空氣從窗外溜了進來。

「事情經過都解釋完了吧。」

松倉說道。

「東谷……不，還是瀨野？誰都可以啦，告訴我，那書籤到底是什麼東西？」

先開口的是瀨野同學。

「不知道。」

「妳怎麼可能不知道？」

「就是不知道才會到處找。我才想問咧。」

說完以後，瀨野同學瞄著東谷同學。

「妳叫東谷吧？為什麼妳會有那張書籤？」

東谷同學已經恢復鎮定，她用不屑的眼神看著瀨野同學。

「妳有什麼立場這樣問我？那又不是妳的東西。」

瀨野同學非常肯定地說道：

「那是我的，是我們的。不是妳或任何人的。」

「妳的？」

東谷同學冷笑一聲，盯著瀨野同學看。

「妳看起來又不需要那種東西。」

「妳是以外表來判斷的嗎？這樣我就懂了，妳根本什麼都不知道。」

她的語氣冰冷又駭人。東谷同學好一陣子說不出話，但還是努力撐起架勢。

「……別把我當成笨蛋。」

「或許妳真的是。妳以為那是什麼東西？」

東谷同學本來想說什麼，但又把話吞了回去。她用中指推了推眼鏡，握緊雙手，緩緩地說：

「殺手鐧？」

「沒錯。」

松倉脫口而出。

「那是殺手鐧。」

「用來做什麼的殺手鐧？」

「……就算跟你說了，你也不會懂。」

松倉平時的揶揄神情消失了。

「真的嗎？要不要我猜猜看？」

東谷同學稍微轉開視線，抱緊自己的身體，彷彿在防備松倉的發言。

「我不想聽。」

瀨野同學裝出溫柔的笑容。

「妳什麼都不用聽，只要告訴我一件事就好：書籤是誰給妳的？」

「我不會告訴妳。絕對不會。」

「所以書籤不是妳做的，而是不能說的某人給妳的。感謝妳告訴我這件事。」

東谷同學低下頭，咬緊嘴唇，我看見她握緊的拳頭都發白了。東谷同學氣憤地說：

「是，一人一張。真可笑，我不會告訴你們任何事情。你們燒了我的書籤，我跟你們沒什麼好說的。」

東谷同學說完就轉過身去。

老實說，我還沒搞清楚眼前的事態。那張書籤本來是瀨野同學的，但東谷同學在一人一張的限制下從某人手上得到了書籤。她說那是殺手鐧。

是誰把書籤交給誰？書籤是用來做什麼的殺手鐧？總共有多少張書籤？這些問題我一概不知。東谷同學全都知道，瀨野同學似乎知道一部分，松倉好像也察覺了某些事，只有我什麼都不知道。

就算是這樣，我也不能讓東谷同學就這麼走掉。

「東谷同學。」

我叫道，東谷同學轉過頭來。

什麼都不知道的我有什麼立場說這些話？我雖然猶豫，還是說道：

「我不知道妳所謂的殺手鐧是用來幹麼的，但是有人差點被書籤害死，說不定下一個人真的會沒命。就算是這樣，妳還是不想把實情說出來嗎？」

東谷同學毫不遲疑地立刻回答：

「完全不想。」

……我感覺東谷同學的語氣有些逞強，或許她不是真心這樣想。說不定這只是我一廂情願的期望。

東谷同學沒有回到櫃檯，而是走向門外。獨自坐在櫃檯裡的植田無力地抬起手，像是想要留住東谷同學。

「學姊！」

但是東谷同學沒有回答，還是默默地走出去了。植田放下手臂，望向我們，像是要我們給個解釋。松倉無言地聳肩，植田露出厭煩的表情。

「我沒聽到你們在說什麼，你們是不是吵架了？」

「嗯，差不多吧。」

「這樣不好喔。我知道東谷學姊和松倉學長你們意見不合，可是現在只剩我一個人值班，你們要怎麼補償我啊？」

植田說得沒錯，是我們害他掃到了颱風尾。

我看看時鐘，關門時間已經過了幾分鐘。我說：

「那收尾工作就交給我們吧，你可以先回家。」

植田依序看看我們三人，似乎覺得讓我和松倉留下來做收尾工作無所謂，可是連瀨野同學都留下來好像不太對，但他什麼都沒說。

「那就交給你們了。辛苦了。」

「辛苦了。」

植田有些手足無措地離開了圖書室。我也走到外面，把掛在門上的牌子翻到「休息中」那面。

我回到松倉他們所在的閱覽區，桌上依然放著墊著面紙的書籤碎片。我沒有回到瀨野同學旁邊的座位，而是拉開她對面、松倉旁邊的椅子。我姑且問道：

「妳不去追東谷同學嗎？她就是妳要找的人吧？」

瀨野同學有些無精打采，苦笑著說：

「其實我還沒想清楚找到人之後要怎麼辦。既然她什麼都不想說，我也不能把她綁起來鞭打，逼她把知道的事都說出來。」

「是這樣沒錯啦。」

「再說，我想問的事已經問到了。」

松倉把手靠在桌上。

「如果我說錯了妳可以糾正我。那張壓花書籤本來是妳的？」

瀨野同學輕輕點頭。

「嗯。」

「書籤的數量沒有很多？」

「是啊。」

「妳說最初是在國中二年級的時候做的，那是真的吧？」

「時間的部分沒有錯。」

「不過現在有人複製了書籤到處散發……是這樣嗎？」

瀨野同學好一陣子沒開口，我和松倉靜靜地等著。接著她說出來的話中帶著自嘲的語調。

「大概吧。真不敢相信。」

我也有很多事想問，但我最先問的是一件小事。

「烏頭是從哪弄來的？」

瀨野同學有些錯愕，接著微微地笑了。

「你想問的就是這個？也行啦。」

她笑了以後似乎放鬆了一些，表情變得比較柔和了。

「我家附近有一間老房子，在我小學的時候就拆掉了，變成一片空地，不知為何那裡只是用鐵絲網圍住，一直沒有再蓋什麼建築。烏頭就是長在那裡的。」

「妳闖進去了嗎？」

瀨野同學沒有回答，只是靜靜地微笑。我問了個蠢問題。

松倉一臉厭煩地說：

「你最先問的竟然是烏頭的來源？我對這一點也有些好奇，但你感興趣的事還真奇怪。不是還有更該問的事嗎？」

「譬如說？」

「所有事情。嗯，也就是，概略來說……」

松倉盯著瀨野同學，她的表情有些僵硬。松倉的語氣變得更嚴厲了。

「這是第三次問妳了，希望這次妳能回答……那書籤到底是什麼東西？」

「……」

「我們答應妳的請求，幫妳找出了書籤的所有者。雖然堀川一開始就知道那人是誰，我承認這樣不太符合要求，但我們終究是做到了，妳至少該把實情告訴我們吧？」

瀨野同學微微皺眉，頑固地說：

「……如果我拒絕呢？」

「那我們也沒理由繼續幫妳保密了。我會立刻打電話給警察，把我知道的事全部說出來，接下來只要擔心考試就好。」

「你又沒有證據。」

雖然瀨野同學這麼說，不過能當作證據的書籤碎片如今還放在桌上，而且離松倉比較近。松倉曾經被她搶走書籤，應該不會再犯同樣的錯。

不過松倉沒有把書籤碎片移向自己，而是對瀨野同學說：

「警方才不會因為沒有證據而不去調查。妳今後再去對警察說『不知道』、『你們又沒有證據』吧。」

瀨野同學目露凶光，松倉毫不畏懼地直視著她。

我是站在松倉這一邊的。是時候讓瀨野同學說出實話了。我用緘默來表達我對松倉的支持。

沉默不知延續了多久。

瀨野同學大可不理我們，逕自離開。借用她剛才說的話，我們總不能把她綁起來鞭打，逼她把知道的事都說出來。可是瀨野同學並沒有起身離開，她的反應表明了一件事。沒過多久，她就說出了這句話。

「好吧。」

冬天白晝較短，窗外已經是夜晚，可以看見遠方的路燈。

「我沒有不能說的理由，我只是不想說。」

瀨野同學以這句話作為開場白。

「那張壓花書籤是我和一位朋友共同製作的。在國中二年級，烏頭開花的時期。當時我和朋友……才剛開始我就不知道該怎麼說了……總之我們發生了很多事，該怎麼說呢，我們需要武器。」

我本來打算安靜地聆聽，但是那個不尋常的詞彙讓我忍不住做出反應。

「武器？」

「是的，武器。我朋友稱之為『殺手鐧』。」

瀨野同學輕輕笑了。

「我覺得……根本不需要什麼武器或殺手鐧，我們的事情只是很小的事，又無聊，沒啥大不了的。可是我朋友堅持有這個必要。」

瀨野同學仰望天花板。

「該怎麼說呢？她明明表達得很好。」

她喃喃說道。

「如果你們聽不懂，那我很抱歉。我們當時是這樣說的：無論發生什麼事，無論被別人怎麼對待，為了讓自己覺得『你能活著是因為我讓你活下去』，所以我們一定要有殺手鐧。」

松倉看著桌上的書籤碎片，面無表情地說：

「我懂。如果妳覺得我回答得太輕率，那我道歉。」

瀨野同學眼中充滿懷疑，微笑著說：

「男生也會懂嗎？算了，什麼樣的人都有嘛。」

「我也想要擁有『護身符』。啊，打斷妳的話真是不好意思，妳繼續說吧。」

我知道松倉想要的「護身符」是什麼，但我不知道他最後到底有沒有得到。瀨野同學揮揮手，大概是表示她不介意松倉打岔，然後她又說道：

「後來我們發現了烏頭，決定把這東西當成殺手鐧。是我提議把烏頭做成壓花，隨身攜帶，然後我朋友說『做成書籤不是很棒嗎？』。所以我設計了花樣，我朋友把書籤護貝起來。」

瀨野同學露出微笑。那是緬懷過去的笑容。

「我朋友很喜歡米爾豪瑟這位作家，尤其是他的短篇小說《深夜姊妹會》，她讀了好多次。你們知道嗎？」

這間圖書室也收藏了史蒂芬・米爾豪瑟的小說，但我沒有讀過，松倉也輕輕搖頭。瀨野同學點點頭說：

「那篇小說沒有對白，只有敘述。我朋友說很美，她很喜歡，但我覺得有點可怕。我們各自持有一張書籤時，我朋友說『這就是姊妹會的標誌』，我問她『不是深夜姊妹會嗎？』，她很不好意思，說『這樣太羞恥了，叫姊妹會就好』。國中生就是這副德性嘛。」

瀨野同學邊說邊笑，但我們都沒有笑。松倉說：

「然後呢？」

瀨野同學上身後仰，靠在椅背上。

「只有這樣。我們各自持有一張書籤，而且說好了無論發生什麼事都不能再製作第三張。我真的不知道那個圖書委員長，還有在訓導處使用書籤的某人為什麼會有書籤，可是……」

瀨野同學的語氣變得陰沉。

「我可以理解那人想要使用書籤的心情。」

「想把橫瀨……」

松倉沒把話說完，他一定是想問「妳理解那人想把橫瀨殺死的心情？」。瀨野同學裝作不知情，繼續說：

「堀川說過週五打掃的人有機會從茶壺裡把花收走，我也是這麼想的，但我更在意另一件事：如果那人是在打掃時間把花收走，那他是什麼時候把花放進茶壺的？」

突然被她提到名字，讓我有些慌亂。

「可能是前一天的打掃時間吧。」

「前一天泡的茶，隔天中午才喝？我也不敢保證絕對沒有人這樣做啦……」

通常是在吃飯前才會泡茶。這麼說來就怪了。

「對耶，如果茶是在中午吃便當之前泡的，泡茶的人應該是橫瀨。難道是自殺未遂……」

松倉愁眉苦臉地打斷我的話。

「怎麼可能嘛。混帳，真不想談這種事。」

這時我才領悟到。如果在茶裡放花的人不是橫瀨，那一定是中午被叫來訓導處泡茶的人，多半是負責打掃的女生。

瀨野同學面無表情地說：

「嗯，我們學校的老師中午大多會去學生餐廳吃飯，留在訓導處的或許只有橫瀨一個人。那個女生每天中午被叫到訓導處泡茶，可能是在他們兩人獨處的時候發生了讓她想要殺死橫瀨的事。」

「我知道了，別再說下去了。為什麼要用烏頭呢？自然的毒素很不穩定，用砒霜不是更好嗎？」

雖然被松倉厭煩地打斷，但瀨野同學沒有停下來。

「遇到某些讓人想死的事，但又覺得與其自殺不如殺人，所以使用了書籤裡的花……這和我們製作書籤的目的一樣。」

既然目的相同，複製書籤的是誰就不言而喻了。

「所以分發書籤的人是瀨野同學的朋友？」

瀨野同學的臉一下子漲得通紅。

「那是不可能的！」

「可是……」

「不可能，絕對不可能。因為她已經不在了。」

玻璃窗被風搖撼的聲音格外響亮。

……呃，等一下……我以前也被這種表達方式騙過。雖然我深感同情，但我非得問清楚不可。

「妳的意思是……呃……夭折嗎？」

瀨野同學皺起眉頭。

「夭折？你在說什麼？」

「就是……妳的朋友……」

瀨野同學詫異地望著我，像是聽不懂我為什麼這樣說，好一會兒才「啊」了一聲，揮揮手笑著說：

「你以為她死了嗎？不是啦！她搬家了啦，搬得很遠。」

幸好。

「很遠是多遠？橫濱或名古屋嗎？」

「更遠。是長崎。」

松倉盤起手臂。

「長崎確實很遠，但世上有一種東西叫作郵局。真的只有她一個人知道製作書籤的目的嗎？」

「嗯。」

瀨野同學這麼回答，卻又沒把握地補了一句：

「大概吧。」

如果只是「大概」就不妙了。我也開口說：

「只有妳和那個朋友知道書籤的事，如果到處分發書籤的不是妳，那就是她了。這是很簡單的算式。」

「一定不是她。」

瀨野同學的語氣不帶任何情緒。

「為什麼？」

瀨野同學好像不知道該怎麼表達，說得結結巴巴的。

「她要搬走的時候說過，會把這裡發生的事全都忘了。我也覺得……這樣比較好。然後我們刪除了彼此的聯絡方式，所以我也不知道她搬到長崎的哪裡。我想你們可能不理解，如果她要回到這裡四處散發書籤，那我和她做出的犧牲……實在太大了。」

有短暫的一瞬間，我感覺瀨野同學的感情全部消失了。她在說這些話的時候面無表情，可見她和朋友斷絕往來的傷痛至今都沒有痊癒，所以她一談起往事，內心就凍結起來了。

我不認為瀨野同學說的話正確無誤，但我覺得不妨暫時把分發書籤的人和最初製作書籤的瀨野同學的朋友假設成不同的人。

我說出了一個想法。

「我認為不可能是一個完全不相干的人碰巧發現書籤，或是撿到了妳朋友弄丟的書籤，就開始複製書籤去分發。分發書籤的人就算不是妳朋友，至少也是和她關係很密切的人，而且這人還聽她說過姊妹會的事。」

松倉問道：

「為什麼這樣說？我不明白你的邏輯。」

「因為東谷同學也說過書籤是『殺手鐗』。」

松倉不甘心地咂舌。

「……喔喔，原來如此。」

把毒花書籤稱為「武器」很容易理解，但「殺手鐗」是個特別的詞彙，不太可能只是巧合。給東谷同學書籤的人不光是模仿瀨野同學她們的姊妹會，還很清楚姊妹會的創立過程和理念。

瀨野同學反駁說：

「我不認為我朋友會把姊妹會的事告訴其他人。她的朋友只有我一個，而且她的家人……」

講到這裡，瀨野同學突然停下來，似乎不想告訴我們她朋友家裡的事。

「可是，製作書籤的人已經離開了。」

「我知道。我也搞不懂現在是什麼情況。」

瀨野同學的眼神有些空虛。

「……我懷疑有人仿造了我們的書籤到處分發，我會請你們幫忙也是想要確認這一點。」

如今已經確定她的懷疑是正確的。

「我得和那個人談一談。」

瀨野同學像是自言自語地喃喃說道，松倉說：

「這事可不容易，除非妳真的把東谷綁起來。」

「如果這樣做有用……那我就會去做。」

瀨野同學是個不擇手段的人，如果她覺得有必要，恐怕真的會去做。不過瀨野同學又說：

「但我覺得從她那裡大概問不出什麼了。」

「我也這麼想。」

松倉說完以後看著我。

「堀川，該怎麼辦？」

該怎麼辦啊……

「有一個人到處散播能殺人的毒花，最合理的應對方法是報警處理，我們就此收手。」
「這確實是最合理的應對方法。那麼堀川次郎個人的想法呢？」
「我們只是協助瀨野同學的局外人，應該由瀨野同學來決定。再說，我不太想把東谷同學交給警方。松倉怎麼想？」
「我啊……」
松倉重新盤起雙臂，看著天花板。
「對橫瀨下毒的人應該受到法律的制裁，不過老實說，我沒有很想報警。雖然我剛剛對瀨野不是這樣說的，但要不要調查是由警方決定，再說，我們又不是受害者。」
「言之有理。」
「所以我們還是應該就此抽手，接下來只要擔心考試就好。」
我明確地回答：
「我不贊成。」
「喔？怎麼說？」
「都走到這一步了，我沒辦法說接下來是瀨野同學個人的問題，自己就此抽手。我至少得先分辨清楚這是不是她一個人能應付的事。」
松倉沉吟著。
「唔……的確啦，如果瀨野突然從學校裡消失，我的心裡一定會很不舒服。」

瀨野同學一聽就皺起臉孔。

「別這麼說。你覺得有可能發生這種事嗎？」

「我才想問妳為什麼覺得不可能？橫瀨差點就死掉了，妳怎麼知道下一個不是妳？」

「要這樣說的話，你們繼續插手也會有危險吧。」

「三個人總是勝過一個人。」

松倉說完嘆了一口氣。

「堀川說得很有道理，但這畢竟是妳的故事，如果妳叫我們不用再奉陪，那我們就抽手了。」

瀨野同學依次望向我和松倉，表情緊繃地低頭鞠躬。

「我想找出分發書籤的人，請你們繼續幫我的忙。」

我們兩人都點頭了。松倉說：

「好的。我先問妳一個問題，妳那位朋友叫什麼名字？」

瀨野同學的表情頓時僵住，她似乎很不想說，如果是昨天以前的瀨野同學絕對不會回答。

可是她才剛懇求我們幫忙，拒絕回答也太說不過去了。我不知道這是松倉故意算計的還是碰巧的，總之他時機抓得很準。瀨野同學小聲回答：

「Kushizuka Nanami。」

「漢字怎麼寫？」

「木字旁的櫛，土字旁的塚，奈良的奈，美麗的美。」

我的腦海中浮現櫛塚奈奈美這幾個字。

我也提了個問題：

「那『R』真正的意思是什麼？」

這次瀨野同學倒是沒再遲疑。彷彿是在重新確認意義，她緩慢而堅定地說：

「『Resist』、『Refuse』……『Rebel』。」

抵抗、拒絕，以及反叛。

第三章　書籤與流言

1

流言果然還在檯面下繼續散播，最後終於承受不住內壓而爆開，一下子傳遍了全校。

下毒的說法在星期二只是低調地流傳，到了星期三就變成了公開的祕密，橫瀨遭到學生怨恨而差點被毒死的事已經被大家視為事實。這些流言完全符合我們調查的結果，我幾乎都要懷疑是松倉或瀨野同學散播出去的。到了星期四，流言又增添了內容。

「聽說很多人都有喔。」

我在教室裡聽到了流言。我向同學詢問詳情，對方一臉凝重地小聲回答：

「是毒藥。」

我連「好像吧」都說不出來，只能用「是喔」塘塞過去。

烏頭書籤到底發出去多少張了？五張？十張？還是高達上百張？只出現在本市？還是已經散播到整個東京，甚至是全日本？還是說，書籤只在我們學校裡悄悄地分發呢？我目前什麼都搞不清楚，毒藥的流言卻還在靜靜地擴散。

根據流言，那種毒……

可以偷偷放進憎恨對象的食物或飲料。

因為沒有味道或氣味，摻在食物裡也看不出來。

人吃下去有一半機率會死，有一半機率會活下來。

有多少學生相信了這些流言？起初流言多少帶著開玩笑的意味，但我們根本沒有意識到原本只是說好玩的流言代表著什麼意義。

午餐時間格外安靜，彷彿被人命令保持沉默，我們在沉靜的教室裡吃著便當。我後來才聽說，其他班級和學生餐廳的情況也差不多。在學校的各處，緊張感和想要一笑置之的逞強持續上演著拉鋸戰。橫瀨已經被下毒了……還會有「下一個」嗎？流言向我們發動了反撲。

教室裡有人說了一句：

「有奇怪的味道。」

說話的女生是在校慶時擔任重要角色的風雲人物。

教室裡興起一陣騷動。那女生臉色蒼白，按住胸口，劇烈而不規則地喘氣。另一個人大喊：

「叫救護車！」

有人發出尖叫。那個女生旁邊的學生彷彿害怕被傳染似地後退，然後好像又對自己的舉動感到羞恥，戰戰兢兢地看著那女生。沒有一個人去幫助她。

我也只是束手無策地站在一旁，心裡想著果然出現第二個人了。如果她真的是烏頭鹼中毒，我什麼都沒辦法做，頂多只能告訴趕來的救護人員她可能中毒了。

結果救護車沒有來。我們的級任導師和保健室老師跑過來，看著倒在地上的女生，保健室老師把手放在她的背後。

「冷靜點，慢慢地呼吸。吸氣……吐氣……」

這時我才看出，那是過度呼吸的照護方法。女生依照老師的指示調整呼吸，漸漸平靜下來。保健室老師說：

「沒事吧？站得起來嗎？去保健室休息一下吧。」

那女生在兩位老師的陪同下走出教室。我聽見保健室老師的低語。

「這是第三個了。」

教室又恢復了寧靜，可是沒有一個同學繼續吃飯。

到了午休時間，教室依然比平日安靜，但又不是悄然無聲，而是不斷傳出不安的竊竊私語。窗戶為了通風而打開，風聲和窗簾摩擦的聲音也持續不停。我在自己的座位上看書。

松倉來到我們教室。

我上次不自覺地遮住自己在看的書，這次我沒再那樣做了。松倉看到我桌上的書。

「你在看米爾豪瑟的《飛刀表演者》啊？」

「總覺得應該看一下。」

這本書裡收錄了短篇小說〈深夜姊妹會〉，也就是櫛塚奈奈美看過的那個故事。松倉問道：

「能當作參考嗎？」

「有可能嗎？這只是小說，裡面又不會有分發者的線索。」

分發者指的是仿造瀨野同學和櫛塚奈奈美製作的書籤到處分發的人。叫那個人「幕後黑手」太戲劇化了，叫「分發書籤的人」又很累贅，所以我們很自然地就這樣叫了。

松倉似乎對這本書很感興趣，但他還是先問：

「結果如何？」

他說得很含糊，但我立刻聽懂他是在問什麼。為了查出是誰在分發書籤，我們決定分頭調查，我負責去問東谷同學，松倉負責去問橫瀨，瀨野同學則是去找疑似對橫瀨下毒的北林同學打聽。

「她完全不想理我。你那邊呢？」

「那傢伙今天請假了。」

東谷同學依然是那副冷淡的態度，我跟她連說話都沒辦法說。松倉抽到的是下下籤，他得去向橫瀨打聽，但他和我一樣沒有任何成果。現在我們唯一能期待的，就是流言繼續散布下去或許會讓其他持有書籤的人曝光。

如果只是要報告進度，用手機就行了，松倉專程跑來我們教室一定還有其他理由。我直接了當地問他：

「所以你有何貴幹？」

松倉苦笑著說：

「貴幹是說不上啦。我想談櫛塚奈奈美的事。」

「……喔喔。」

「都到這個地步了，我想瀨野應該不會再說謊了。」

瀨野同學是在國中二年級時和朋友櫛塚奈奈美一起製作了最初的書籤。她是這麼說的，而我也沒有懷疑。

但松倉似乎不一樣。

「可是沒有人認識她。」

「或許她是個很沒存在感的女生。」

「我本來也這麼想，可是連畢業紀念冊都沒有這個人。」

……哎呀。

松倉問道：

「你怎麼想？」

「我想她或許又說謊了。」

我想了一下，改口說：

「抱歉，結論下得太快了。櫛塚同學可能是在畢業之前就搬去長崎了。」

「嗯，這樣畢業紀念冊當然不會有她的照片。」

看來松倉也想過這個可能性，他立刻接下去說：

「從瀨野說的話聽來，她和櫛塚奈奈美各自都有需要書籤的理由。」

「我想不出會是什麼理由。」

「我也是。不過，她們兩人的生活絕對算不上平靜安穩，因為她們甚至需要『殺手鐧』。櫛塚奈奈美會搬走說不定也是因為這個理由。」

松倉說到這裡，自嘲地笑了。

「那只是我毫無根據的猜測啦，搬家通常只是因為父母調職。」

「確實沒有根據，但我認為你猜得沒錯。」

松倉聳聳肩，大概覺得我是在安慰他。

好啦。

我主動問道：

「你懷疑櫛塚奈奈美不存在？」

「我也不知道。這個人十之八九是真的存在，但我沒辦法完全相信。而且就算真的有這個人，瀨野一定還藏著某些祕密。」

「你覺得這個祕密會是找出分發者的關鍵嗎？」

「是。不管瀨野怎麼說，最接近分發者的並不是東谷或北林，而是最初製作書籤的瀨野和櫛塚奈奈美。」

「嗯，或許真是這樣。」

松倉的推論很簡單，我也沒有異議。如此一來，還剩下一個問題。

「既然沒人記得這個學生，畢業紀念冊上也沒有她，那要怎麼證明真的有這個人？」

松倉坐在我的桌上。

「問題就在這裡。」

「你有什麼好方法嗎？」

「就是沒有才麻煩。這件事很難辦，如果叫我證明自己國二時在校，我都不知道做不做得到。」

所以他才會無計可施啊。我把雙手交疊在腦後。

「名單之類的東西應該多的是。」

「名單、出席記錄、座位表，的確有很多，最困難的是要怎麼弄到不是自己讀過的國中三年前的名單。」

「就算溜進人家的學校……」

松倉笑了。

「你還真敢想呢。嗯，是啊，就算悄悄潛入，也不可能在完全陌生的學校裡找出三年前的國二學生名單。」

的確。既然如此……

「只能考慮名單以外的東西了。還有什麼?」

松倉把手撐在我的桌上,抬頭看著天花板。

「我想了很多。應該有通訊錄之類的東西,可是我們學校的通訊錄是電子檔,沒有紙本資料。」

我挖掘著記憶。

「我的國中也有通訊錄,每人都有一張印著全班同學名字和電話號碼的紙。不過我們平時全靠網路聯繫,一次都沒用過通訊錄。」

「你還保留著那張紙嗎?」

「怎麼可能嘛,自然是丟掉了,自然到我連有沒有丟掉都不記得了。」

「我想也是。」

松倉露出苦惱的表情。

「就算能找到通訊錄,裡面只會有一個班級的學生姓名。這樣是行不通的。」

我們該找的是記錄了一整屆學生名字、通常會保存三年以上、非本校的人也能拿到的東西……真的會有這種東西嗎?

我突然想到。

「直接去問瀨野同學不就好了?跟她說我們不能相信真的有櫛塚奈奈美這個人,叫她證明給我們看。」

「這主意不錯。」

松倉嘴上這麼說，語氣聽起來卻不是那麼回事。

「不過我不想讓瀨野知道我們在懷疑她，可以的話我想要自己求證，如果瀨野對我們說了謊，我想把我知道她說謊這件事當成底牌。」

「你從來都不相信瀨野同學吧。」

聽到我這麼說，松倉立刻變得面無表情。

「相信別人不等於放棄思考。」

「……」

「瀨野說過太多謊話，我沒理由相信她這次一定說了實話。」

我要說的不是這個，但是在午休時間的教室不適合談這件事。我點點頭，說出我想到的另一件事。

「我讀的國中是在國二的秋天舉行校外教學。」

聽到我換了話題，松倉沒有表現出不滿，反而恢復了平時的揶揄語氣。

「我們也是。本市所有的中學應該都是這樣吧。」

「你又沒有全部調查過。校外教學之後我們還得寫感想。」

「我們也是。」

「這些感想會集結成冊，同年級所有學生各發一本。」
松倉沉默了一會兒。
「……我們學校沒有這項措施。裡面收錄了所有學生的感想嗎？」
「大概吧。」
松倉突然朝半空踢出一腳。
「什麼嘛，太好了吧。」
我還以為他羨慕的是我們能拿到校外教學文集，原來是我誤會了。
「如果要收錄整屆學生的文章，每個人頂多只要寫五張稿紙吧？我們學校沒有製作文集，所以最少要寫十張稿紙，要擠出那麼多內容真是累死人了。」
真可憐。我突然想讓松倉更羨慕。
「沒有那麼多啦。每頁都刊登了兩、三人的文章，所以應該不到一張稿紙吧。」
「那光是寫完行程就達標了吧？」
「嗯……是啊。」
松倉摀住眼睛，無力地搖頭。
「搞什麼嘛。同樣是本市的中學，課業負擔竟然差這麼多。平等受教的崇高理念究竟何在？」
「功課分量不同好像跟平等受教沒什麼關係吧？」

「真令人難過呢，堀川。看到如此不公義之事，你卻是一副無所謂的樣子。」

松倉才不會在意國二作文的篇幅，他甚至不覺得世上的一切都該平等，竟然還大言不慚地說出這種話。果不其然，松倉突然正色說道：

「我不知道瀨野的中學有沒有做過這種文集，如果做了，一定會有人留著。仔細想想，就算沒有文集也無所謂，只要有校外教學手冊之類的東西就行了。」

我不太明白。

「手冊裡會有整屆學生的名字嗎？」

「校外教學不是都會搭新幹線或飛機嗎？那手冊裡應該有座位表。」

說得對，座位表當然會有學生的名字。手冊感覺比文集更有希望，但又好像比文集更容易被丟掉。松倉終於從我的桌子下來。

「總算想到方法了。我去打個電話。」

「校內禁止講手機喔。」

「不用擔心，橫瀨今天請假了。」

我還來不及回答「這不是重點吧」，松倉就走出教室。因為他遲遲沒有回來，所以我又繼續看書。

教室裡很安靜，但大家好像都沒聽見我們的對話，倒是有兩位坐得比較遠的女生冷冷地看著這邊，讓我有點在意。雖然沒有任何根據，我卻忍不住懷疑那兩人是「姊妹會」的成員。

放學後，我去找東谷同學，可是到處都找不到她。看來她是故意避開我，很早就離校了。都怪我們班的班會時間拖太久了。

繼續留在學校也沒用，所以我開始收拾準備回家，這時我的手機收到松倉傳來的訊息。

〈上次說的東西或許借得到。〉

我回覆說：

〈太厲害了。〉

〈五點約在站前。事後再報告結果。〉

〈我有想過，就算沒找到名字，也不能證明沒有這個人。〉

〈是啊。那是最壞的結果。〉

如果校外教學文集找不到名字，只能表示櫛塚奈奈美沒有參加瀨野同學中學的校外教學，搞不好櫛塚同學在校外教學之前已經轉學了，如果她是因為身體不適或無法負擔旅費而沒有參加校外教學，她的名字當然不會出現在文集裡。就算是這樣，還是該查查看校外教學文集。我想了一下，又傳了訊息。

〈我可以一起去嗎？〉

我很想看一看松倉是怎麼查到瀨野同學國中時代的資料。

松倉回覆得很慢，我正想再傳一句「不行的話就算了」，手機終於發出震動。

〈好啊。在校舍門口集合吧。〉

我依言走向校舍門口。

到了那裡，卻沒看見松倉。我又打開手機來看，裡面確實沒寫集合的時間。

〈我沒看到你耶。〉

這次松倉回覆得很快。

〈等一下。我要保護人性的尊嚴。〉

如果在廁所就直接寫在廁所嘛。

我無可奈何，只好在鞋櫃附近漫無目的地徘徊。

要放學回家的學生、要去參加社團活動的學生換著鞋子，也有少數學生從外面回到校舍，雖然還不到熱鬧的程度，但放學後的鞋櫃旁已經不像午餐時和午休時間的氣氛那麼凝重。一群女生吱吱喳喳地聊著「回家時順便去吃個可麗餅吧」、「唔，我就不去了」，我猜這也和橫瀨的事有關，或許只是我想太多了。

松倉一直不來，所以我走得更遠，來到保健室前面。今天至少有三個人被送到這裡。我們班那位身體不適的女生到第五堂課就回去上課了，看來應該不要緊，希望其他兩人也能平安無事。像今天這種情況，明天還會持續下去嗎？

保健室旁邊的布告欄還貼著高中生數位照片比賽的得獎照片。在那張標題為〈解放〉

的照片裡，穿著我們學校制服的女孩彷彿完全不知道現在充滿校內的猜測和不安，高高地跳起，在空中向後仰。她手上拿的花是烏頭。沒錯，這張照片也是一個開端，我們就是看見照片裡的烏頭才會去校舍後面，在那裡遇見了瀨野同學。

「學長。」

突然有人叫道。我回頭一看，植田笑咪咪地望著我。他雖是圖書委員會裡的學弟，但我很少在委員會以外的地方遇見他。我稍微瞄了保健室的門。

「你要去保健室嗎？」

「不是啦，我正要回家，但是看見學長在這裡閒晃，不知道在做什麼，所以過來看看。」

植田站在我身邊，看著那張〈解放〉。

「這張照片拍得真好。」

「是啊。」

老實說，我分辨不出這張照片是不是優秀到應該得獎。正如標題所示，這幅具有爆炸性力道的構圖確實很吸引我，不過若是有人跟我說這種構圖還挺常見的，我也會感到認同。是說別人正在稱讚「這張照片拍得真好」，我最好不要隨便提出不專業的質疑才算是體貼，更何況……

「這個模特兒是你的女友吧？」

我看著照片說道，植田的耳朵都紅了。

「怎麼突然這樣問？不是那樣啦……」

「不是嗎？」

「呃，這個……」

植田慌了手腳。我不是故意逗他的，真是過意不去。

仔細想想，在這裡遇見他應該是件幸運的事。我故作輕鬆地問道：

「對了，你女友……」

我看著照片上的標籤說。

「她姓和泉啊？和泉同學有跟你提過拍照時的事嗎？」

「咦？她有說過很愉快。」

「那真是太好了。但我不是要問這個啦……」

烏頭的事最好不要讓太多人知道。我小心地斟酌用詞。

「攝影師……是岡地同學啊。為什麼岡地同學選擇在這個地方拍照？這好像是校舍後面嘛。」

植田歪著頭說：

「不知道，我也沒聽說。大概是因為那裡種了花，很漂亮吧。」

「或許吧。她有沒有提到任何關於岡地同學的事？」

被我這麼一問，植田只是沉吟。他的沉吟聽起來像是有事隱瞞，所以我緊追不捨地再問一次：

「她說了什麼嗎？」

植田低下頭去。

「真沒辦法……那也不是什麼重要的事啦。」

他先如此聲明，然後先看看四周，才說：

「聽說岡地學姊跟攝影社的其他人合不來。應該說，因為社長和副社長正在交往，所以她被當成了電燈泡。」

上次我們去找岡地同學時，她的說法可不是這樣。

「我聽說他們三人都參加了攝影比賽，結果只有岡地同學得獎，所以其他人才會不高興。」

「什麼嘛，學長明明知道她的事。」

植田愕然地說道，我仍自顧自地搜尋記憶。

「她還說這張照片是她自己拍的。仔細想想，她會特地強調這件事還真奇怪。」

「就是啊。」

這時突然有個清脆開朗的聲音傳來。

「植植！」

我和植田同時回頭，照片裡跳躍的女孩此時正朝著植田揮手。當然，她本人和照片不一樣，沒有那種爆發性的力道，看起來只是個普通的高一生。我說：

「把『植田』叫成『植植』是不是有點怪？」

植田的耳朵又紅了。

「我也這麼想。」

即使看到我在旁邊，和泉同學依然毫不遲疑地走向植田。來到我面前時，和泉同學對我鞠躬說道：

「你好，學長。我要帶走植田囉。」

當然沒問題，不過我能在這裡遇見和泉同學真是太幸運了。既然遇見了，我有幾個問題想問她。

「可以耽誤妳一些時間嗎？這張照片上的人是妳吧？」

和泉同學站在自己的照片前，露出疑惑的表情。

「是沒錯啦……」

「我有事想問妳，妳能聽我說嗎？」

這開場白真是太拙劣了。和泉同學望向植田，植田也不知所措地皺起眉頭，但還是幫腔說：

「他不是壞的那一位學長。」

壞的那一位是指誰？該不會是松倉吧……

如果只有我與和泉同學兩個人，她恐怕什麼都不會說，但植田在場讓她比較安心，她點點頭，回答：

「好啊。要問什麼？」

和泉同學顯然抱持著戒心，突然被人問話，會有這種反應也很正常。我不想讓她感到不安，還是儘快解決比較好。

「我想問關於這張照片的事。妳知道拍照地點是怎麼找到的嗎？」

「不知道。」

她一句話就把我堵死了。的確啦，模特兒當然不會知道攝影師做了多少準備，我姑且繼續問看看。

「那妳有沒有聽說過在那裡種花的人是誰呢？」

和泉同學皺緊眉頭，或許是感到厭煩，或許只是在思考該怎麼回答。

「……沒聽說耶。」

「所以岡地同學只是把妳帶到花壇前，叫妳在那裡跳躍？」

「差不多吧。呃，那個花壇有什麼不對的嗎？」

就連校內環境委員會的人都不知道那裡種了烏頭，可見有人未經許可就在那裡播種或者是種植幼苗，這應該是違反規定的行為，但我在意的並不是有人在學校裡擅自栽種植物。

「是沒什麼不對的啦……」

我回答得很含糊。換個問題吧。

「岡地同學強調那張照片是她自己拍的，真的是這樣嗎？」

如果和泉同學現在回答「不是」，那就成了攝影比賽的醜聞。還好她爽快地回答：

「是啊。」

我還在想那就沒問題了，但她又歪著頭說：

「原來岡地學姊很在意這件事啊。她在社團裡被人說了什麼嗎？」

「既然照片真是岡地同學自己拍的，別人怎麼說都無所謂吧。」

聽到我說得這麼輕鬆，和泉同學像是很憐憫我的無知。

「不是喔。我也不太懂啦，但我聽說照片不能隨便模仿別人的構圖，好像是因為著作權之類的理由吧。說不定有其他照片的構圖和這張照片很像。」

原來如此。我好像比較懂了。

「也就是說，正在交往的社長和副社長懷疑照片的構圖不是岡地同學自己想的？這倒是很有可能。」

以仰角看著模特兒跳躍的構圖一定早就被拍過無數次了，我可以理解使用這種構圖而被指責剽竊的人一定會很不服氣，但我也可以理解，既然有構圖相似的照片就能指控剽竊。算不算剽竊要打了官司才知道，不過光是疑似剽竊就足以讓人在社團裡遭到排擠了。

和泉同學用食指按著臉頰。

「對了，我聽說照片的名稱也遭到反對，但那個不算攻擊啦。社長他們說，光是一個英文字母根本看不出意思，岡地學姊只好更改標題。」

一個英文字母。我的背脊掠過一陣緊張感。

「妳說的英文字母難道是『R』嗎？」

我或許在無意中加重了語氣，和泉同學稍微後退，轉開了臉。

「我不知道。」

「妳有聽說什麼嗎……就算只是考慮過的腹案也行。」

和泉同學靠近植田，淡淡地笑了。

「天曉得，或許是『Jump』的『J』，再不然就是『X』，代表任何人的意思。」

「是嗎……」

「如果是『R』會怎樣？」

我也不知道。如果岡地同學原本想取的標題是「R」，這代表著什麼意義？

植田一臉抱歉地插嘴說：

「呃，學長，我們差不多該……」

他們本來正要離開，是我把他們留下來的。我向他們低頭賠禮。

「抱歉。謝謝妳。」

和泉同學像是鬆了一口氣，露出類似照片上的爽朗笑容。

「不客氣，希望我有幫上學長的忙。那我們走吧，植植。」

植田和和泉同學剛走出校舍，松倉就朝我走來。他可能早就來了，只是為了不打擾我們談話而在一旁等著。

松倉最先說的是這句話：

「把『植田』叫成『植植』真的很怪。」

我拿出手機看時間，現在剛過四點半。既然五點跟人約在站前，那就得快一點，不能再拖延下去了。松倉和我一起走出學校。西方的天空一片嫣紅。

去車站的路線有好幾條，我們向來都是看心情選擇，今天我們選的是鐵路旁的那條路。中央線在東邊是高架鐵路，到了這一帶變成在地面行駛。我和松倉並肩走在和鐵軌平行的道路上。

我問道：

「你吃過午餐嗎？」

松倉一臉輕鬆地回答：

「有的話就吃，不過今天忘了。」

「你沒吃午餐啊？」

「是啊。」

回想起來，我有好幾次吃完午餐後去圖書室都看見松倉比我更早到，或許他不只是今天沒吃午餐。

松倉似乎想要轉移話題，問道：

「你剛剛跟植田說了什麼？」

我坦白地回答：

「我問了一些關於那張〈解放〉的事。」

「喔喔……」

松倉的語氣像是現在才想起這件事。

「對耶。都是因為那張照片拍到了烏頭，我們才會遇到瀨野。」

「是啊。我們在圖書室發現書籤，不久後就出現了拍到烏頭的照片……這是巧合嗎？」

松倉轉動著肩膀。

「……應該吧，又沒有人能操縱攝影比賽的結果。難道你覺得攝影社的岡地是分發者？」

「我沒理由否定。至少岡地同學知道種植烏頭的花壇。」

「是沒錯啦。」

又走了一陣子，松倉才緩緩地補充說：

「我覺得不太可能。岡地似乎擁有自己的昂貴照相機，她既有錢，家裡的人又不反對她把錢花在攝影上……大概吧。這樣的人需要把毒花書籤當成殺手鐧到處分發嗎？」

「每個人需要殺手鐧的理由都不一樣吧。」

「那當然。我不否定岡地有可能從別人手中獲得書籤，但我怎麼想都不覺得她會分發書籤給別人。而且你忘了嗎？岡地和瀨野不一樣，她和我是同一所國中的。」

確實是這樣沒錯。松倉又說道：

「重點不是岡地為什麼會在那裡拍照，而是那裡為什麼種了烏頭。」

對了，我聽瀨野同學說過那個花壇的事。

「花壇好像是三、四十年前建造的，因為校方想靠種花來美化遭到破壞的學校。瀨野同學是這樣告訴我的。」

「那傢伙調查得還真詳細。這麼說來，那裡的烏頭……」

「是某人種的吧。」

「是啊。是某人種的。」

「為了當作書籤的材料。」

「大概吧。校舍後面又不顯眼，鐵定不是為了觀賞而種的，而是分發者為了得到書籤的材料才種在那裡……可是，說不定還有其他意義。」

我想了一下。在學校裡種植烏頭還會有什麼意義？

「……對耶，又不是不能種在學校以外的地方，只要有花盆或花槽，在家裡也能種。就算自己家裡有什麼隱情，連一個花盆都不能擺，一定有什麼特別的理由才會選擇種在學校。」

「是吧？」

「但我想不到會有什麼理由。你怎麼想？」

松倉看著天空，盤起手臂。

「可能是挑釁吧，再不然就是挑戰。」

「對耶。」

在學校裡種植能殺死人的花，這確實是挑釁的行為。分發者是用「怎樣，果然沒人發現吧？」這種得意洋洋的心態種植烏頭的嗎？

「就算這樣，那裡也不見得是唯一的栽培地點。雖然瀨野同學拔掉烏頭，還是不能保證分發者沒有材料做書籤了。」

松倉點點頭。

「是啊。只要有種子，從頭開始栽培也不是難事。」

「真的嗎？如果從種子開始種，要等好幾年才會開花吧？」

「又不是一定要等到開花才能做書籤……不過你說得確實有道理。」

電車從我們的身旁經過，那是開往松本的下行班車。我們的對話因噪音而中斷。我有些猶豫，不知該不該告訴松倉岡地同學原本的照片標題只有一個英文字母，想了一下還是決定不說。這件事要當成線索實在太牽強了，如果每件事都要懷疑，就像是歧路亡羊，只會害人迷路。排除比較無關的資訊也是思考的方式之一。

電車離開後，松倉換了另一個話題。

「你對《深夜姊妹會》的感想如何？」

我有種喘不過氣的感覺。

「……很難回答。」

「櫛塚奈奈美覺得『很美，很喜歡』，瀨野覺得『有點可怕』。那你覺得呢？」

這個問題很困難。我只能把心情直接表達出來。

「很火大。」

「火大什麼？」

「不知道。我也不太會說，只是這麼覺得。光是這樣描述不太貼切，我雖然覺得火大，但又不是憤怒到想要揍人……」

我思索著措詞，結果還是和平時一樣，只能想到差強人意的形容。

「而是想要一個人獨處。」

「那是怎樣的故事？」

「什麼都沒發生。」

「什麼都沒發生還能寫成小說？」

我點頭。

「什麼都沒發生，但就是寫成了小說。」

松倉或許有一天會想讀那本小說，所以我不想洩漏太多內容。松倉應該明白我的顧慮，他只說：

「我不是要問你小說的情節，而是要問櫛塚奈奈美的感想合不合理。」

「我可以理解瀨野同學為什麼覺得『可怕』，但櫛塚同學說『很美』讓我覺得有點可怕。那個故事確實有美的部分，但是得把其他部分都屏除在意識外才會說出這種感想……你聽得懂嗎？」

「聽不懂。但我大概知道你想表達的意思。」

又有一班電車開過來，這次是開往市中心的上行班車。我們的對話再次中斷。

鐵道沿線擺著花槽，大概是附近居民種的吧。高大深綠的莖上開著白色花朵，花瓣中心是鮮豔的黃色，整株大概開了十朵花。

「松倉。」

我喚起松倉的注意，他隨著我的視線看到了花，但他似乎不怎麼感興趣。

「那些花怎麼了？」

「沒有，只是看到這裡種了花。」

「喔喔，很漂亮啊。」

「你認識這種花嗎？」

被我一問，松倉皺起眉頭。

「花就是花啊。」

他說完以後就掏出手機看時間。

「我們最好快一點。賞花以後再說吧。」

我默默地點頭，一邊想著不知道將來還有沒有機會來這裡觀賞水仙，一邊加快步伐。後方又有一班電車從我們身邊掠過。

北八王子市站已經被夜幕籠罩。

進出車站的人影大多穿著西裝外套、學生服、水手服之類的學校制服，現在是學生放學回家的時間，不過還沒到社會人士的下班時間。站前廣場鋪著磁磚，中央的噴水池打了燈光。松倉說，他跟人約在噴水池前。

「你約的人是誰？」

被我這麼一問，松倉答得曖昧不明。

「嗯，一個熟人。」

我們先在噴水池旁繞一圈，沒看到相約的人，大概是我們先來了。噴水池奏起輕快的旋律，噴出高高的水柱，可能正好到了五點。

我們現在想的一定是同一件事。先說出來的是松倉。

「我挑錯地點了。」

現在是二月，這並不是能開開心心在水邊等人的季節。我圍了圍巾，勉強挺得住，但是松倉今天也沒有圍圍巾，他的表情看起來很難受。

還好等待的時間沒有太久，大概過了兩分鐘，就有一個女生朝我們走來，她穿著其他學校的苔綠色制服。松倉舉起一隻手。

「嗨。」

那女生沒有打招呼，不客氣地直接走到松倉面前，遞出一個白色紙袋。松倉接過紙袋，說道：

「麻煩妳了。」

然後他看看紙袋裡面，點頭表示沒問題。那女生始終不發一語，但是站在松倉身旁的我向她點頭時，她卻詫異地睜大眼睛，問道：

「朋友？」

那女生大概是在問我是不是松倉的朋友吧。她的語氣格外高亢。因為事發突然，我只能默默點頭，那女生見狀就用下巴比向松倉說：

「跟這種人在一起絕對沒好事喔。」

她直到最後都沒跟松倉說一句話，轉身走向夜晚的街道。

這女生真是來去像陣風。我呆呆看著她的背影，等到她消失在人群之中，我才問松倉說：

「那是誰啊？」

「我的小學同學。」

「你對她做了什麼？」

松倉聳著肩膀說：

「我吃掉了她營養午餐的橘子。因為她放著沒吃，我還以為她不要了。」

原來是這樣啊，確實是罪大惡極，難怪她這麼恨你。

看來松倉不打算告訴我關於那個女生的任何事情。既然如此我也沒辦法，現在還有更重要的事。

「裡面是校外教學文集嗎？」

松倉從紙袋裡拿出兩本冊子。

「她想得很周到，連校外教學手冊都一起拿來了。」

這樣就萬無一失了。我姑且問問看：

「剛才那個女生不認識櫛塚奈奈美嗎？」

要是她認識櫛塚奈奈美，我們根本用不著借什麼文集。果不其然，松倉苦笑著搖頭說：

「她說『如果不是同班或參加同一個社團，怎麼會認識嘛』。」

我點點頭，然後看看四周。

「找間家庭餐廳之類的店家吧。」

但是松倉冷淡地回答：

「不用，只是查一下資料，在這裡看就好了。」

「你不冷嗎？」

「沒問題。」

既然穿得比我少的松倉都這麼說，那就沒辦法了，反正我也想要快點看到冊子的內容。靠著噴水池的燈光，松倉翻閱校外教學文集——標題是「On the Road」——我負責翻閱校外教學手冊。

校外教學的時間是十月，目的地是京都和奈良，參加的班級共有四班。第一天是去京都塔瞭望市區風景，交通方式是搭新幹線。

松倉猜得沒錯，新幹線的座位表用小字寫滿了四個班級的學生名字，不過也就只有名字。光是這樣真能證明櫛塚奈奈美的存在嗎？

我正在這樣想，松倉就很乾脆地說道：

「找到了。二年C班，櫛塚奈奈美。」

「你找得真快。」

「有目錄嘛。就是這個。」

松倉翻到其中一頁，上面確實有「櫛塚奈奈美」的感想。

校外教學結束了

第一天在八王子搭電車，從八王子站坐到新橫濱站，再從新橫濱站轉新幹線，坐到京都站。午餐是在新幹線上吃便當。到京都站下了新幹線，前往京都塔，清楚看到了整片京都。搭遊覽車去參觀二條城，接著又搭遊覽車去看銀閣寺，然後又搭遊覽車去看金閣寺。第一晚住在與謝野屋旅館，住的是兩人房。第二天去奈良，在東大寺看到大佛，非常巨大。然後是分組自由行，我們這一組去了春日大社，奈良公園裡有很多鹿。晚上住的是青丹旅館，大家一起睡大通鋪。第三天回到京都，搭新幹線回到新橫濱站，再換電車回到八王子站。真希望校外教學能一直持續下去。

松倉沉吟道：

「這真是……該怎麼說呢，太強了……」

我也有同感。松倉說過，如果旅行感想只要寫一張稿紙，光是寫完行程就能達標，如今看到真的有人光寫行程，我都不禁有些佩服了。我盯著那篇感想說：

「從瀨野同學的敘述聽來，櫛塚同學似乎很愛看書。雖然喜歡看小說不等於很會寫作文，但寫出這種東西也太驚人了。」

松倉有不同的看法。

「我倒覺得這篇感想寫得不差。文中看不出她文筆不好，反而還顯得井井有條。也就是說，這篇文章不算差，只是很普通，省略了很多內容。」

「我同意。而且……該怎麼說呢……我覺得她好像是刻意不表露情感。」

「除了最後一句話以外。如果沒有這一句，一定會被要求重寫吧。」

我不知道櫛塚同學的老師對作文的要求有多高，但我也覺得很可能會被要求重寫。

水柱高高地往上沖，我覺得好像會有水花噴過來，所以稍微遠離噴水池，松倉則是把文集抱在懷中避免弄濕。

「感想的內容就先不管了，總之櫛塚奈奈美是真實存在的。」

「所以瀨野同學說的是實話。」

「或許吧。」

櫛塚奈奈美確實和瀨野同學讀同一所國中，而且至少待到二年級的十月，但三年級畢業之前就不在了。此外，瀨野同學和櫛塚同學需要殺手鐧，因此製作了書籤。我喃喃說道：

「得知了很多事呢。」

「我們只是做到了最基本的求證。」

「不，得知了很多事。」

松倉疑惑地皺起眉頭，彷彿又有水花飛來似地揮了揮手，說道：

「……也罷，今天就到此為止吧。我肚子餓了，要回家了。」

然後松倉把兩本冊子放回紙袋，輕輕揮著手離開了。

今天得知了很多事，我先前一直懷疑的事也得到了證實，譬如說……松倉詩門不認識水仙花。

車站傳來電車離站的旋律。我也踏上了歸途。晚風很冷，我重新圍好圍巾。

2

隔天早上的朝會取消了。校內廣播指示全體學生到體育館集合，大概是要舉行臨時的全校集會。

全校集會時，為了避免擁擠，都是以班級為單位集體行動。國小和國中都會嚴格遵守這個規則，等全班排好隊之後才開始行進，高中就沒有那麼嚴謹了，全班學生聚集在走廊上，依照值日生的指示零散地移動。

非慣例的活動讓人感到不安，尤其是學校裡正在流傳有人持有毒藥的流言。塞滿整條走廊、身穿制服的男生女生走向體育館的腳步顯然都很沉重，這絕對不是我神經過敏。

充斥著二月冷空氣的體育館裡，學生依照班級列隊。沒人叫我們坐下。校長先站上講台，叫學生要有自覺，要用功讀書，要謹言慎行。我心想，把全校學生聚集在這裡，不可能只是為了說這些老生常談吧？果然還有後續。校長講完後，換訓導處的老師站到麥克風前，他就是我們潛入訓導處時遇見的那位老師。

「嗯，最近校內出現一些奇怪的謠言。」

那位老師開始說話。

「那都是毫無根據的事。你們已經是高中生了，不要輕易聽信那些無憑無據的謠言，如果不懂得靠自己、靠常識來分辨是非，那就麻煩了。再這樣下去，你們的將來真是令人擔心，出社會以後到底能不能適應呢？總之，老師已經受夠沒有常識的謠言了！」

老師講得慷慨激昂，可是他既要否定下毒的流言卻又絕口不提「毒」字，別人根本聽不懂他想說什麼。後來那位老師還是一再重複「不要相信謠言」、「用常識判斷」、「出社會後不能這樣」這三句話，只是改變了用詞和順序而已。

「總之我要說的就是這樣，不要相信奇怪的謠言，維持有常識的舉止。以上，報告完畢。」

老師結束了訓話。如果有學生不知道校內正在流傳下毒的流言，一定聽不懂他這番話。

集會結束後，我在回教室的途中經過保健室。岡地同學的那張〈解放〉裡，烏頭正綻放著鮮豔的花朵。

校方也聽到了那些流言。公開否認流言，等於是承認流言的存在。

我不想說校方的做法適得其反，但我不認為用視若無睹的態度來處理流言是最妥善的方法。

這天的午休時間，氣氛比前一天更緊張。

我們教室裡沒有任何人在吃便當。我想一定有學生帶了便當，只是因為太緊繃的氣氛而沒了食欲。有人想到福利社的麵包是密封的，不會有危險，所以有些同學去買麵包來吃，但全班頂多只有三分之一的人在吃麵包。

我們目前發現了兩張書籤，包括被瀨野同學燒掉的東谷同學的那張，還有用來給橫瀨下毒的那張。就算我再怎麼樂觀，也不敢保證書籤只有這兩張。我們學校裡一定還有學生擁有書籤，說不定連老師都有。他們在這靜悄悄的午休時間都在想什麼呢？分發者到底想做什麼？是不是覺得事情如願發展，正在高興地鼓掌呢？當然，這只是假設分發者是我們學校的學生。

我也是沒吃午餐的其中一人。松倉對瀨野同學說過的那句「妳怎麼確定下一個不是妳」不知為何又浮上我的心頭。分發者知道我們正在調查書籤的來源嗎？就算對方發現了也不奇怪，因為東谷同學很可能會通知那個人。如果真是這樣……就算我的午餐被人加料，嗯，也不是毫無可能吧。

在這段空下來的時間，我們聚集在校舍一角的空教室。就算要商量事情，圖書委員也不該把圖書室當成自己的私人場所。我雖覺得空教室應該上鎖，又覺得幸好這間教室沒鎖起來。

「我去找過北林。」

瀨野同學先說起這件事。

「她一直請假在家。我還去了她家，自稱是她在學校裡的朋友，可是她家人連轉告都不幫我轉告。」

沒人打掃的空教室滿是塵埃，瀨野同學很小心地避免摸到任何東西。松倉問道：

「她還保留著學籍吧？」

「你是問她有沒有休學嗎？我怎麼會知道啊？」

「這倒是。」

我也有問題想問。

「橫瀨被下毒的流言現在傳得沸沸揚揚，但北林同學應該沒機會聽到流言啊，她為什麼會請假呢？」

松倉回答說：

「因為橫瀨那件事，不知道已經有多少人不來學校了。我們班上也有一個人請假。」

「我的班級也是。」

瀨野同學說道。我的班級沒有人長期請假，但是三個班級之中就有兩個人請假，全校請假的人恐怕兩隻手都數不完。

我不認為北林同學會成為謠言的受害者，反而比較擔心她被當成加害者。我再次強調：

「我得先聲明，說北林同學下毒只是憑著狀況證據所做的推測。說不定她請假是因為受傷或生病，如果她是下毒的人，應該會照常上學吧。」

「你覺得真有這麼巧的事？」

「不覺得。可是北林同學下毒只是一個有力的假設，要說她是凶手時最好不要忘記在心中附註『這是假設』。」

松倉神情無奈地嘆了一口氣。

「……你說得也沒錯啦。」

他的語氣彷彿在表示「但是現在強調這點又沒有幫助」。

瀨野同學說：

「我會繼續接近北林，不過她的父母從中阻撓，我覺得希望不大。」

我想了一下。

「我和松倉對北林同學幾乎一無所知，希望妳可以跟我們分享資訊。」

瀨野同學訝異地皺起眉頭。

「除了我剛剛說的，你還想知道更多？」

「應該說，我想知道更基本的事。我連她的名字都不知道。」

瀨野同學拍了一下額頭，像是很愧疚自己忘了提這些事。

「是這樣嗎？那我的確該分享一下。二年五班，北林洋子。手機號碼和地址……也要說嗎？」

一般來說，未經本人許可，不該隨便打聽不認識的女生的地址，但現在不是一般情況。我還在猶豫時，松倉已經爽快地回答：

「沒關係，不用了。」

瀨野同學露出懷疑的眼神。

「喔？你真是紳士呢。」

「很抱歉，我不是紳士。如果有必要知道她的電話地址，我去問五班的人就行了。」

什麼嘛，結果一無所知的只有我啊。松倉抓抓頭，繼續說：

「但我不知道她長得什麼樣子。我沒看過她的照片。」

「是嗎？那就……」

瀨野同學按了一下手機，然後把螢幕轉向我們。

「看吧。」

那似乎是校慶時拍的照片，四個女生在掛著紙圈彩帶的教室裡，每個人都看著鏡頭，各自擺出不同的姿勢，有人比了勝利手勢，有人張開雙手。她們的身上沒掛名牌，我不知道哪一個是北林同學，所以直接問：

「哪一個？」

瀨野同學把照片放大，但不是聚焦在那四個女生，而是她們後方不小心被拍到的女生，她一臉驚慌地看向鏡頭。

那女生有些駝背，頭髮亂糟糟的，可能是因為表情驚愕，她的眼睛大得出奇，感覺是個缺乏自信的人。我和松倉凝視著手機螢幕。

瀨野同學繼續舉著手機說：

「她在班上不太顯眼，該說是不積極嗎？聽說她從以前就經常請假，所以現在她長期請假也沒人感到奇怪。」

松倉看著照片上的北林同學，喃喃地說：

「……我好像看過這個人。你覺得呢？」

我歪著腦袋。

「我不確定耶，或許曾經在走廊上擦身而過吧。」

「沒辦法，本來就不可能認得同年級所有學生的長相。好，我記住了。」

瀨野同學收起手機，向松倉問道：

「關於北林的消息只有這些。你說要去找橫瀨打聽，結果打聽到什麼了嗎？」

松倉很罕見地垮下肩膀。

「沒有。真沒面子，我一點辦法都沒有，橫瀨從週二以後都沒來過學校。」

「老師不能隨便休假吧？」

「他可能是休假，也可能是校方要求他在家待命。我調查過他的住址，但現在還沒查到。」

就算知道橫瀨的住址，恐怕也沒辦法從他那裡問出什麼。松倉毫無進展也是沒辦法的事。瀨野同學大概也是這樣想的，所以沒有露出失望的表情，接著她又問我：

「那東谷同學呢？」

我搖搖頭。

「很遺憾，我這裡也沒有任何收穫。她一直刻意避開我，我根本沒機會問她問題。我們同屬圖書委員會，所以我知道她的手機號碼，但她也不接我的電話。」

松倉苦笑著說：

「她若是拒絕交談，我們就拿她沒辦法了。真想要逮捕權啊。」

「就算能逮捕她，只要她不肯說，我們還是拿她沒辦法。就像那句『你有權保持緘默』。」

「看來只剩那一招了：讓她跪坐在有尖齒的木板上，再把大石頭壓在腿上。」

這是刑求吧？

瀨野同學皺起眉頭。

「別開這種惡劣的玩笑。我不知道堀川問話的技巧好不好，說不定她是對男生比較有戒心。有機會的話我也去找她打聽看看？」

或許瀨野同學只是顧及我的自尊心才這麼說，但若換人去問能提升成功機率，那我真是求之不得。

「當然好。」

不過松倉對瀨野同學的建議似乎不抱期望。

「東谷都一直躲著堀川了，怎麼可能會跟妳談？算了，反正我們也無計可施，就把死馬當作活馬醫吧……」

瀨野同學態度堅決。

「總之我會想辦法逮住她的。」

她該不會拿出套索吧？

松倉不經意地望向窗外，把手插進口袋，在附近的一張椅子坐下，雙腿交叉。

「其實我一直很想問妳一件事，但老是沒機會。」

瀨野同學指著自己。

「問我？想問就問吧，我該說的都說得差不多了。」

「和堀川一樣，我想問的也是很基本的事。那些書籤到底是怎麼做的？委託印刷廠嗎？」

「喔喔，你是要問那個啊。」

瀨野同學的語氣透出一絲安心，她本來可能很擔心松倉會問什麼嚴重的問題吧。

「我應該有說過，我只負責設計圖案，實際製作的是我朋友。」

「櫛塚奈奈美？」

「是啊。」

「妳沒說過程序吧？」

瀨野同學歪著頭。

「因為我也不太清楚……壓花的製作方法很普通，只是用報紙之類的東西夾著花，再用重物壓住，吸乾水分。」

「圖案呢？」

「她好像提過是用電腦處理的。」

我插嘴說：

「大概是把妳設計的圖案掃描成圖檔，再印在透明塑膠片上。」

松倉一臉不解地問道：

「印在透明塑膠片？一般的印表機能做到嗎？」

「要看機型，有些機器做得到。」

「那就當作可以吧。不過這樣做出來的只是印上瀨野設計的透明塑膠片，不是書籤。」

瀨野同學說：

「接下來的步驟我大概知道，就是用護貝膠膜夾住透明塑膠片和壓花，再放進護貝機固定。」

「不好意思，我聽不太懂。」

我補充說明：

「你可以想像成焊接。護貝用的膠膜一面是普通的塑膠，另一面是熔點低的塑膠，把東西夾在裡面加熱，熔點低的那一面會溶化，冷卻後就黏起來了。」

「原來如此。要用到專屬的機器嗎？」

「若是簡單的款式，五千圓以內就能買到。不在乎品質的話，也可以用熨斗代替。」

松倉沉吟道：

「唔……所以沒辦法從製造商或販賣機器的商店著手了。」

「這個結論下得太快了。」

這次換我問瀨野同學：

「我也有一件事想問妳。」

「還有？問吧。」

「妳自己的書籤在哪裡？」

松倉點頭說：

「是啊，妳自己也有一張書籤吧。不是現在到處分發的複製品，而是原創的。」

瀨野同學的臉色僵硬了。

「我的書籤？跟那個有什麼關係？」

「沒什麼關係，只是覺得看到實物更能正確地掌握製作方法。如果書籤的做法和我們剛才討論的不一樣，或許真能從製作管道著手。」

瀨野同學低下頭，硬擠出聲音說：

「已經不在了。被我燒掉了。」

松倉用銳利的眼神注視著她。

「為什麼燒掉？什麼時候的事？」

「……在奈奈美轉學的那天就燒掉了，因為我覺得姊妹會已經解散了。」

松倉顯然不相信，繼續追問：

「沒道理啊，既然櫛塚奈奈美轉學了，妳不是更該留下書籤作為紀念嗎？」

「我不這麼想。我只想把那些事情全都忘了。」

「為什麼？」

在松倉的逼問下，瀨野同學微笑著說：

「你沒必要知道原因吧?再問下去就要見血了。」
松倉似乎覺得受到威脅,態度頓時變得強硬。
「妳是說我的血嗎?」
瀨野同學依然面帶微笑。
「是我的血。你們願意幫忙我很高興,但我不打算把所有的事都告訴你們。」
這次換成松倉遲疑了。我看得出來,他不知道該不該追問下去。松倉大概是這樣想的:真的有必要寧可破壞和瀨野同學的關係也要問出她燒掉書籤的理由嗎?
松倉沒機會表達結論。手機鈴聲突然響起。是我的手機。
我心想這鈴聲響得正是時候,剛好可以緩解這緊張的氣氛,一邊掏出手機。看到螢幕上的姓名時,我錯愕地「咦」了一聲。松倉問道:
「是誰?」
我收到的不是來電,而是訊息。我一邊點開訊息一邊回答:
「是東谷同學。」
我直接讀出訊息的內容。
「她說『可以來一下保健室嗎?』,我去看看。」
「我也一起去。」
我早就知道瀨野同學會這麼說。松倉神情有些尷尬,跟著說:

「我也去。」

3

走廊盡頭的保健室前站著兩個女生。

兩人都低著頭，靠在牆上，顯然有事要去保健室，卻只是站在外面。我放慢腳步，向松倉問道：

「你覺得那兩個人是在幹麼？」

松倉瞄了一眼十幾公尺外的女生。

「那兩個人不同年級，一個高一，一個高三。可能是在等人吧。」

「我也這麼覺得。」

可是我走近保健室以後，卻發現那兩個女生的樣子很不尋常，她們臉色很難看，與其說是靠牆而立，更像是藉著牆壁的支撐勉強站著。我懷著不祥的預感從她們面前經過，抓住保健室的門把。

「打擾了。」

說完之後，我將門拉開。

狹窄的保健室裡人滿為患，完全不像二月會有的景象。保健室裡有兩張病床，用來讓身體不適的學生休息，旁邊還有簾子可以拉上，現在簾子是打開的，病床沒有任何遮蔽。

靠近門口的病床一邊坐了三位學生，另一邊也坐了三個人，裡面的病床還躺著一位女學生。我終於知道外面的兩個女生為什麼要站在那裡，因為保健室客滿了，她們根本進不來。

在裡面休息的七人之中有六個是女生，每個人的臉色都很難看，還有人發出粗重的喘息聲。我聽見松倉的喃喃自語。

「這是怎麼搞的……」

我們今天沒吃午餐，躲在空教室裡開作戰會議，所以沒有注意到，原來今天午休時間有這麼多學生身體不舒服。

保健室老師的語氣鏗鏘有力，聽不出半點疲倦或焦躁。

「你們怎麼了嗎？」

瀨野同學說：

「請問，二年級的東谷同學在這裡嗎？」

老師還沒回答，躺在裡面那張床的學生就坐起來，說道：

「在這裡。」

東谷同學的臉色和紙一樣蒼白，眼睛下方帶著深深的黑眼圈，撐起身子的手臂微微地顫抖，聲音也是有氣無力，情況似乎很嚴重。老師柔聲說道：

「不要太勉強，再休息一下吧。」

東谷同學拿起枕邊的眼鏡。

「不用了，一個人占據病床太不好意思了。」

東谷同學會獨自躺在床上，一定是因為她的情況特別嚴重。我很想問她「真的沒關係嗎？」，結果還是沒說出口，她一定不希望在這麼多人面前被我關心。

瀨野同學走向東谷同學，朝她伸出手。

「站得起來嗎？」

東谷同學沒有抓住她的手。

「我沒事……竟然來了三個人。」

她一邊說，一邊按著床站起來，想要像平時一樣走路，但腳步顛簸，又一把抓住床邊的扶手。瀨野同學沒有再伸手扶她，保健室老師也沒再叫她留下來休息，大概知道外面還有學生在等床位吧。

我們走出了保健室。東谷同學說：

「我想去吹吹風。」

從保健室通往體育館的穿廊沒有牆壁，二月的風直接吹在身上太冷，所以我們只是在穿廊附近的走廊上圍成一圈。

東谷同學靠在牆上，對我說：

「你來得真快。」

「因為我有事要問妳。」
聽到我的回答，東谷同學虛弱地笑了。
「有事要問……你好歹也客套一下說是擔心我吧。」
「雖然妳叫我來保健室，但我沒想到妳的情況這麼嚴重。我現在確實很擔心。」
「謝謝。我的臉色那麼差嗎？」
「非常差。」
東谷同學露出苦笑，輕輕低下頭。
「你很坦白。真叫人生氣。」
「到底是怎麼了？」
是東谷同學自己說要吹風的，她卻緊抱著自己的身體，像是覺得很冷。
「我中午吃了買來的麵包，突然覺得很不舒服，我還以為是自己神經過敏，結果不知不覺地昏倒了。真是愚蠢啊，我太軟弱了。」
瀨野同學單手插腰。
「總之妳沒事就好了。妳不是傳訊息給堀川嗎？如果妳有話想說，那我們就聽聽看吧。」
「我沒有什麼話要說的。我什麼都不知道，只是想叫堀川不要再來找我。」
「真是這樣的話，妳直接封鎖他就好了。如果妳只想跟堀川一個人說，我們可以迴避。」
東谷同學沒有看瀨野同學。她在圖書委員會裡天不怕地不怕，面對瀨野同學卻總是無力反擊。東谷同學低著頭說：

「無所謂，反正他之後還是會告訴你們的。你們可以一起聽，我只是要說，我已經被聊天群組踢出來了，我和書籤再也沒有關係了。」

也就是說，姊妹會是靠通訊 **APP** 聯絡的？這不是令人意外的事，卻是我們第一次聽到的情報。瀨野同學又問：

「妳為什麼會被踢出來？」

「妳以為他們會告訴我理由嗎？我不知道，可能是因為我弄丟了書籤吧。」

「妳是怎麼拿到書籤的？對方用什麼方式交給妳？」

東谷同學軟弱地搖頭。

「別開玩笑了，我光是弄丟書籤就被踢出來，如果把這些事告訴你們，我搞不好會被殺掉。」

「不會啦。」

「我也很想這樣相信。」

說完以後，東谷同學從水手服胸前的口袋掏出一張紙片。像是從筆記本上隨便撕下來的一小張紙片。

「有人把這東西放在我的抽屜裡。」

紙片上只寫了一個字母——「R」。

松倉露出厭惡的表情笑了。

「哎呀呀，這就像《鐵面無私》的劇情一樣吧。對方想警告妳不准洩密。哈哈哈，真令人不爽。」

然後他收斂神色，補充一句：

「東谷，不用放在心上，那只是膽小鬼的虛張聲勢，對方什麼都不敢做。」

「東西都出現在我的桌子裡了耶。」

「只不過是一張紙。」

東谷同學抬起頭，由下往上瞪著松倉。

「你是不知道才會這樣說。」

「不知道什麼？」

東谷同學沒有回答，松倉加重語氣說：

「現在這裡只有我們。」

「我不相信你們。」

「妳不相信也很正常。」

東谷同學無力地看看四周，嘆了一口氣。

「……書籤被放在書本裡面。是圖書室的書。」

我們互相看了一眼。東谷同學繼續說：

「我不知道分發書籤的人是誰，但對方連我是圖書委員都知道。那人什麼都知道。」

「沒事的。」

松倉毫無根據地如此保證，但東谷同學像是沒聽見，她囁嚅般的自白摻雜著風聲。

「實際拿到能置人於死地的殺手鐗之後，我才知道那代表著什麼意思。拿到之前，我還以為自己會很得意，拿到之後我才發現自己不是那種人。我很怕……我不敢把書籤拿走，又不敢丟掉。丟掉書籤等於是背叛他們，我一定會被盯上的。就像現在一樣。」

東谷同學不敢把書籤拿走，又不敢丟掉，那麼她到底要怎麼處置書籤呢？

「所以我假裝忘記拿，把書籤留在書裡，放進還書箱。我想，如果書放回書架上，或許書籤某天會被一個比我更需要它的人拿到。我完全沒想到……堀川竟然會檢查歸還書籍裡有沒有遺失物品，還察覺到書籤的作用。」

察覺到書籤作用的人是松倉。追根究柢，提醒我檢查歸還書籍裡有沒有遺失物品的也是松倉。如果那天松倉沒有回來，烏頭書籤就會如同東谷同學的期望，一直留在《玫瑰的名字》下集裡等待被人發現。松倉的回歸對東谷同學來說究竟是幸還是不幸呢？

東谷同學的身體顫抖著，不知是因為寒冷，或是其他原因。

「我真不該渴望得到殺手鐗、得到殺人的工具……我想說的話只有這些。」

鈴聲響起，午休時間再過五分鐘就結束了。東谷同學直到最後都不敢和瀨野同學對上視線，踩著軟綿綿的步伐離開了。我忍不住說：

「妳要去哪裡？」
東谷同學轉過頭，一臉厭煩地回答：
「回教室。快開始上課了。」
然後她沿著走廊離開，不時扶著牆壁。她的背影散發出一股不肯接受幫助或憐憫的傲氣。
「真令人不爽。」
松倉又說了同一句話。
我也有同感。我不知道殺手鐧到底要用來幹麼，但保健室裡充滿了臉色蒼白的學生，東谷同學受到威脅，整天害怕遭人暗算，這種情況真的令人很不爽。東谷同學雖然害怕，仍然提供情報給我們，她真的很勇敢。既然如此，我也要勇敢說出我該說的話。
瀨野同學邊走邊說：
「我也要走了，不然上課要遲到了。」
松倉也說了一聲「喔」，跟著離開。我向他們喊道：
「等一下，我還有話要說。」
兩人停下腳步，轉過頭來。松倉露出不耐煩的表情。
「午休時間快結束了，晚點再說吧。」

「不，我想要現在就說。」

松倉一臉疑惑，接著露出笑容。

「你想叫我們蹺掉第五堂課陪你說話？」

「這……如果可以在上課之前說完，就不需要蹺課了。」

瀨野同學挑起眉梢。

「只剩三分鐘了。」

然後她似乎察覺到了什麼，一臉嚴肅地問道：

「是很重要的事嗎？」

嗯，或許吧。

松倉笑了。

「沒想到堀川會叫別人蹺課，我真是猜不透你啊。好啊，你就說吧。不……這裡太冷了。」

的確，剛才一直在吹風，身體越來越冷，我都快撐不住了。

「既然要蹺課，就選個適合的地點吧。圖書室可以嗎？」

圖書委員在上課時間占據圖書室並不會造成使用者的困擾。只要忽視上課時間應該在教室聽課的常理，這個主意確實不錯。

「好啊。走吧。」

瀨野同學無奈地抬頭，簡短地抱怨了一句：

「唉，真是的。」

4

我們剛走進圖書室，上課鐘就響起來，第五堂課開始了。

司書老師不在，圖書室裡空無一人。我不知道該不該鎖上門，但松倉說：

「如果有人發現我們在這裡，沒鎖門的話只是蹺課，鎖了門就是私自占據圖書室，事情會變得更嚴重。還是不要鎖比較好。」

他說得確實有道理，所以就不鎖門了。

我們三人圍坐在閱覽區的一張桌子，松倉立刻問我：

「你到底要說什麼？你可別說想要玩書名接龍喔。」

「你想玩也行啊。只限日本文學嗎？」

瀨野同學拍了桌子。

「《少爺》。好了，有話快說。」（註3）

遵命。

3　《少爺》為夏目漱石的半自傳小說，原文是「坊ちゃん」。接龍的規則是說出「ん」結尾的詞彙就算輸，遊戲也結束了。

「其實我還想向一個人問話。」

「喔？」

松倉愉快地笑了。

「我們已經束手無策了，如果有其他頭緒也不錯。讓我來猜猜看，是攝影社的岡地嗎？」

「不是。」

「不是嗎？我還以為一定是她呢。那麼到底是誰？」

松倉是不是已經知道我在說誰，卻故意跟我裝傻呢？我不知道等一下要說的事能不能挖出什麼情報，但是正如松倉所說，這樣或許可以突破膠著的現狀。我懷著這個期待回答：

「就是你，松倉。」

瀨野同學驚訝地望向松倉，松倉臉上調侃的神情消失了。我繼續說：

「我們去找烏頭時，我用加拿大一枝黃花來舉例。你還記得嗎？」

在校舍後面花壇找烏頭的時候，因為我們只在圖鑑上看過烏頭，為了掌握烏頭的外觀，我用加拿大一枝黃花的一半高度來形容。

「可是這招沒用，你說聽了也不明白……由此可見你不認識加拿大一枝黃花。」

松倉似乎覺得這沒什麼大不了的，很爽快地承認了。

「是啊。」

「昨天我們在鐵路旁邊看到花，那是水仙。可是你也不認識水仙。」

瀨野同學問道：

「簡單地說，你是要表達松倉不熟悉植物？……那又怎樣？」

瀨野同學不知道我們發現書籤時的情況，所以她當然不明白我為何提起這些事。

「在歸還書籍裡發現書籤時，看出那是烏頭的人並不是我。」

「……」

「而是松倉。」

瀨野同學光是聽到這句話就全都明白了，她露出憤怒的眼神。我繼續說：

「你一眼就認出那是烏頭，卻不認識加拿大一枝黃花，讓我非常意外。我在想，你說不定只對有毒植物比較熟悉，就姑且當作是這樣，後來卻發現你連水仙都不認識。水仙可是很常見的有毒植物喔。」

松倉目光冷峻。

「是這樣嗎？看來我得更小心才行了。」

「你確實該小心一點……所以說，你明明對植物毫無興趣，為什麼唯獨認識烏頭？我只想得出一種解釋：你早就看過了。」

「……」

「松倉，我們在圖書室發現書籤之前，你早就在某處看過烏頭書籤了。」

松倉不發一語，默默地凝視著我。

如今回頭再看，就會發現松倉的行動很不自然，雖然他老是抱怨，卻始終沒有從書籤的這件事中抽手。

「我該說『你真不會說謊』嗎？」

終於有機會把松倉對我說的那句話還給他了。

我早就該發現了，松倉也有追查書籤的理由。

那是為什麼呢？

圖書室的氣氛非常緊張。

瀨野同學交互望向我和松倉，身體稍微往後縮，彷彿對松倉的謊言感到畏懼，或是擔心我們會打起來。我可以理解她的心情。松倉的沉默好沉重，那沒有表情的臉孔令人不寒而慄。

遠處傳來了旋律，大概是在上音樂課。

松倉突然吐了一口氣，搖搖頭，聳起肩膀。

「哎呀，真服了你。我認栽了。竟然會被你看穿。我沒有小看你的意思啦。」

氣氛稍微緩和一點了，瀨野同學明顯放鬆了肩膀。松倉辯解似地繼續說：

「我可要說清楚，我不是故意騙你或隱瞞你，只不過那是校外的事，我不想把你拖下水。」

「我相信你。」

「那真是太感謝了。」

松倉露出揶揄的笑容，像是在說「你就是這種個性」。

我揮手示意松倉說下去。他把手插進口袋，往後靠在椅背上，盯著天花板。

「事到如今也沒辦法了。」

他嘴上這樣說，卻遲遲不開始解釋。松倉會有這種態度很正常，因為他至今一直瞞著我，可見那些事一定很難啟齒。不過，現在他非說不可了。

松倉嘆了一口氣，終於說道：

「好吧，我說。或許你不會相信，不過……就算你不相信也無所謂啦。有個女生來到我打工的夜店。」

他才剛開始講，我卻忍不住打岔。

「你說什麼？」

「有個女生來了。」

「來哪裡？」

「我打工的夜店。」

我愣了一下，然後說出一句廢話。

「這是違反校規的。」

在夜店打工鐵定要工作到深夜，我們學校規定學生打工必須得到校方的許可，我不認為校方會同意學生深夜在夜店打工……是說未滿十八歲的人在那種地方工作根本就違反了一堆法律和條例吧？

松倉滿不在乎地點頭。

「是啊，所以你可別說出去。那裡給的薪水很不錯喔。我可以繼續說嗎？」

「啊，當然。」

「那女生總是一身歌德風格的服裝和妝容，自稱瑪麗小姐。要說適不適合嘛，我覺得還挺適合的。她的體型很嬌小。她是那間夜店的常客，幾乎每天都去。因為她化了妝，我看不出她的年齡。就是她拿書籤給我看的。」

我聽見瀨野同學倒抽一口氣。如果松倉說的是真話，就代表書籤也在校外散播。松倉繼續說：

「她說那是『殺手鐧』，是別人給她的。我問她殺手鐧是做什麼用的，她先說『這事要保密』，然後就告訴我書籤裡的花是烏頭，她還一臉高興地說『你知道烏頭嗎？那是劇毒喔』。」

松倉停了下來，手在半空揮動，如同在捕捉說不出來的話語，然後他說出了這句話：

「我那時沒有當真。」

我很想回答「那也是應該的」，但松倉的神情隱含著一種沉重的氣氛，讓我不敢隨便評論。他把雙手插回口袋裡。

「後來瑪麗小姐突然不來了。她以前幾乎天天來，卻一下子就斷了音訊。我開始懷疑，那張書籤的事可能是真的。也就是說，一個持有致死毒物的人突然一反平時的習慣而消失了。這讓我非常在意。」

我和瀨野同學都沒有答腔。松倉露出嘲諷的笑容，像是表示他知道這件事很可笑。

「夜店的所有員工都不知道瑪麗小姐的本名和聯絡方式，我沒辦法找到她。後來我卻看到了另一張相同的書籤，就在我們學校的圖書室。我簡直不敢相信自己的眼睛。」

松倉在《玫瑰的名字》下集裡發現書籤時確實很驚訝，至少我看起來是這樣。他會去翻《天然色日本植物圖鑑》查詢烏頭，想必是因為他本來不相信瑪麗小姐說的話。

「發現書籤時，我說不出自己看過這個東西，因為我不想提起自己在夜店打工的事。我不認為你會去向校方或警察或勞工局打小報告，不過保密的訣竅不是慎選分享祕密的對象，而是不跟任何人分享祕密。夜店給的時薪很高，我想繼續做下去，又怕被停學或退學，所以才沒有告訴你，真抱歉。」

「不用在意。」

雖然我這麼說，松倉還是沒有看我。不知道我猜得對不對，松倉或許是深感挫敗，沒辦法只因我一句話就輕易地放下心結……我是這麼想的啦。

或許是我多心了，松倉好像轉向瀨野同學，說道：

「圖書室的書籤和瑪麗小姐的書籤圖案相同，來源一定也相同。製作、分發書籤的人接觸過瑪麗小姐，或許知道她的聯絡方式。為了確認瑪麗小姐平安無事，我只能找出分發者。」

松倉像是在思索還有沒有其他該說的事，停頓了一下，手依然插在口袋裡，然後喃喃自語似地加上一句：

「我和瀨野的目的都是要找出分發者，所以我覺得沒必要特別解釋。我要說的只有這些，沒有其他祕密了。」

……早在我和松倉看見水仙之前，我就覺得他藏了什麼事。

松倉很積極地找尋書籤所有者，而且極力避免書籤的事散播出去。發現有人在散發書籤時，松倉嘴上說我們沒有義務陪瀨野同學找出分發者，但我一說要調查，他就很乾脆地答應幫忙。這些舉動都很不像松倉詩門的風格。

我並不是完全了解松倉詩門這個人，何止如此，我對他根本一無所知。或許人與人的關係就是這樣，每個人都只會表現出一部分的情感。

即使如此，我對松倉還是有一定的了解，危險和麻煩的事他能避免就避免，雖然我不認為松倉是君子，但是「君子不立危牆之下」這句話用在他身上再貼切不過了。

不過，松倉對這件事卻特別積極，那些消極的發言一定也是料到我會反對才故意說給我聽的。松倉顯然是自己想要調查書籤，我現在終於知道理由了。也就是說，那是他私人的事。

可是，我聽了他的解釋，還是覺得無法釋懷。瀨野同學直接表達懷疑。

「我總覺得不太能相信呢。」

松倉不以為意地回答：

「我想也是。」

「我不知道你是懷著什麼打算說出這些事，總之我不是全都不相信，只是覺得有些細節聽起來怪怪的。譬如……你說夜店的員工都不知道瑪麗小姐的本名和聯絡方式。」

松倉一臉疑惑，彷彿很意外她會對這個部分抱持疑問。

「是啊，我是這麼說過。」

「員工不是都會查身分證嗎？」

我忍不住插嘴說：

「是這樣嗎？」

松倉和瀨野同學異口同聲地回答：

「是啊。」

是喔？

瀨野同學繼續說：

「既然看過她的身分證，應該知道她的本名吧？」

「嗯，理論上是這樣沒錯啦。」

「難道實際上不是嗎？」

松倉語帶遲疑，像是不知道該從何解釋起。

「……查證件要看的是出生年月日，頂多再看一下照片，如果一直盯著姓名地址看，會惹客人不高興，有些客人還會直接用手指遮住。我有問過門口的安管，他說不會去記客人的名字。再說，瑪麗小姐是常客，早就不需要查證件了，看臉就能入場。」

瀨野同學聽完以後，還是念念有詞地說：

「唔，真的是這樣嗎……」

但她沒再繼續追究。

我一邊聽著松倉和瀨野同學對話，一邊思考著松倉的說詞。我很想說我相信他，但我有一件事非問不可。

「我覺得少了點什麼。」

松倉歪著頭說：

「……什麼？」

「少了個環節。瑪麗小姐的手上有烏頭書籤，後來她不去夜店了，你會擔心也是應該的。可是你為了確認瑪麗小姐的安危甚至還去追查分發者，應該還有一個沒顯露的環節……又不是每個狀況不明的人你都會這麼擔心。」

我又加上一句：

「沒錯吧，松倉？」

松倉短暫地皺了一下眉頭，然後露出苦笑。

「是啊，你說得沒錯。」

但松倉卻特別擔心瑪麗小姐，這是為什麼呢？

瀨野同學倒是很快就想出了解釋。

「咦？瑪麗小姐應該是松倉的女友吧？」

松倉露出受不了的表情。

「怎麼可能嘛？如果她是我的女友，我一定知道她的聯絡方式。」

「可能是被她甩了吧。」

「妳越猜越離譜了。」

松倉搖搖頭，嘆了一口氣。

「假如我說自己是博愛主義者，會去拯救任何人……你們也不會相信吧？」

我當然不相信。松倉自嘲地揚起嘴角。

「其實也不是什麼大不了的事。我在當酒保時，瑪麗小姐問我『會不會口渴』，我老實地回答『也不是不渴啦』，她就掏出零錢，請了我一杯番茄汁，我向她道謝，正要拿起來喝，她又說『將來我若是出事了，你要來救我喔，如果做不到，至少也要為我擔心』……結果我回答『好的』。真是不走運啊，現在我非得救她不可了。」

我認為松倉沒有說謊，如果他想說謊一定會說得更完善。一杯番茄汁的約定應該是真的。我說：

「該怎麼說呢，松倉……」

「……」

「沒想到你是這種人呢，真意外。」

松倉聳著肩說：

「是嗎？」

如果早點趕回教室，說剛剛去了廁所，或許不會被記遲到，但現在已經太晚了。老實說，我沒料到會談這麼久，本來還打算趕回去上課，但松倉和瀨野同學好像已經放棄第五堂課，兩人的態度都很悠哉。松倉說：

「總之，我的隱情只有這些。真抱歉，提供不了線索。」

的確，我只是挖出了松倉想要調查書籤的動機，並沒有得到更多情報。我白白揭穿了松倉的祕密，卻沒有任何收穫。

「這樣啊，不好意思。那就只能一步步地走下去了。」

我只是為了總結才這樣說，其實我根本不知道還能做什麼。他們兩人都沒有反應，瀨野同學用手指按著嘴脣，口中念念有詞，她突然向松倉問道：

「那是什麼時候的事？瑪麗小姐是從何時成為常客？又是從何時開始不去的？」

松倉皺起眉頭思索。

「我在兩個月前開始打工，那時瑪麗小姐已經是常客了。兩週前她就沒再來了。」

「瑪麗小姐有沒有說過，書籤是誰給她的？用什麼方式交給她？是誰介紹的？」

他的回答很簡潔。

「沒有。這還用問嗎？」

也是啦，如果瑪麗小姐透露過什麼訊息，松倉不可能不從那邊調查的。不過瀨野同學還是繼續追問：

「其他員工知道些什麼嗎？從你剛剛的敘述聽來，你只問了他們知不知道瑪麗小姐的本名和聯絡方式。」

「因為沒有問出結果，所以我才略過不提。我有問過他們有沒有聽過瑪麗小姐提到書籤的事，但是所有人都沒聽她提過這些事……唔，說是所有人，其實只有經理、安管、ＤＪ三個人。」

包括松倉在內，這間夜店只有四個員工嗎……我隨口問道：

「經理？」

「我們都這樣稱呼店長。」

那直接叫店長不就好了？

瀨野同學煩惱地歪著頭。

「我換個問題。瑪麗小姐為什麼會告訴你書籤的事？」

「大概只是想找個人聊聊吧。」

「那她為什麼選擇找你聊？」

「因為我是酒保，比較方便說話吧。」

「我總覺得她會找你說這件事是因為你們關係特別好。」

喔喔，所以瀨野同學剛剛才會以為瑪麗小姐是松倉的女友嗎？如果他們關係好到可以分享祕密，就算有在交往也不奇怪……我沒有這樣猜過，聽瀨野同學這麼一說確實有道理，不過松倉已經否認了。那麼，瑪麗小姐為什麼要找他談呢？

「我不是故意一直把話題扯到戀愛方面，希望你不要誤會。我在想，瑪麗小姐會不會是想要吸引你的注意？」

松倉明顯露出懷疑的表情，但還是認真地想了一下。

「……這我就不知道了。但我直覺認為不是。」

「你覺得純粹是因為酒保的身分讓人比較容易搭話？」

「是啊。」

「那我再問一個問題。」

聽著他們兩人說話，我突然有一種快要抓到什麼的充實感。我或許遺漏了某件明顯的事，而瀨野同學的提問讓我開始注意到那個方向。

「你不是每天都去打工吧？」

「當然不是。」

「可是瑪麗小姐每天都去？」

「經理是這麼說的。」

瀨野同學停頓了片刻，又問道：

「……你沒打工的日子有其他酒保在吧？」

沉默籠罩了圖書室。

松倉嘖了一聲，像是為自己的疏忽感到氣憤。

「混帳，原來如此。我怎麼沒想到啊！」

我也沒想到，聽瀨野同學這麼一說才恍然大悟。如果瑪麗小姐對松倉提起書籤的事只是因為他是酒保，或許她也會告訴其他的酒保。另一位酒保聽到的可能和松倉一樣多，說不定更多。

瀨野同學一臉正經地說：

「你可能是希望瑪麗小姐只對你一個人吐露心事吧。」

松倉也正經地回答：

「讓我先沮喪個兩三天吧。」

大概是為了轉換心情，松倉轉了轉脖子，結束動作之後，他的嘴角又出現了平時的揶揄笑容。

「今天我沒有排班，我去問問看吧。」

我立刻說：

「我也要去。」

瀨野同學幾乎同時開口：

「我也要去。」

松倉皺起眉頭。

「為什麼啊？我沒告訴過你們，那間夜店在八王子喔。」

瀨野同學彷彿覺得松倉這樣問才奇怪，明確地說道：

「現在只有這條線索能找到分發者，我怎麼可能不去？」

我的意見和瀨野同學一樣。若要補充其他理由……

我不否認自己有點想看看松倉打工當酒保的地方啦。

瀨野同學先離開圖書室了。第五堂課只剩十五分鐘左右，比起蹺掉整堂課，現在才回教室更讓人尷尬，可是瀨野同學卻毫不猶豫地走向教室。

松倉一副不慌不忙的樣子，大概覺得直接混到第五堂課結束也無所謂。圖書室裡只剩下我們兩人。松倉問道：

「你不回教室嗎？」

我想了一下，還是決定回去。遲到已經無法避免，但是最後十五分鐘回去或許就不會被當成缺席了。如果老師問我去哪了，我可以回答去保健室。這也不是謊話。

「我要回去。」

但是臨走之前我還想再說一句話。

「松倉。」

松倉從堆滿歸還書籍的活動櫃上隨便抽出一本書翻開，漫不經心地回答：

「幹麼？」

「你猜得到東谷同學想要書籤的理由嗎？」

我只知道東谷同學是渴望促進圖書室使用率的圖書委員長，卻不知道她想要得到毒花這種殺手鐧、實際到手之後卻又恐懼不安的那一面。

松倉像是對手中的書本失去興趣，把書放回活動櫃。

「我怎麼可能知道？」

「……也是啦。」
「但我想起了一件事。」
松倉走向門邊的布告欄。我們曾經在那裡貼過「遺失花書籤的人，請洽圖書委員松倉或堀川」的告示，此時上面貼著讀書心得比賽的資訊、新上架書本清單，以及預防流感的海報。
「東谷拿掉了我們的告示。」
「嗯嗯。」
「她拿掉的東西不只這一樣。」
……是嗎？
我搜索著回憶，卻毫無印象，我完全沒注意布告欄上貼了什麼。松倉見我不說話，就給了我提示。
「是你貼的。一張海報。」
我想起來了，我要貼書籤的失物招領告示時也順便貼了那張海報。
「申請獎學金的資訊！」
松倉指著我說：
「就是那個。」
「為什麼她要拿掉那張海報……」

松倉面向布告欄，說道：

「我大概猜得到。拿掉海報就沒人會看到了，這麼一來，申請獎學金的人或許會變少。如果申請的人變少……」

我知道松倉接下來要說什麼，忍不住搶先說了出來。

「對耶，那她申請成功的機率就提高了。」

「或許吧。東谷仰賴的正是這個『或許』……那傢伙的高中生活絕對不像表面上看起來那麼輕鬆愜意，但我不知道這和她想要書籤的理由有沒有關係。」

圖書室恢復了寂靜。松倉無心地在布告欄上敲了幾下。

「……如果你要回教室，最好快一點。」

確實是這樣，不過我想說的話還沒說完。

「松倉。」

我叫道。

「嗯？」

松倉一臉疑惑地轉過來。我說：

「你找了薪水很高的打工呢。」

松倉似乎沒聽懂我話中的意思，表情依然困惑，過了一會兒才露出揶揄的笑容。

「是啊，因為我需要錢嘛。」

這樣就夠了。這樣我就知道松倉想要的「護身符」怎麼了。

我向松倉伸出拳頭。

松倉也握拳和我相碰。

話都說完了，以後不需要再提了。

5

我一放學就立刻離開學校，一個人走在昨天和松倉一起走過的鐵路旁。天色已暗，二月的冷風吹個不停。我把手插在口袋裡，用圍巾裹著臉。我沒有直接回家，而是走向車站，經過了和松倉一起看過的水仙，默默地走著。

站前的住商混合大樓的最上面兩層樓是市立圖書館，值得慶幸的是這裡的閉館時間很晚，放學後再去也來得及。我走進設計開放敞亮的大樓，搭著透明電梯一邊遙望街景一邊升上圖書館的樓層。在持續變暗的景色中，我看見站前廣場的噴水池，周圍零散地站著一些人。就像我們昨天為了確認櫛塚奈奈美是否真實存在而去借校外教學文集一樣，他們或許也正在等人。

電梯停止，廂門開啟。圖書館裡開了空調，比外面溫暖一點。我脫下圍巾，走進圖書館。外面快要天黑了，圖書館裡卻有很多人，閱覽區幾乎全坐滿了。大約有三成是穿著和我同一所學校的制服、把閱覽桌當成書桌的學生，其餘全都是老年人。

借書櫃檯也有使用者，館員正在辦理借書手續。我來過這間市立圖書館好幾次了，無須指引就能找到我要去的地方。樓層正中央有一道透明樓梯通往大樓的最頂層。我走到舊報區，先徵求附近一位館員的許可，然後坐在電腦前，搜尋過去的新聞報導。

【櫛塚奈奈美】

搜尋結果是零。我早就猜到了，所以減少了搜尋關鍵字。

【櫛塚】

找到的報導共有四則。從標題來看，四則都是同一件意外事故。我點進去第一則報導。

【九日晚上十點左右，北八王子市的西側國道發生自用小客車撞上電線桿的交通事故，駕駛人櫛塚大登（36歲）死亡。事故發生地點是視野良好的直線道路，北八王子警局正在調查車禍原因。】

我列印了這則報導，然後刪除搜尋內容，關掉瀏覽器。

我不知道這則報導代表著什麼意思，只知道在瀨野同學和櫛塚奈奈美製作毒花書籤的那一年有個姓櫛塚的人死了。我把印出來的報導對摺兩次，放進制服口袋，離開了圖書館。

幾個小時後，我來到ＪＲ八王子站。

約定的時間是晚上九點，地點是車站北側的空中步道。我穿著灰白色連帽上衣，外加一件羽絨背心，配上牛仔褲。看看手機顯示的時間，再過兩分就九點了。

我沒來由地覺得松倉和瀨野同學一定會遲到，所以當我看到他們兩人已經站在神祕的皺摺狀裝置藝術前，不免有些驚訝。

松倉穿著深藍色立式折領大衣，領口處露出了黑色領結。

瀨野同學戴著毛線帽，身穿黑色高領毛衣，搭配炭灰色寬褲，外加一件卡其色軍裝連帽外套。

我平時很少評論別人的外貌，可是看到平時見慣了的松倉和最近經常碰面的瀨野同學穿著便服站在夜晚的街上，我不禁讚嘆這兩人真是太有型了。他們即使單獨一人也很搶眼，兩人站在一起的氣場更是強大到不像高二學生，他們彷彿都捨棄了僅剩不多的未成年的時間，搶先一步長大了。我看看自己的連帽上衣，忍不住埋怨自己幹麼要選這一件。

松倉沒有多說廢話，一看到我就說：

「人到齊了。走吧。」

隨即就出發了。瀨野同學戴著大大的黑色口罩，遮住了半張臉。我在約定地點並不在乎露出臉孔，但走在街上時真想遮住臉。

松倉乾脆地走在前面，所以我和瀨野同學很自然地並肩跟在後面。我們走下空中步道，在一間居酒屋前轉彎。可能因為今天是週五，夜晚的街道比我想像得更熱鬧，漢堡店、藥妝店、中華料理店都湧入了形形色色的客人。

我突然發現瀨野同學的眼神很嚴肅，雖然她眼睛之外的部分都遮住了，我還是感覺得出她很不高興。

「怎麼了？」

我問道，瀨野同學的眼神變得比較柔和，反問：

「什麼？」

幸好我們和走在前面的松倉之間有一段距離，我趁機問道：

「妳看起來好像在生氣。我來以前妳和松倉說了什麼？」

「什麼意思？」

我以為瀨野同學是在裝傻，但她似乎真的聽不懂。她歪著脖子，過了一陣子才會意過來，說道：

「我現在的臉很凶嗎？」

「該說臉嗎……我只看得到妳的眼睛。」

聽到我這麼說，瀨野同學的眼中露出了笑意。

「我沒生氣啦，我跟松倉也沒有說話。」

「那就好。」

「如果我的眼睛看起來很凶，大概是因為緊張吧。」

在週末的嘈雜聲中，我還以為自己聽錯了。

「……妳很緊張嗎？」

瀨野同學輕輕點頭。我試著猜測她緊張的理由。

「的確啦，這可能是找出線索的最後機會了。」

瀨野同學愣了一下，然後笑著揮揮手說：

「不是啦。那個我早就知道了。」

「那妳為什麼緊張？」

前方的拉麵店走出兩個醉醺醺的人，瀨野同學看了一眼那兩個放聲大笑的人，接著又望向正前方。

「我第一次在這種時間出門，所以有點害怕。」

我忍不住說：

「妳是在開玩笑吧？」

瀨野同學用銳利的眼神盯著我。

「你為什麼覺得我是在開玩笑？」

「呃，那個，該怎麼說呢……」

我看著抬頭挺胸走路的瀨野同學回答。

「因為妳看起來很有自信。」

「……是嗎？」

「一副坦蕩蕩的樣子。」

瀨野同學笑了出來。

「坦蕩蕩啊，真不錯。我很想成為這樣的人。」

「那妳已經達成目標了。」

「有嗎？凶巴巴和坦蕩蕩完全不一樣喔。」

我不知道該怎麼回答。我不曾覺得瀨野同學凶巴巴，但是聽到她自己這樣說，我就覺得好像是這樣沒錯。要我來形容的話，我會換成其他說法，不過我一時之間也想不出來還有什麼說法。

瀨野同學只轉動眼珠看著我。

「在我看來，你還比較坦蕩蕩。」

我？

我確實不是第一次在這種時間出門，但我不覺得自己多麼坦蕩蕩。瀨野同學大概也這麼覺得，她歪著頭換了個說法。

「好像不太對……應該說很自在吧。你的連帽上衣挺不錯的，像是走在陽光底下的裝扮。」

「妳是在誇獎我嗎？」

「我是在誇獎你啊。」

我突然發現我們和松倉離得很遠，有一群看似大學生的人插到我們之間。松倉轉過頭來，停下腳步，不耐煩地問道：

「你們在幹麼啊？」

我和瀨野同學趕緊小跑步追上松倉。

「抱歉抱歉。」

我道歉之後，松倉毫不介意地指著餐飲街旁的巷子。

「往那邊。」

那條巷子又暗又窄，如果帶路的人不是松倉，我一定不敢跟過去。小巷窄到沒辦法讓兩人並行，所以松倉進去之後，我讓瀨野同學先走。

不知從何處傳來了笑聲、歌聲、怒吼聲。我聞到了菸味，還有不知道來源的難聞氣味。這裡比明亮的餐飲街更暗，但至少有路燈和招牌的燈光，不至於看不清地面。我一邊看著卡拉ＯＫ店、小酒館和居酒屋的招牌一邊走著。

最後松倉停在一道往地下延伸的樓梯前，有個不容易發現的小招牌寫著「impostor syndrome」。樓梯旁站著一位穿著黑色長大衣、年約二十歲的人，松倉朝他輕輕點頭，那人也抬手打招呼，看來我們要去的夜店就在樓下。我豎耳傾聽，什麼都沒聽見，或許是隔音設備很好，再不然就是現在剛好沒在放音樂。

瀨野同學向松倉確認：

「是這裡嗎？」

「是這裡。」

「那就進去吧。」

她說完就要下樓，卻被松倉擋住。

「等一下，你們不能進去。」

瀨野同學立刻發難。

「為什麼啊！」

「因為你們未成年。」

說得很對……但瀨野同學沒有就此放棄。

「那你為什麼可以進去？」

松倉抓抓頭，把我們拉到離樓梯較遠的地方，像是不想讓黑色長大衣的男人聽見，壓低聲音說：

「我能在這裡工作，是因為經理善意的包容，也是因為介紹我來打工的人幫忙說情，我不能擅自把經理冒險雇用我的善意擴大解釋。你們不能進去，在這裡等著吧。」

瀨野同學不高興地板著臉，但也沒有再爭下去。她說：

「你應該早點告訴我們的。」

松倉沒有回答，默默解開大衣的扣子。他裡面穿的是白襯衫和黑背心，上面鬆鬆地打了個黑領結。他本想脫掉大衣，又覺得不該叫我們幫忙拿，所以依然穿著大衣走向夜店。他像是突然想到似地，留下一句：

「地下室收得到訊號，有事就打我手機。我有什麼事也會跟你們聯絡。」

松倉走下樓梯。可能是因為他開了門，地下室的音樂短暫地傳到陰暗的小巷裡。風吹不進小巷，雖然空氣有些凝滯，但是這樣比較不冷。我和瀨野同學只能在這裡等待。

「既然不讓我們進去，一開始就該告訴我們嘛。」

瀨野同學還在抱怨。我問道：

「如果他有先說，妳就不來了嗎？」

瀨野同學歪著頭思索。

「……被你這麼一問，我想應該還是會來吧。」

然後我們就不說話了。

不時有兩人或三人一起走向夜店，給黑色長大衣的男人看了證件之後走下樓梯。那個人大概就是松倉說的安管吧。他想必多少聽見了松倉和我們的對話，只是裝作沒聽見，不過沒有客人的閒暇時間他都會頻頻望向我們這邊，我正在考慮走遠一點，他突然開口叫道：

「喂。」

我默默地指著自己。那位安管說話很簡潔。

「嗯嗯。是藝人嗎？」

他指的鐵定不是我，而是瀨野同學。他會這樣猜很正常，雖然瀨野同學用毛線帽蓋住頭髮，又用口罩遮住半張臉，依然看得出她漂亮到不像一般人。我正想回答「不是」，又覺得不該由我來幫瀨野同學回答。我瞄了瀨野同學一眼，她點點頭，自己回答：

「不是。」

「喔。上過電視嗎？」

「沒有。」

「喔。」

擔任安管的男人只是這麼回答，就轉開了視線，感覺像是刻意轉向其他方向。

我和瀨野同學不約而同地離開夜店的樓梯。我們並肩站在水泥牆邊，盯著腳下柏油路的修補痕跡。松倉還沒聯絡我們。

這裡吹不到風，但光是站在室外，冬天的寒氣就會從地面湧上來。我正扭動身子驅寒時，瀨野同學突然開口說：

「謝謝你這麼晚還跑出來陪我。」

我笑著回答：

「真突然啊。」

瀨野同學的手插在連帽外套裡。我先前都沒發現那裡有口袋。

「我想了一下，我有找出分發者的理由，松倉也有自己的理由，但是你沒有，你只是基於善意陪我們來的。」

善意……是嗎？

「我只是不喜歡現在這種隨時都要擔心便當被人下毒的狀況，應該說是自我保護吧。」

「你一定不是真的覺得自己會被下毒，而是不想坐視別人被下毒吧？這確實是善意啊。」

是這樣嗎？我總覺得她高估我了。

「老實說，我不太在乎別人被下毒，松倉多半也是。我們都只顧自己的事，但是你不一樣。」

「如果妳以為我做這些事是為了幫助不認識的人，那妳就誤會了。」

「所以你是為了幫助松倉和我囉？那我確實該向你道謝。」

說到這裡，瀨野同學臨時想到一件事，問我說：

「對了，你的名字是？」

我沒說過嗎？突然要自我介紹讓我很不好意思，我轉向一旁回答：

「次郎。堀川次郎。」

「喔。我會記住的。」

瀨野同學沒有對我的名字發表感想，無所謂，反正我的名字本來就很難讓人有什麼感想。此時我才想到，我也不知道瀨野同學的名字。

「那妳呢？」

「啊？」

「妳叫什麼名字？」

她沉默了一下。某處傳來的風扇聲音聽起來格外響亮。

瀨野同學回答：

「Urara。」

「寫成平假名？」

「是漢字。美麗的麗，瀨野麗。」

「喔。」

瀨野同學看著我。

「……你想說什麼嗎？」

我回答：

「沒有，只是在想我要好好記住。」

瀨野同學把一隻腳抵在水泥牆上，緩緩搖晃著身體，說道：

「大家都說這個名字很適合我。」

「我想也是。」

瀨野同學的聲音有些不悅。

「你果然有話想說。我看得出來。」

我覺得不要說比較好，真希望她別再追問了。不過這只是我個人的心情，瀨野同學一定忍不住想知道吧。我可以理解，我再搪塞下去只會讓她更執著。

「我確實想到了一些事，但我沒有想講的話。」

「我要問的就是你想到的事。」

「那我就說吧，但是妳別忘了不是我自己想說的。」

我先給她打了一劑鐵定沒有效果的預防針，才開始說：

「我在想，妳可能很討厭自己的名字吧。」

瀨野同學似乎沒想到會是這種答案，好一陣子都說不出話。

「……為什麼這樣想？」

「因為妳至今都沒提過自己的名字。」

「你還不是一樣？是因為你沒問，所以我才沒講。」

這樣說也有道理啦。

但我還有另一個理由。

「此外，妳沒有演白雪公主。」

瀨野同學僵住了。我極力掩飾自己的尷尬。

「還是別說這個了。」

但她堅定地回答：

「請務必說下去。」

既然她都這樣要求了，那好吧。我沒有看向她，繼續說道：

「在妳面前說這種話有點奇怪……妳長得很漂亮。」

瀨野同學沒有否認。她自己一定也很清楚否認只會顯得虛偽。

「希望這樣說不會讓妳不舒服，但妳真的不是普通地漂亮。」

講到這裡，我又確認一次。

「還是打住吧？」

「說下去。」

好吧。我吸了一口小巷裡的汙濁空氣。

「你們班在高一的校慶上演過白雪公主對吧？松倉說得很尖酸，他說那場演出分不清是詼諧改編還是惡搞，除了作為高中時代回憶的一個篇章以外沒有任何意義。」

「真過分。但他說得沒錯。」

「你們還去圖書室找過白雪公主的原著。先不論表演風格，故事大綱應該跟一般人知道的白雪公主差不多吧？」

瀨野同學默默點頭。我繼續說：

「我雖然不太記得白雪公主裡有獵人角色，還是大致知道故事的情節。譬如皇后對著鏡子說『魔鏡啊魔鏡』。」

誰是這世上最美麗的人？

「分配角色的時候，你們班的同學一定都覺得妳最適合演白雪公主吧？就算不是世上最美麗，至少妳在學校裡遠超出一般人，怎麼想都該找妳去演。我在想，你們班會選擇白雪公主的戲碼搞不好就是因為有妳在。」

我以為瀨野同學會反駁，所以停頓了一下，但她只說：

「然後呢？」

「可是妳沒有演白雪公主。我也猜過妳可能是對演戲沒興趣，或是不喜歡上台，但妳還是演了皇后，所以應該不是這些理由。那麼……妳討厭的應該是白雪公主吧。」

她依然沒回答，所以我又接著說。

「不是白雪公主這個故事，而是白雪公主這個角色。若是這樣，理由是什麼呢？妳和白雪公主有一些共通點。」

共通點就是美麗。

「白雪公主因為美麗而遭到嫉妒，又因為美麗而得救。如果妳是因此而討厭白雪公主……」

我稍微停頓，然後說道：

「那妳一定也討厭『麗』這個名字。」

某處傳來了卡拉ＯＫ的歌聲。

穿著黑色長大衣的安管又放了一批客人進入夜店。

風向似乎變了，冷冽的空氣開始打轉。

瀨野同學沒有說我猜對，也沒有說我猜錯，依然用一隻腳抵著牆壁。

「我啊……」

她開始敘述。

「從小到大都被逼著變得漂亮。媽媽說我有這個資質，一定要好好保養，只要擁有美貌，人生就會過得一帆風順。」

瀨野同學停了下來，露出苦笑。

「這話或許說得沒錯。媽媽說擁有美貌能得到很多好處，這才是聰明的生活方式。」

我沉默不語。夜店的音樂隱約傳來，可能是門打開了。

「你知道嗎？保持美貌是非常辛苦的事，保濕是基本工夫，不能吃辣，不能熬夜，也不能吃巧克力，熱飲冷飲都要禁止，絕對不能抽菸，連二手菸都不行，每天要吃兩根小黃瓜，因為不能跪坐，所以沒辦法學習任何傳統技藝，泡澡不能超過四十一度，入浴時間不能太長也不能太短，可以吃黑麥麵包但不能吃白吐司……連那些聽起來很不可信的原則都得遵守。」

瀨野同學發出竊笑。

「就這樣，我確實變漂亮了。」

這話所有人都會同意吧。

瀨野同學帶著笑意繼續說：

「……我因媽媽的要求學過鋼琴，我學東西本來就快，個性又認真，所以我非常努力練習，不過老師常常叫我要多放點感情。現在想想，應該先教好技術，再來要求感情。」

「或許吧。」

「我比同年齡的孩子更早擠進發表會的名單，得到上台表演的機會，而且我不會怯場，所以表現得非常好。可是，你知道別人怎麼說我嗎？」

我大概猜得到，但我沒有回答。

瀨野同學愉快地笑著說：

「他們說我是因為長得漂亮才被選上。」

「……」

「連媽媽都說我『長得漂亮就是占便宜』。她說還有更該入選的人，是因為我很漂亮，才能搶走別人的鋒頭。聽到這種話我才不會開心，一點都不開心。」

我問道：

「所以妳才想製作書籤？」

瀨野同學猶豫片刻，最後還是點頭說：

「還有其他的理由啦。或許是我多心了，我總覺得，一直要求我變得漂亮的媽媽其實有些嫉妒我。我很害怕，怕自己變得更漂亮，也怕聽到身邊的人說我『長得漂亮就是占便宜』……怕得不得了。」

瀨野同學抬頭看著小巷裡的狹窄天空，自嘲地說：

「所以啊，其實我不需要書籤，因為我沒有想要下毒的對象。如果我不能接受自己的美貌，應該被下毒的……」

瀨野同學停了下來，沒有繼續說下去。我也不想聽她說下去。

我問了另一件事：

「……那櫛塚同學的理由是？」

和瀨野同學一起組成深夜姊妹會的櫛塚奈奈美又是在害怕什麼呢？

「她啊……她真的需要書籤。」

說到這裡，瀨野同學突然看著我。

「我不是很懂，聽說女生如果太漂亮，男生反而不敢隨便接近，真的嗎？」

我想了一下，回答：

「我也不清楚。」

「這樣啊。」

「但我覺得應該沒錯。」

拿那位安管來舉例或許有些失禮，他顯然很注意瀨野同學，卻只問她是不是藝人，一看就知道他是因瀨野同學過人的美貌而畏縮。

這個問題明明是瀨野同學自己問的，她卻不感興趣地說：

「是喔？」

然後用悶在口罩裡的聲音說：

「她啊……奈奈美沒有比我漂亮，但她也很可愛。」

她的聲音很細微，我幾乎聽不清楚。

「奈奈美從小就很可愛，有個自稱是圈內人的人渣故意接近她，想靠她賺大錢。奈奈美的母親很單純，別人說『妳女兒將來會成為大明星，最好早點起步』，她就深信不疑，但是奈奈美的父親很反對，他們吵到後來就離婚了，母親又和那個人渣再婚……奈奈美明明可以離開的，但她選擇的是母親，結果她再也沒有自己的房間，沒有自己的時間，身上連一塊錢都沒有，成天都在為那個人渣和母親賺錢。」

我沒有問她具體的賺錢方式。我感覺瀨野同學不想提那些事，而且我若是問了，多半會得到我不想聽的答案。

「奈奈美說，她起初覺得很快樂，因為這樣能讓媽媽開心，在工作的地方還能得到大家的誇獎，後來她漸漸感到不對勁，雖然她發現自己不喜歡做這些事，卻又不能不做。她越來越怕人，所以國中的時候老是低著頭，像是不敢看任何人，一直盯著地板。她的朋友只有我一個人。」

「……」

「有一天，她用自己的藝名搜尋圖片，結果出現了一大堆……她不知道這種生活還要持續到什麼時候，又覺得父母離異都是自己害的……嗯，所以……」

這句「所以」在我聽來似乎省略了太多細節。

「所以我們才會創立姊妹會，製作書籤。」

沉默籠罩了我們。小巷裡只能聽見風扇的聲音。

瀨野同學用雙手摀住臉。

「……我為什麼會說出這些事呢？」

我也不知道。瀨野同學從指縫間露出眼睛。

「一定是因為想睡吧。我很少這麼晚了還沒睡。」

「或許吧。」

聽到我敷衍的回答，瀨野同學好像還想說什麼，但我搶先說道：

「瀨野同學，妳剛剛說的都是真的嗎？」

瀨野同學的臉上掠過了悲傷的神情。

「……真的。為什麼這樣問？」

「因為，依照妳說的情況，不可能做得出書籤。」

瀨野同學應該看得出來我不是在懷疑她，所以愕然地喃喃說著「什麼」，然後皺起眉頭。

「你的意思是……」

她沒機會把話說完，因為有個人從地下室走了出來。

那人的穿著和松倉差不多，一樣是白襯衫配黑背心和黑領結，但腳上穿的是破舊的運動鞋，頭髮染成紅褐色，髮型是左右不對襯的鮑伯短髮。是個女生。地下室一定很暖和，她一走到室外就抱住自己的身體，看著我們說：

「松倉說的人就是你們？」

我和瀨野同學互看一眼，同時對她點點頭。

那女生說自己姓八木岡，我們也報上了名字，但她似乎不打算記住，連聽都沒有仔細聽。

「好想抽菸啊。」

八木岡小姐倦怠地喃喃自語，然後立刻進入正題。

「聽說你們在找瑪麗小姐？松倉要我來回答你們的問題，是這樣吧？」

我們確實有事想問，但是負責發問的應該是松倉啊。

「請問……松倉去哪了？」

八木岡小姐露出疲憊的笑容。

「如果酒保在週五晚上跑掉，夜店就得關門了。我回答你們問題的期間，松倉會幫我代班。我也問過他要不要直接跟我調班啦……」

八木岡小姐看看瀨野同學，接著對我說：

「一看就知道你們還未成年，應該沒辦法等到打烊吧。是說未成年人根本不應該在這種時間跑來這種地方遊蕩。」

她不像是真心想告誡我們。我和瀨野同學互望一眼，她點頭表示由她來提問。

「請問……瑪麗小姐跟妳說過書籤的事嗎？」

「書籤啊……」

八木岡小姐慵懶地轉動脖子。

「松倉也問過這件事，可是這跟瑪麗小姐的下落有什麼關係？啊，妳不用回答，我沒興趣知道。書籤喔，嗯，她說過，她還給我看過。」

瀨野同學立刻緊張地問道：

「那、那個，她說了關於書籤的什麼事？」

八木岡小姐回答得非常散漫，有點像在模糊話題。

「她說了什麼喔……啊，對了，她提到書。」

「書？」

「沒錯。」

八木岡小姐雙手插腰，嘆了口氣。

「我是聽不太懂啦。她說有人要給她武器，我還以為是手槍什麼的，但她又說對方叫她去借書。」

「是誰？」

「我不知道啦。如果妳再插嘴，我就要回去工作了。」

瀨野同學努力忍住差點脫口而出的話，低下頭去。

「對不起，請妳繼續說。」

八木岡小姐笑了笑。

「不用這麼正經八百地道歉啦。我講到哪裡了？喔，瑪麗小姐說對方叫她去借書，她還以為那人是在說教，譬如『知識就是武器』之類的，所以她本來不當一回事，後來又想到可能像老電影一樣，在挖空的書本裡藏了武器，所以她依照吩咐去借書，結果發現裡面有一張書籤。她把書籤拿給我看，說那東西很厲害，但我根本不知道哪裡厲害。」

瀨野同學確定八木岡小姐講完了，才問道：

「她有沒有提到書本裡還夾著其他東西？」

「我聽到的只有書籤。」

瑪麗小姐借的書裡應該還有書籤使用說明之類的東西，不然她光是看到壓花書籤也看不出來那是厲害的武器。瑪麗小姐向八木岡小姐提起這件事時一定省略了很多細節。

瀨野同學又問道：

「那是什麼時候的事？」

八木岡小姐的視線在半空游移。

「唔……大概一個月前吧，瑪麗小姐和平時一樣化了濃妝。」

然後她倉皇地摸著口袋，問道：

「我可以抽菸嗎？」

瀨野同學勉為其難地點頭，八木岡小姐卻擠出笑容，揮揮手說：

「開玩笑的。這一帶禁止路邊抽菸。」

她焦躁地動著手指，然後突然說了句「啊，對了」。

「妳剛才問過叫瑪麗小姐去借書的人是誰，我說不知道，現在我才想起來，她提過那是聊天群組的人。她說那個群組會幫助有困難的人，還邀請我加入。」

「妳加入了嗎？」

八木岡小姐苦笑著搖頭。

「怎麼可能嘛。」

瀨野同學沒有問她為什麼不加入，反而問了：

「妳知道那個群組的名字嗎？」

八木岡小姐這次回答得很爽快。

「叫作姊妹會。她叫我要保密，如果告訴別人就會被踢出去。不過我已經告訴你們了。」

「是誰邀請瑪麗小姐的？」

「不知道。她沒說。」

瀨野同學問的都是跟書籤有關的事，這也是應該的，不過松倉想知道的是瑪麗小姐的下落。於是我問道：

「八木岡小姐，不好意思，妳知道瑪麗小姐是誰嗎？」

八木岡小姐指著我說：

「對，就是這個。我以為你們一定會問這個，結果你們卻一直問別的事，我還真不知道該怎麼辦呢。」

「妳知道嗎！」

「不知道。」

我頓時感到虛脫。八木岡小姐看著我，神情顯得十分愉快。

「我知道松倉很擔心瑪麗小姐，如果我有什麼消息一定會告訴他的。」

「這樣啊……」

「我記得的事……還有夾著書籤的書。」

就算知道書名也沒什麼用，除非那是全世界只有少數幾本的書……雖然我這麼想，但瀨野同學不願放過任何細微的線索。

「那是什麼書？」

「《草葉集》。」

瀨野同學沒有反應，八木岡小姐就開始朗誦：

「喔，船長！我的船長！可怕的航程已完成……你們沒聽過嗎？」

我和瀨野同學同時搖頭，八木岡小姐倒是沒露出失望的表情。

「作者是華特・惠特曼。用功點吧，未成年人。我想起來了，那是學校的書，上面還貼著標籤。」

她說得太輕鬆，我差點就疏忽了。

「學校的書?」

我又確認一次，八木岡小姐露出不確定的表情。

「應該吧，因為標籤上還寫了學校的名稱。」

「哪一間學校?」

「我只是在一個月前瞄了一眼，哪裡記得住?給點提示吧。」

提示啊……該不會……我說出了我們學校的名稱。

八木岡小姐眼睛一亮。

「對，就是那間學校!錯不了。哎呀，心裡舒坦多了，謝啦!」

然後她看看自己的手錶。

「我該回去了，不然對松倉太不好意思了。還有其他事情要問嗎?」

我什麼都想不到，瀨野同學似乎也是。八木岡小姐說:

「沒有了?那我走啦，希望你們能找到瑪麗小姐。」

她一邊喃喃說著「真想抽菸」一邊走下樓梯。

6

八木岡小姐下樓後，一陣音樂隨著開門而傳出，沒過多久松倉便走上樓梯，他的衣襟上端正地打著領結，手上提著大衣。他一定是早就想好，我們向八木岡小姐問話的時候由他去代替酒保，所以才穿成這樣吧。松倉一臉難受地轉著脖子，將領結拉鬆，直接了當地問道。

「如何？」

我和瀨野同學同時回答，答案卻不一樣，她說「收穫不多」，我說「有重大線索」。松倉交互望向我們兩人，看出我們並不是合謀一起整他，就輕輕點頭說：

「說得詳細點。」

冷風從小巷吹過。有一對男女略顯心虛地拿出證件檢查，然後走進夜店。某處傳來東西摔破的聲音。松倉看看四周，補充一句：

「別站在這裡談，搞不好會被抓去輔導，而且店門口禁止逗留。換個地方吧。」

他說得沒錯，但我們該去哪裡呢？我想了一下，說道：

「先前經過的餐飲街有間家庭餐廳。」

松倉稍微皺眉。

「那裡常有輔導員去巡邏，危險程度跟這裡差不多。」

「那你有什麼建議？」

「這個嘛……」

松倉拉鬆領結後，順便解開了襯衫扣子，一邊提出備案。

「附近有間咖啡廳，雖然燈光稍暗，但他們營業到很晚，也不會對客人說三道四。要不要去看看？」

我沒有異議，我瞄了瀨野同學一眼，她也微微地點頭。松倉一邊穿上大衣，一邊說：

「那就這麼決定了。跟我來。」

松倉走在小巷裡，我讓瀨野同學先走，自己墊後。松倉走進一條若非走過絕對不會注意到的窄路，然後走到一條比較寬的路，接著又走進窄巷，經過了小鋼珠店兌換處，經過了一排自動販賣機，經過了把桌椅擺到路上的居酒屋……我的方向感算是不錯的，但若叫我從這裡一個人回到夜店或車站，我鐵定會迷路。松倉是不是故意挑了比較複雜的路線呢？正當我開始懷疑時，松倉停了下來。

「就是這裡。」

有間小小的建築，一樓掛著「鹽味拉麵」的招牌，門口布簾已經收進去了，店裡沒有開燈。

「這又不是咖啡廳，是拉麵店，而且已經關門了吧！」

我直接說出看到的景象，松倉不耐煩地指著上方。二樓還亮著燈。

「如果在二樓就早說啊。」

「在二樓。」

我已經知道了啦。

如果不是松倉帶路，我們大概也不會發現有一座室外樓梯。走到二樓就看見嵌著玻璃的木門，玻璃透出了店內的橘色燈光。我到處都找不到店名。

松倉毫不猶豫地開門走進店裡，瀨野同學跟著走進去，卻突然僵住不動。我知道這是為什麼，因為店裡充滿了菸味。松倉發現瀨野同學停下來，回頭問道：

「怎麼了？」

瀨野同學沒有回答，我認為這件事沒必要保密，就在她身後比出抽菸的動作。松倉果然聰明，一眼就看懂了。

「喔喔，不習慣菸味嗎？那要不要再換地方？妳想邊走邊說也行啦。」

可是瀨野同學毅然回答：

「沒事的。」

「不用勉強自己。」

「不會。沒事的。」

瀨野同學直接繞過松倉，走向店內。此時站在櫃檯裡的年邁店員才說「歡迎光臨」。

松倉說過這間咖啡廳燈光稍暗，事實上這裡暗到讓我想把那個「稍」字拿掉。除了我們以外，店裡還有幾位客人，其中有一半在抽菸。昏黃的燈光照在瀰漫的煙霧上。櫃檯裡擺著酒瓶，顯然是喝酒的地方。我看著櫃檯，忍不住抱怨：

「這裡明明是酒吧。」

松倉不以為意地回答：

「不，是咖啡廳。」

「可是……」

「這裡是有提供酒精飲料的咖啡廳。」

我感覺自己被騙了。

桌子是圓桌，我們隔著相同距離圍坐在桌邊。討厭菸味的瀨野同學彷彿鐵了心，沒有露出厭惡表情，看著菜單說：

「我要葡萄汁。」

我本來也想喝葡萄汁，但又不想和瀨野同學點一樣的東西，於是說：

「那我要柳橙汁。」

松倉拿起瀨野同學放在桌上的菜單，仔細看過，然後朝櫃檯舉起手，年邁店員過來幫我們點餐，松倉點了綜合咖啡、葡萄汁和柳橙汁。

「八木岡小姐……」

我正要說話，松倉笑了笑。

「別急，先等一下。如果講到一半，飲料送過來，話題就會被打斷。等飲料上齊了再說吧。」

說得也是，我點點頭。

可是沉默會顯得氣氛沉重，既然進入正題之前還有時間，我想要先和松倉分享一些事。

「那麼八木岡小姐小姐的事等一下再說，我有事要先告訴你。」

松倉沒料到我會提其他事，詫異地問：

「什麼事？」

我對閒著沒事低頭不動的瀨野同學說：

「妳可以把剛才那些話再向松倉說一次嗎？」

她很快就有了反應。

「嗄？不要啦。」

她拒絕得這麼明確，讓我不知要怎麼說下去……我轉換心情，向她解釋自己的意圖。

「我有一件很在意的事，但說不定是我理解錯誤，所以我想確認松倉是不是也有一樣的想法。」

瀨野同學沉默了一下。

「那我要跳過我不想講的部分喔。」

她如此宣告。我點頭表示同意。

「那就，嗯……」

像是要遮蓋菸味，瀨野同學先戴好口罩才開始說：

「奈奈美……櫛塚奈奈美經常被誇長得很可愛。」

瀨野同學省略了關於自己名字的部分，完整地重複了一次她對我說過的那些事。

我說想要知道松倉的意見，這不是在說謊，但我的用意不只如此，我真正想確認的是瀨野同學的說詞會不會有所改變。因為我注意到的地方非常細微，如果換個表達方式，或許結果就不一樣了，所以我想再聽她說一次，藉此確認她是不是兩次都講得一樣。

本來只是為了打發時間，結果瀨野同學還沒講完，飲料就送來了。對話中斷，等到松倉面前擺了咖啡，我面前擺了柳橙汁，瀨野同學面前擺了葡萄汁，我們才繼續談。瀨野同學最後用這句話作結尾：

「所以我們才會創立姊妹會，製作書籤。講完了。」

瀨野同學講的全是跟櫛塚奈奈美相關的事，我想確認的事都集中在這個部分，所以沒什麼問題。我問松倉：

「你怎麼想？」

松倉用不太確信的口吻說：

「我不知道是不是和你想的一樣……」

他先說了這句話，然後像在反芻瀨野同學的發言，沉默片刻後才說：

「……這樣沒辦法做出書籤吧？」

我頓時精神一振。

「沒有錯！」

我激動得上身前傾，差點撞倒柳橙汁的杯子。我連忙退後，又說了一次：

「沒有錯。」

瀨野同學說櫛塚奈奈美沒有自己的房間，沒有自己的時間，身上也沒有錢。這八成是櫛塚同學自己告訴她的。我不知道櫛塚同學有沒有誇大，總之我對這種說法存疑。瀨野同學似乎還沒聽懂，所以我對她說：

「妳說書籤上藏著字母R的圖案是妳設計的，是吧？」

瀨野同學不安地點頭，我又問：

「妳把自己的設計交給櫛塚同學，然後她用電腦把設計掃描起來，印在透明塑膠片上，再用護貝膠膜夾起來，放進護貝機，做成書籤。」

「我沒有親眼看到，但應該是這樣沒錯。」

講到這裡，瀨野同學終於發現哪裡不對了。

「呃……咦？可是，怎麼會？確實是……」

「果然，連妳也覺得不對勁。」

瀨野同學的語氣非常驚慌。

「嗯，很奇怪。是啊，真的很奇怪。」

松倉說出了我們三人共同的疑問。

「從瀨野的話中聽來，櫛塚奈奈美不可能擁有電腦、印表機、護貝機。」

櫛塚同學沒有自己的房間和自己的時間，她所有的行動都受到父母掌控，這樣她怎麼有辦法用烏頭花製作書籤？她要怎麼弄到那些器材？

瀨野同學的態度已經回答了我，答案就是「沒辦法」。她一臉震驚地喃喃說道：

「可是，書籤確實是我們兩人做的。」

松倉盤起手臂。

「決定製作書籤的確實是妳和櫛塚兩個人，不過光靠妳們兩人沒辦法做出書籤，還有一個實際上負責製作的人。那是誰？」

我突然想到。

「或許櫛塚同學身邊有人可以幫忙，譬如其他朋友。」

瀨野同學的神情依然恍惚。

「奈奈美說她的朋友只有我一個，難道她是騙我的……？」

沉默盤踞在我們之間。松倉和我都沒碰飲料，靜待搜索回憶的瀨野同學做出結論。過了一會兒，她終於開口說：

「不可能有那種事。我的直覺很敏銳，我認為她沒有騙我。我還有其他朋友，但她一定沒有。她沒有對我說謊。」

我還是有些懷疑。

但我決定相信瀨野同學，畢竟只有她認識櫛塚同學。暫時先肯定瀨野同學看人的眼光吧。

櫛塚奈奈美除了瀨野同學以外沒有其他朋友，至少沒有好到能幫她製作書籤的朋友。若是如此，就沒辦法做出書籤了。從瀨野同學的話中聽來，櫛塚同學的父母也不像是會幫她製作書籤的那種人，所以瀨野同學和櫛塚同學的故事之中一定還有另一號人物。

正當我不知如何是好時，松倉還說：

「我還注意到一件事，或許沒什麼大不了的。堀川一定也發現了。」

他望向我，像是在問我該不該說。我叼著吸管，用手勢示意他快說。於是松倉說道：

「剛才瀨野提到『她選擇的是母親』。」

瀨野同學歪頭問道：

「我有說過這句話嗎？」

「有。」

「或許吧。那又怎樣？」

松倉把手臂靠在桌上。

「妳說這句話只是在表示櫛塚奈奈美選擇了母親？還是說……有另一個人選擇了父親？」

瀨野同學仍然戴著口罩，她將吸管伸進口罩裡含住。葡萄汁少了一點。她已經適應黑暗、瞳孔放大的眼睛失去了焦點。

「……我說這句話時沒有其他意思，但你說得沒錯，我的說法確實是『她選擇的是母親』。為什麼呢？」

原來如此。

我本來不覺得松倉注意到的地方有什麼特別的，但考慮到書籤還需要有另一個人才能做出來，松倉指出的這點確實是意義重大。

關鍵已經被點出來了，簡單得很。既然不是朋友，也不是父母，那還會是誰？我說：

「意思就是……櫛塚同學可能有兄弟姊妹？」

但是瀨野同學果斷地搖頭。

「我沒見過奈奈美的兄弟，也沒聽她提過。」

「她也沒提過她有姊妹？」

「沒有。」

瀨野同學雖然這麼說，語氣卻有些遲疑。她又喝了一口果汁，然後說：

「……不過，有件小事讓我很不解。就是聊到名字的時候……」

我和松倉都沒有開口，免得打斷瀨野同學的回想。她斷斷續續地說著：

「我們聊到，如果要取名字……該取什麼名字比較好……不，不對。我們聊的是，如果將來結婚生子，不會給孩子取的名字。我說……我不想要取像自己這樣的名字。」

我覺得瀨野同學的名字不錯啊。我不會用「很適合她」這種方式來表達，只是單純覺得那是個好名字，但我也無法否定瀨野同學討厭自己名字的理由。

「然後，奈奈美是怎麼說的呢……我的用詞可能不太準確……總之她的意思大概是：我才不會拿名字來玩。」

瀨野同學按著額頭，彷彿這個動作能讓她喚醒記憶。

「我才不會拿名字來玩……不對，應該是……不會把孩子的名字湊起來玩。」

我忍不住插嘴：

「把孩子的名字湊起來玩？什麼意思？」

瀨野同學無力地回答：

「我不確定奈奈美是什麼意思，不過……我有問她是不是像押韻那樣，她就說是。」

押韻……

「就像太郎（Tarou）與哈洛（Harou）之類的？」

「我不知道，或許吧。」

「或是右近（Ukon）與左近（Sakon）之類的？」

「也有可能。」

松倉冷冷地說道：

「我倒是不覺得被玩了。」

瀨野同學露出不解的表情，我知道松倉的意思。松倉的名字是詩門，他弟弟的名字是禮門，松倉也不喜歡自己的名字，但並不是因為兄弟倆的名字有關聯。

或許是心情不好吧，松倉的語氣多了一絲焦躁。

「話說回來，就算櫛塚真的有兄弟姊妹，頂多只是幫忙製作了最初的書籤，不一定和現在到處分發書籤的人有關。」

我立刻反駁：

「可是能仿造書籤設計的人只有瀨野同學、櫛塚同學，以及我們剛想到的櫛塚同學的兄弟姊妹。這樣就很值得懷疑了吧。」

「我知道，可是現在我們又沒辦法找出這個人，所以兄弟姊妹的事只能先擱著，應該先從我們能做的地方著手。堀川，你可別忘了我們今晚來這裡的目的喔。」

松倉十分冷靜。的確，我們今晚來這裡是為了蒐集線索找出瑪麗小姐，此外，雖然瀨野同學的看法不同，但我認為從八木岡小姐那裡得到的收穫可不小。

我輕舉雙手，為轉開話題表示道歉。彷彿要和先前的話題區隔開來，松倉問了一個多餘的問題：

「告訴我，八木岡說了關於瑪麗小姐的什麼事？」

我和瀨野同學看看彼此，商量要由誰先說，她揮手表示讓我先說，那就照她的意思吧。我先強調一句：

「如果我說錯什麼，或是有遺漏的地方，就請瀨野同學幫忙補充。」

瀨野同學舉起右手拇指，表示沒問題。

我回溯記憶。

「你下去之後八木岡小姐就上來了……我記得她的第一句話是……好想抽菸啊。」

松倉皺起眉頭。

「不相干的事就不用提了。」

雖然松倉要求精簡，但我還是鉅細靡遺地盡量還原八木岡小姐說的話。

像是瑪麗小姐提起殺手鐗時，最先說的是書。

她以為對方是在教訓她要多讀點書，所以起初沒有理會。

後來她發現書裡夾了書籤。

瑪麗小姐只說那張書籤很厲害，但沒具體說明哪裡厲害。

叫她去借書的是聊天群組裡的人，那個群組「會幫助有困難的人」。

瑪麗小姐也邀請八木岡小姐加入，但八木岡小姐拒絕了。

群組名稱是「姊妹會」。如果把組織的事告訴別人，就會被踢出群組。

這些大約是一個月以前的事。

在風扇低鳴的咖啡廳裡，松倉一動也不動地聽著我轉述。我的記憶應該沒有遺漏，瀨野同學既沒有補充，也沒有糾正。

我又說：

「八木岡小姐最後還提到瑪麗小姐給她看過的那本借來的書。是惠妮・休斯頓的《草葉集》。」

瀨野同學第一次出言糾正我：

「是華特・惠特曼。」

原來只有惠字說對了。松倉歪著頭說：

「《草葉集》？我好像聽過。」

「喔，船長！我的船長！用功點吧，未成年人。」

「這句話是八木岡小姐說的吧？然後呢？」

我故弄玄虛地說：

「而且那是學校圖書室的書。」

松倉必定猜到了下文，他問道：

「哪裡的？」

「我們學校的。」

松倉盤起手臂，身體後仰靠在椅背上。

「……原來如此，收穫確實很大。」

然後他揶揄地揚起嘴角。

「可以讓我說一句話嗎？」

「你想說多少句都行。」

「先說一句就好了……所以瑪麗小姐還未成年吧？」

喔喔，對耶。不過這在松倉的心中是最重要的問題嗎？松倉一臉不滿地說道：

「安管到底在幹什麼啊？查證件跟沒查一樣。」

我正覺得松倉為此生氣很正常，但他隨即恢復了調侃的口吻。

「我是很想這樣說啦，不過這也是常有的事。就算要查證件，如果有人一開始就打算混進來，拿別人的證件來檢查，你也拿他沒轍。再說瑪麗小姐化了濃妝，拿沒有化妝的照片比對也看不出是不是她本人。」

松倉幫安管找的藉口也可以用來幫他自己開脫，但我還是繼續追擊。

「瑪麗小姐不只是未成年，還是我們學校的學生，你一定在走廊上見過她，卻沒有認出來。」

松倉悶悶不樂地說：

「就是啊。」

瀨野同學喝光葡萄汁，問道：

「瑪麗小姐是不是我們學校的學生有那麼重要嗎？」

松倉恢復平時的態度，回答說：

「很重要。」

他把手肘靠在桌上，豎起食指。

「我是在八王子的夜店認識瑪麗小姐的，所以我以為書籤不只出現在校內，連市外都有，會在學校圖書室看到書籤只是碰巧。妳怎麼想？」

松倉的食指指向瀨野同學，她應該聽懂了這番話，點頭說：

「原來如此。我也以為書籤是在校外散播的。我明明看過校舍後面種了烏頭呢。」

「很正常，因為對妳來說，書籤確實是在校外……在國中的時候製作的。」

可是現在情況不同了。

擁有書籤的人包括東谷圖書委員長、打掃訓導處的北林同學（這是假設的）、瑪麗小姐，這三人都是我們學校的學生，而且我們至少可以確定，東谷同學和瑪麗小姐都是在我們擔任圖書委員的學校圖書室裡藉著書本從分發者的手上拿到書籤。

東谷同學還以為是因為自己擔任圖書委員長，對方才會利用圖書室來轉交書籤，她甚至覺得分發者神通廣大，拿書籤的人一切事情都逃不過對方的眼睛。不過，如果瑪麗小姐也是在學校圖書室拿到書籤，情況就不一樣了，分發者本來就習慣用圖書室的書本來轉交書籤，東谷同學擔任圖書委員長只是剛好。

換句話說，姊妹會並不是把根據地設在本市某處、東京某處、日本某處，或是世上某處的龐大神祕組織，而是以我們學校圖書室為舞台的小團體，沒有任何理由把它想得太了不起。

松倉喝了口咖啡，說道：

「我知道分發者的想法，最適合藏樹的地方是森林，最適合藏書籤的地方是書。嘿，堀川，還有其他人也懷著這種想法吧？」

有嗎？

……啊，對耶，真的有。瀨野同學探出上身，問道：

「喂，你們說的是誰？」

松倉再次豎起食指，我也像他一樣豎起手指，然後我們像說好的一樣，同時指向對方。

「就是我們。我們也把書籤藏在書裡。」

「身邊圍繞著那麼多書，會想到這種做法也很正常。」

我們本來只是打算說笑。

但瀨野同學似乎不把這句話當成笑話。

「身邊圍繞著很多書，想到這種做法很正常……」

她只是在喃喃自語，但我聽了卻有些慌張。

「呃，我沒有別的意思啦，我只是想表達把書籤夾在書裡不是什麼特別的想法，應該不是被誰指使的。」

松倉握起拳頭靠在嘴前，喃喃說道：

「不……搞不好真是這樣。東谷被姊妹會的群組踢出來了，她說這是因為她弄丟了書籤，但我聽到的時候覺得很奇怪，他們怎麼可能那麼快就知道誰把書籤弄丟了？東谷為什麼會被踢出來？分發者是怎麼知道她該被踢出去的理由？不可能是東谷自己告訴他們的，因為她一直很害怕被踢走。」

東谷同學是什麼時候被群組踢出來的？

是我們今天午休時間在空教室報告彼此的調查結果，被東谷同學叫去的時候嗎？

不，那是我們得知東谷同學被踢出群組的時間點，她被踢出去的時間點還要更早。

我們前一次見到東谷同學是在星期二放學後，就是松倉揭穿是誰把書籤遺忘在《玫瑰的名字》下集的那一天。我被批評不會說謊的那一天。

我說：

「東谷同學是在星期二和我們說話以後被踢出去的。」

松倉接著說：

「放學後，在圖書室裡。」

瀨野同學也說：

「我們談到東谷同學丟了書籤的事。當時在圖書室裡的還有誰？」

松倉笑了笑。

「我們學校的圖書室一向很少人來，那天放學後，至少在我們說話的時候，沒有半個使用者。」

原來如此，那我就懂了。我嘆了一口氣。

「都是被『姊妹會』這個名字誤導的。《深夜姊妹會》也一樣。」

松倉點點頭。

「是啊，我也以為姊妹會裡一定全是女生。」

那天在圖書室裡的除了松倉、瀨野同學、東谷同學和我之外，還有一個人。圖書室放學後通常是兩位圖書委員一起值班，和東谷同學一起值班的人是誰呢？

瀨野同學喃喃說道：

「那個人叫什麼名字？」

我和松倉同時回答：

「植田。」

第四章　書籤與謊言

1

植田即使不是分發者，至少也是聽分發者指揮的手下。我們已經掌握到這一點。

我並沒有覺得不敢置信，因為我對植田的了解太少，根本談不上信任。植田是高一的圖書委員，他有個哥哥在我們學校讀高二，是個出名的麻煩人物，他還因為哥哥的緣故被橫瀨找麻煩，他住在公寓二樓，家裡還有電子琴……

我沒辦法光靠這些事了解植田，這些事都太表面了。我沒有任何理由否定他是書籤的分發者。

可是，該怎麼辦呢？松倉一口喝完馬克杯裡剩下的咖啡，毫不猶豫地說：

「我知道植田住在哪裡。走吧。」

我和松倉曾經因植田的請求而去過他家，所以我們知道他家在哪。

不過瀨野同學有些猶豫。

「我也想去，可是……現在都三更半夜了。」

我反射性地看了看自己的手機。十二點十九分。不知不覺都這麼晚了。

松倉沒有因此打退堂鼓。

「管他是半夜零點還是凌晨四點，妳別忘了書籤裡面有致死的毒素。如果沒有線索，我們只能等待，但現在沒理由再等下去了。如果等到明天早上，看到報紙刊出瑪麗小姐的消息，我絕對不會原諒自己的。」

我了解松倉的心情，但我們還有其他選擇。

「我知道植田的手機號碼，要不要打給他？」

松倉猶豫了一下，但很快就搖頭說：

「不行，為了防止他逃走，應該直接殺到他家。」

「這種時間突然跑到人家家裡不太好吧？如果我們敲門大喊『植田，給我出來』，搞不好會引來警察。」

松倉可能根本不怕把事情鬧大，但他做了個深呼吸，看著我們說：

「好吧，我們先到植田家附近再打電話叫他出來，如果他不出來，我就打給植田的老哥，叫他把弟弟拖出來。如何？」

這樣好多了。我點點頭，瀨野同學也說：

「我想清楚了。松倉，你說得對，我真是昏了頭。走吧。」

討論到此為止，我們全都站了起來。

結完帳，走出店外，瀨野同學脫下口罩吸了一口夜晚的空氣，緩緩地吐出。看來她一直很努力地忍受菸味。松倉不發一語地率先走出去，我們隨即跟上。

我快步追上松倉。

「要怎麼去？植田家還挺遠的。」

我們目前位於八王子站前的鬧區，而植田家在鄰站的北八王子市，用走的也不是不行，但是至少要走四、五十分鐘，現在都這麼晚了，在路上走得越久，被視為深夜遊蕩的機率越高。我不知道松倉和瀨野同學的情況如何，但我今晚沒騎腳踏車出來。

松倉語氣苦澀地說：

「只能搭計程車了。真是惡夢。」

「三人分攤還是付得起吧。」

「太不值得了。真希望有人贊助經費。」

「如果瑪麗小姐平安無事，可以跟她商量看看。」

「怎麼可能嘛。算了……我還有打工的薪水。」

我們兩人並著肩，快步走在深夜的街上。我回頭瞥了一眼，確認瀨野同學有跟上來。

小巷走到底，我們又回到了站前的餐飲街。要去夜店的時候，路上行人絡繹不絕，到了這個時間已經沒什麼人了。來到這裡，我不需要靠松倉帶路也知道方向。

「要去哪裡招計程車？」

這條餐飲街窄得很，計程車大概開不進來。松倉立刻回答：

「車站。那邊一定會有幾輛車。」

沒過多久，八王子站就出現在眼前。

空中步道下方聚集了將近十個看起來不太正經的男人，他們還播放著音樂。我們盡量離那些人遠一點。
我很單純地以為走到車站就有計程車，但卻不知道詳細的地點。我正在左右張望，松倉指著通往空中步道的樓梯旁邊。
「在那裡。有告示牌。」
的確有個藍色的方形告示牌，上面用白字寫著「計程車招呼站」。我來過這個車站很多次，卻從來都沒注意到這麼顯眼的告示牌。人只會看到自己需要的東西，我得記住這個教訓。
我們以不至於快到詭異的步伐走向計程車招呼站。本來有三個人在排隊，但他們很快就上了計程車，現在已經沒人在等車了，而計程車還有兩輛。
離招呼站還有一段距離時，松倉突然停下腳步。
「對了，計持車要怎麼搭？需要註冊帳號嗎？」
瀨野同學不客氣地回答：
「你是認真的嗎？」
她望向我，示意我表達意見，我好不容易才擠出一句：
「好像是事後付款吧。」
瀨野同學攤開雙手，彷彿想說什麼，但又垮下肩膀，什麼都沒說。
「你們都不搭計程車的嗎？交給我吧。叫植田的那個人的家附近有沒有明顯的地標？」

這種事誰知道啊？我和松倉只能面面相覷。瀨野同學大半張臉都被口罩遮住，但我還是看得出她眼神中的無奈。

「連這個都不知道，你們到底要怎麼搭計程車啊？先跟我解釋一下要怎麼走吧。」

我和松倉很努力地描述，譬如從學校沿著國道走、大概往哪個方向、附近有便利商店等等，全是些不可靠的訊息。我本來以為瀨野同學聽我們描述那個陌生的地方只會聽得一頭霧水，可是她每次聽到我們提供的資訊都會點頭，而且眼神越來越篤定。

「喔，原來是那邊啊。」

我問道：

「妳知道那個地方？」

「當然，我家就在那附近。不是非常近啦，總之是同一個方向……我大概知道了。走吧。」

我們依言走向計程車招呼站，拉開車門坐進去。第一個上車的是瀨野同學，接著是我，最後是松倉。松倉和瀨野同學還好，但我怎麼看都像高中生，司機倒是沒有說什麼。車上播放自動廣播。

『為了您的安全著想，請繫好安全帶。Please fasten your seatbelt.』

我們乖乖地扣上安全帶。司機問道：

「要去哪裡？」

瀨野同學回答：

「請到北八王子市的舊官舍。」

我有些懷疑這樣說能不能讓人聽懂，但司機簡短地回答「好的」，車子就開始行駛了。

計程車在深夜的街頭行駛。零點已過，現在是星期六，遠離車站的街道早已陷入沉眠。

我的右邊坐著瀨野同學，左邊坐著松倉，他們兩人各自看著窗外。我看哪邊車窗都不太方便，盯著前方又很無聊，乾脆閉上眼睛。

自從東谷同學在放學後的圖書室歸還《玫瑰的名字》下集以來，已經過了幾天呢？那張遺失的書籤在校舍後面被瀨野同學燒掉了，而另一張書籤造成橫瀨送醫急救，學校裡傳出下毒的流言，恐慌不斷擴散，保健室裡擠滿了病倒的學生。這一切的起因是瀨野同學三年前和櫛塚奈奈美共同製作的書籤，如今有人複製書籤到處分發，還靠著聊天群組召集想要書籤的人，透過學校圖書室把書籤交給他們，而且高一的圖書委員植田和這個分發者有所關聯。

我們已經查到了這些事，松倉今晚或許就可以達成目的。松倉詩門為了確認夜店「impostor syndrome」的常客瑪麗小姐的安危，一路追查書籤至今。而瀨野同學也……

瀨野同學的目的是什麼呢？她是為了找出分發者，此時才會和我們一起搭乘計程車。如果找到了分發者，她會說什麼呢？她想要什麼呢？

我睜開眼睛，望向瀨野同學，她戴著口罩的側臉被蒼白的燈光照亮。瀨野同學拿在手上的手機螢幕突然發出光芒。

計程車上響起了微弱的震動聲。我明知是多管閒事，還是小聲地向瀨野同學說：

「手機在響了。」

瀨野同學既沒有看我，也沒看手機。

「我知道。」

「妳不接沒關係嗎？」

「有關係。」

手機持續震動，瀨野同學嘆著氣說：

「是我媽打來的。她一定發現我跑出來了。」

此時我才知道，瀨野同學今晚出門沒有得到父母的許可，而是偷溜出來的。

瀨野同學不接電話，也不掛斷，彷彿想要推遲這次行動的後果，只是拿著手機不動。

她可能是為了轉移對手機的注意力，向我問道：

「你沒關係嗎？父母那邊……」

「有關係，但他們大概還沒發現。」

「哈哈。看來你偷溜的技術比我高明。」

「或許是對孩子的關心程度不同。」

「也有可能是對孩子的信任程度不同。」
手機仍在震動，瀨野同學繼續說：
「有個詞叫『憤死』，意思是氣憤過度導致死亡。如果我父母知道我去了夜店，說不定真的會憤死。」
「這個詞的意思很可怕，發音倒是挺有喜感的。」
瀨野同學被我的話逗笑了。
「聽你這麼一說，確實是這樣呢。」
「妳不能老實告訴他們嗎？」
「告訴他們我要去夜店？」
這不是事實，因為松倉把我們擋在外面了。真正的情況是這樣的……
「告訴他們妳要去夜店外面。」
瀨野同學聽了只是乾笑。
手機停止震動，瀨野同學的側臉變得陰暗。大概過了十秒左右，手機再次震動起來。震動的聲音實在說不上悅耳，這也是當然的，畢竟那是用來引起注意的聲音，可是松倉並沒有叫她關掉那聲音，而我也沒說話。
「跟你說一件事。」
瀨野同學說道。

「那件事松倉也知道。」

我保持沉默，表示我正在聽。

「是關於白雪公主的事。我不是演了皇后嗎？」

「我聽過。」

「因為我不想演白雪公主。」

「嗯。」

「你知道演白雪公主的那個女生怎麼想嗎？」

被她這麼一問，我才開始思考這件事。被所有人稱讚美麗的皇后吟誦著「魔鏡啊魔鏡」的咒語，問誰是世上最美麗的人，鏡子卻說外貌比不上瀨野同學的那個女生是世上最美麗的。

我什麼都說不出來。瀨野同學望著車窗外，自言自語似地說：

「我當時沒有注意到演白雪公主的女生是怎麼想的，也沒注意到別人是怎麼看她的。我連自己都接受不了，哪裡還顧得上別人。可是，就是因為我沒辦法接受自己……才害得演白雪公主的女生受到那麼多的屈辱。」

和她同班的松倉一定也看到了這一切，當時松倉說了什麼嗎？……應該沒有吧，就算是松倉，面對那種場面也沒辦法說什麼。

「即使她哭了、生氣了、被別人嘲弄了，我始終騙自己說這不是我造成的，我只是想要保護自己，她會怎樣又不是我害的。可是……或許真的是我造成的。」

如果我說不是，瀨野同學一定不會相信吧。

街燈照亮瀨野同學的側臉，隨即被我們拋在身後。

「我想要和自己和解，所以……我已經不需要書籤了。」

說到這裡，瀨野同學就沒再開口了。

計程車停在需要抬頭仰望的集合住宅前。

這個集合住宅不太尋常。方方正正的公寓像厚厚的蜂蜜蛋糕，漆黑的巨體聳立在夜空中。幾百扇窗戶沒有一扇透出亮光。一片漆黑。無人居住的龐大建築猶如巨大的怪獸。

建築周遭的寬敞空間大概是用來當停車場的，但是裡面一輛車都沒有。社區四周圍著橘色的鐵絲網，每隔一小段距離掛著白色的牌子。我走近一看，上面寫著「禁止進入，二十四小時監視。財務省」。

我不知道本市有這種地方，也看不出這裡離植田家很近。松倉想必也一樣，他看著計程車開走後，就對瀨野同學問道：

「真的在這附近嗎？」

瀨野同學沒有半點猶豫。

「嗯。你們提到的那間便利商店就在隔壁那條路上。」

「我都不知道有這個集合住宅。」
我也是。我在本市住了十幾年，這麼詭異的地方我連聽都沒聽過。住宅區裡沒有路燈，路上烏漆抹黑。瀨野同學開始往前走。
「如果你們的敘述沒錯，我就能帶你們到他家附近。」
我們三人一起走著。冬天的夜風吹來，我真想戴起上衣的帽兜。沒有一個人開口。有幾條細細的小路貫穿住宅區，但瀨野同學不走那些窄路，而是選擇有路燈的寬敞道路。我們沒有遇見任何人，路上也沒人在開車或騎車。寂靜彷彿從漆黑的集合住宅裡溢出，暈染了附近一帶。
我們轉了一個彎，又在有一間小神社的路口轉彎，然後松倉「喔」了一聲。
「我認得這條路，接下來我就知道該怎麼走了。」
我對這一帶毫無印象，但我還是裝出一副自己也認得路的神情，跟在松倉的身後。我們沒有走很久，松倉不到一分鐘就停了下來。
「就是這裡。」
我的眼睛已經適應黑暗，分辨得出顏色，那是一棟有著褪色的粉紅色屋頂和奶油色牆壁的兩層樓公寓。至此我才想起自己來過這個地方，這就是植田家所在的公寓。
我們站在公寓前的路上。微弱的路燈照著道路，路中央和路旁都沒有畫白線。
我說：

「我打電話給他。」

但是松倉制止了我。

「慢著，如果打電話時讓他逃走就麻煩了。你先等一下。」

松倉說完以後就走向公寓的腹地。我在等待之時從手機裡找出了植田的號碼。沒過多久松倉就回來了，他說：

「沒有後門，出口只有這條路。」

我點點頭，猶豫片刻，才按下撥號鍵。

鈴聲響起，一聲，兩聲，三聲……響起第十聲時，我不知道該無奈聳肩，還是該焦慮。響到第二十聲，我才掛斷電話。

「他有開機，但是沒接。」

我簡短地說道，松倉立刻做出反應。他拿出自己的手機撥打，如果跟先前商量的一樣，他一定是打給植田的哥哥。這次很快就有人接聽。松倉直接跟對方交談，沒有切換成擴音功能。

「喔，抱歉，這麼晚還打給你……沒有啦，不是要找你，是要找你弟。他在嗎？」

經過一陣子的沉默。

「不是那種事啦，是圖書委員的事。我有東西掉在圖書室，植田……不，你弟應該知道……真的嗎？」

松倉的語氣變得緊張。

「……沒有，我不知道。這樣啊，他都已經是高中生了，有這種情況也很正常啦。抱歉這麼晚還打擾你。」

掛斷電話後，松倉把手機放回口袋，板著臉說：

「植田不在家。他哥說他剛才突然出門，現在還沒回來，反而問我知不知道他去哪裡了。」

剛才松倉在講電話時提到「高中生有這種情況也很正常」，由此可見……

「植田平時不會在深夜出門吧？」

松倉神情嚴肅地點頭。

也就是說……

「他逃走了。」

松倉嘖了一聲。

「那傢伙手上有書籤。這事非同小可。」

松倉本來還想說什麼，但他突然停下來，看看四周。深夜住宅區的昏暗道路往遠方延伸。

「在這裡說話會吵到居民。剛才的路口有間神社，我們去那邊說吧。」

我沒有反對，不過現在真的太晚了。我對瀨野同學說：

「妳還是回去比較好吧，妳家人一定很擔心。」

瀨野同學已經關掉手機電源了。她惡狠狠地瞪著我。

「我會揍你喔。」

「別這樣。」

「都走到這裡了，難道你覺得我會說『後面的事就交給你們了』？」

仔細想想，瀨野同學的確不可能說這種話。我不想挨揍，只好向她道歉：

「我不覺得。對不起。」

松倉有些不耐煩，但還是壓低聲音說：

「好了，快走吧。」

幾十秒之後，我們來到了小神社。我都不知道本市還有這種擺脫了都市氛圍的地方。這間是稻荷神社，所以門邊放的不是狛犬像，而是狐狸像。神社的面積不大，但裡面種了很多樹，感覺十分清幽，又有些陰森，不過我現在更怕趕不上。我不知道接下來會發生什麼事，但就是覺得好像會趕不上，松倉和瀨野同學可能也很緊張吧。

瀨野同學脫掉口罩，大概覺得沒必要再戴了。口罩裡比較溫暖，她呼出白濛濛的空氣，轉眼間又消散了。我反射性地轉開視線。老是這個樣子，我動不動就會被瀨野同學吸住目光，為了避免一直盯著她看，我只能刻意轉開視線，但我明明知道這種態度會讓她感到受傷。我朝瀨野同學瞥了一眼，看見她露出寂寥的微笑。

我們已經換了地方，這裡不會打擾到居民。我努力轉換心情，說道：

「植田逃到哪裡去了？」

松倉在黑暗中盤起手臂。

「誰知道那傢伙會去哪啊。」

我們對植田的了解只有「高一」和「圖書委員」這兩件事，頂多再加上「住址」和「有個哥哥讀同一所高中」。還有其他的嗎？

「我們還聽說過什麼嗎……」

上次被植田請去幫忙時，我們得知了一些事，像是植田家的格局，以及他和哥哥的關係。當時我們還發現了其他事嗎？

我看著腳下，喃喃說道：

「……植田的父親好像住得很遠。會不會在那裡？」

像是被點醒似的，松倉的臉一下子亮起來，但很快又蒙上了懷疑的陰影。

「逃出家門之後躲到父親的住處？有可能嗎？」

「我也不知道。不過……」

我又想起關於植田父親的其他資訊。

「他父親好像正在田無站附近的醫院。」

「是啊，可是那件事已經過了一段時間，說不定他父親早就出院了。不管怎樣，他父親的家應該在那附近。」

瀨野同學看看手機顯示的時間。

「電車早就沒了。」

植田是在晚餐後出門的，當時還有電車，他要去田無站一定去得了。可是我想想還是覺得不太可能。我們認為植田逃走了，因為他不是書籤分發者就是其手下的事快要曝光了，但是正如松倉所說，這種時候躲到父親的住處確實很奇怪，再說植田和父親的關係也不好。

我想收回先前的猜測，所以又說了另一個猜測。

「會不會是去了學校……」

瀨野同學馬上回答：

「凌晨一點去學校？」

我發出沉吟。空氣冷得都快要結凍了，在這麼寒冷的冬夜裡，植田有可能在學校附近待到天亮嗎？

松倉駁回了我的推測。

「學校晚上有保全公司盯著，我不認為植田能找到漏洞偷溜進去。」

瀨野同學突然想到一件事，斷言道：

「對了，我聽說去年夏天有人在半夜打破學校的玻璃窗，所以校方加強保安了。」

松倉板起了臉孔。

如果不是父親的住處，又不是學校，這位圖書委員學弟還有什麼地方能去呢？

我們不可能知道的。說不定是便利商店，說不定是家庭式餐廳，搞不好植田正躲在這間神社的大殿，冷得渾身發抖，等待天亮。

我無計可施，焦躁地抱怨了一句：

「沒轍了。我們不可能知道植田在圖書室以外的什麼地方，畢竟我們跟他的交集只有圖書委員這一點。」

我們不可能知道誰在校外做了什麼。我連松倉在夜店打工的事都不知道，松倉一定也不知道我家在哪裡，植田跟我們只在委員會裡有交集，我們根本沒有多少資料可供參考，就算想要討論也無從討論起。我繼續說道：

「植田只會在圖書室裡認真地擔任圖書委員，哪裡還……」

說到這裡，我突然想到一件事。植田真的只會認真地擔任圖書委員嗎？

松倉似乎也想到一樣的事，他盤起手臂沉吟。

「不……還有其他的。植田除了在圖書室當圖書委員，還會做其他的事。」

一旦點出問題，答案就不難找了。我想起來了。

「他還會和女友說話。」

松倉喃喃說道：

「喔喔，對耶，確實有這回事。」

「他會不會去了女友家？」

「在這種時間？」

松倉似乎想說不可能，但又把話吞了回去，然後說：

「……每個家庭都不一樣，也就是說，每人心目中的常態也不一樣。相較於跑去田無找父親，我覺得植田更有可能去女友家。」

話雖如此……

「就算是這樣，我們也不知道他女友家在哪裡。」

「是啊，我也不認為植田他哥會知道。」

瀨野同學問道：

「植田的女友？是誰？」

我也不知道該怎麼說。是個長頭髮、個性開朗的女孩。

啊，對了，有個更簡單的方法可以說明植田的女友是誰。

「保健室旁邊掛了一張攝影社的照片，妳記得嗎？」

「嗯，是一個女生在跳躍的照片。」

我點點頭。那是攝影社的岡地同學拍的照片，而且參賽得到了冠軍。

「照片裡的人就是植田的女友。」

瀨野同學皺起眉頭。

「那人拿的是烏頭呢，嚇了我一大跳……」

所以她才會跑到攝影社打聽照片是在哪裡拍的，然後去學校後面的花壇拔掉烏頭。不過現在沒必要再提那些事了。瀨野同學搖頭說：

「我只記得這件事，我想不起來那人的長相。」

松倉拿出手機。

「等一下，我有拍照。」

沒多久，松倉的手機螢幕顯示出那張得獎的照片。我一看到照片就想起來，照片的標題是〈解放〉。

瀨野同學注視著螢幕，瞇起眼睛。

「標籤上寫了名字。能放大嗎？」

松倉沒有說話，用手指放大了照片。

〈解放〉

JE2C高中生數位照片比賽得獎作

攝影　岡地惠（本校二年三班）

模特兒　和泉乃乃花（本校一年二班）

我念出模特兒的名字。

「和泉乃乃花。」

松倉舉著手機給我們看，表情苦澀地說：

「知道名字又有什麼用？難道要去翻電話簿嗎？電話簿裡幾乎沒有一般住家的資料喔。」

我問道：

「上哪找電話簿啊？」

「呃……」

松倉只發出這聲音，就說不出話了。

這時我發現瀨野同學的樣子不太對勁，她凝視著松倉手機顯示出的標籤，喃喃念著：

「乃乃花……乃乃花……難不成……」

我想起來了。瀨野同學說，她和櫛塚同學聊過名字的話題。

（「我才不會拿孩子的名字來玩。」）

（「像押韻那樣。」）

櫛塚奈奈美。和泉乃乃花。

奈奈美（Nanami）與乃乃花（Nonoka）。

這兩個名字沒有押韻，但押韻只不過是瀨野同學舉的例子，或許櫛塚同學想要表達的是她不會因為覺得好玩就給兩姊妹取語感相似的名字。

松倉緊張地說：

「喂，不會吧！」

瀨野同學沒有回答。我說：

「對耶，我都沒發現，那張照片不可能和書籤或分發者無關。」

「因為那張照片把鳥頭當成背景嗎？」

松倉的語氣像是在說只憑這一點就下結論未免太草率了。

但我現在又發現了照片和書籤的其他關聯。

「書籤的圖案裡藏著英文字母『R』。」

松倉用一種「那又怎樣」的態度回答：

「我記得。」

關於書籤上的「R」，瀨野同學是這麼解釋的：「Resist」、「Refuse」、「Rebel」。

「這張照片的標題是〈解放〉。」

松倉的表情僵住了。

解放的英文是「Release」——「R」。

正在和植田交往的和泉乃乃花就是與瀨野同學一起製作了最初書籤的櫛塚奈奈美的妹妹……

我們都沒有說出這個推測，大概是因為我們知道彼此都是這樣想的，沒必要再確認。松倉神情苦澀地把手機放回口袋，彷彿為自己的遲鈍感到懊惱。

「原來如此，這樣我就了解攝影社的岡地為什麼會那樣說了，我一直很在意她那奇怪的態度。」

拍攝了〈解放〉的岡地同學向我們強調「那張照片毫無疑問是我拍的」。我們又沒有質疑她，她卻主動解釋，這讓我們感到十分不解。松倉繼續說：

「在種植烏頭的花壇前面拿著烏頭跳躍……如果模特兒就是分發者，攝影地點和構圖一定都是模特兒提議的。這件事讓岡地沒辦法抬頭挺胸地說照片百分之百是她自己創作的，她那句解釋根本是此地無銀三百兩。」

我點頭。

「從岡地同學身上什麼都查不出來，她和瀨野同學不是同一所國中，和姊妹會沒有交集。」

「我們沒有繼續調查岡地是對的，但我真沒想到模特兒才是關鍵人物。」

瀨野同學沒在聽我們對話，她口中念念有詞，彷彿要把褪色的往事重新喚醒。過了一會兒，她神色凝重地說：

「如果分發者是奈奈美的妹妹……我大概知道她在哪裡。」

松倉和我什麼都沒說。月光和微弱的路燈讓神社免除了伸手不見五指的黑暗。

「她可能在我和奈奈美的祕密基地，我們商量製作殺手鐧的地方。」

說到這裡，瀨野同學像是突然感到不安，說話變得吞吞吐吐。

「……不過，怎麼會這樣呢？我家、植田家、我和奈奈美的祕密基地……這三個地方竟然這麼近……」

松倉安慰似地對瀨野同學說：

「妳家和妳們的祕密基地很近是理所當然的，因為妳一定是在自己家附近找尋適合地點。依照妳的描述可以推測出，和泉是櫛塚奈奈美父親的姓氏。妳和櫛塚奈奈美會認識，或許也是因為彼此住得很近。離植田家很近只是碰巧，想找出所有事情的關聯本來就是錯誤的。」

瀨野同學沒有看著松倉，喃喃說道：

「……的確是這樣，因為我和奈奈美回家順路，所以才會……」

「一切都是由妳和櫛塚奈奈美開始的，終點又回到妳家附近也很正常。」

瀨野同學微微點頭。

「這樣啊……也對啦。」

她抬起頭，依次望向我和松倉。

「跟我來。」

我們穿過神社的鳥居，又回到了深夜的都市。原來我們先前一直受到神社樹木的保護，一走出神社，冷風就不斷襲來。

這次走的不是陌生的路，瀨野同學帶著我們回到了下計程車以後往植田家走的那條路。轉彎兩次之後，又看到了聳立在夜空中的集合住宅。

瀨野同學說：

「這裡本來是國家公務員的宿舍，不知從何時停止使用，變成了廢墟。在我的記憶中，這地方一直都是這個樣子。」

松倉提出一個理所當然的問題：

「為什麼建築物還留著？」

「我怎麼會知道？」

這個答案也很理所當然，瀨野同學大概覺得只回答這句話有些失禮，所以又補了一句：

「我聽說本來打算賣掉，結果賣不出去。原因我就不知道了。」

她敲了敲圍繞著社區的鐵絲網上掛的牌子「禁止進入，二十四小時監視。財務省」。

我們這一路上都感覺不出有人在。瀨野同學沿著鐵絲網走了一陣子，又敲了敲禁止進入的牌子。

「第二塊。」

在夜風中，我們沿著鐵絲網前進。每次看見掛在鐵絲網上的牌子，瀨野同學都會敲一敲，一邊數著。第三塊、第四塊、第五塊……在深夜的寂靜之中只能聽見瀨野同學敲打牌子的聲音。

她在第六塊牌子前面停了下來。

「這是第六塊。所以……」

這次她沒有敲牌子，而是抓住鐵絲網。那鐵絲網看起來很堅固，瀨野同學也不像是用了很大的力道，卻一下子就拉開了鐵絲網。

「這裡可以打開。」

我忍不住說：

「上面寫著禁止進入，二十四小時監視。」

「或許真的有監視，但我從來沒看過有人跑出來。」

「那是三年前的事吧。」

瀨野同學可愛地點點頭。

「嗯。那你不進去嗎？」

站在我身後的松倉按住我的肩膀，像是在說「你不進去的話就讓開」。我聳著肩說：

「只是隨口問問。」

我從鐵絲網的縫隙鑽了進去，松倉不發一語，默默地跟著我鑽進去。

無人的集合住宅有兩棟建築物，松倉的眼睛很利，立刻指著二樓的某一戶。

「我看到了，那裡有亮光。」

的確，那個房間的窗戶隱約透出光線。房間的窗戶朝向建築物背面，從正面的路上是看不到的。

瀨野同學一點都不意外，點頭說道：

「那裡就是我們的房間，二〇七號房。」

「妳們哪來的鑰匙？」

「撿到的。應該說，我們先撿到鑰匙，所以拿去一間一間地試，看看哪間打得開，然後才找到了那一間。」

松倉搖著頭說：

「妳的行動力真強。比我強多了。」

「真開心。我一直希望被稱讚行動力很強。」

我姑且問問看：

「鑰匙只有一支嗎？」

瀨野同學立刻回答：

「我們把鑰匙拿去鎖店複製。撿到的那支再加上我和奈奈美的份，總共有三支。不過我那支早就丟掉了。」
現在那個房間裡的人……大概是和泉乃乃花吧，她或許接收了櫛塚奈奈美的鑰匙，再不然就是拿櫛塚奈奈美的鑰匙去複製。
還好現在是冬天，房屋周邊沒有太多雜草，在黑暗中行走不會太危險。我們走到窗戶的正下方。窗戶似乎被東西遮住，看不見屋內的情況。
我拿出手機，松倉察覺到我的用意，點頭說：
「好方法。」
我操作手機，打電話給植田。鈴聲響了起來。
原始設定鈴聲摻雜在吹過廢墟的晚風中。植田的手機就在那個房間裡。
植田大可直接關機，但他沒有這麼做。我只想得到一個理由。
「這是在邀請我們。」
我掛斷電話，鈴聲隨之消失。仔細一看，剛才從窗裡透出的光線也消失了。那也是邀請我們的意思吧。瀨野同學的表情有些凝重。
「我了解東谷同學為什麼害怕了。對方顯然知道我們會來。」
植田沒有機會得知我們的行動，我們是第五堂課在無人的圖書室裡決定今晚的行動，植田怎麼可能會知道？
在我看來，答案非常明顯。

「我們被騙了。」

「被誰騙了？」

「八木岡小姐。她加入了姊妹會。」

八木岡小姐曾經被邀請加入姊妹會，她說自己拒絕了，但我們沒理由相信她，邀請她的人是夜店的常客瑪麗小姐，就算她沒興趣，也很有可能因為客套而答應。八木岡小姐對姊妹會毫無感情，所以向我們洩漏了情報，但她和我們也沒有交情，或許她也向姊妹會報告了我們的事，若非如此，植田或分發者不可能事先知道我們要來。

松倉苦笑著說：

「她竟然擺我們一道。總算搞清楚對方的戲法是怎麼變的了。那麼……」

松倉仰望著二〇七號房，用十分愉悅的語氣說：

「我們就接受邀請吧。」

我們走進建築，爬上二樓。我一點都不擔心開不了門，因為對方若是在邀請我們，一定不會鎖門。

果不其然，我猜得一點也沒錯。

2

我不是第一次進入廢墟，小學暑假去露營時，我曾經悄悄溜進附近的廢棄屋子。國中的時候，親戚家的房子有一段時間沒住人，準備拆掉，我也去幫忙搬過東西。所以我知道沒人居住的房子會有一種獨特的氣味，像是灰塵，又像是草中發出的熱氣……又或者是沒人的地方自然會發出沒人的味道。

可是，無人住宅的二〇七號房裡沒有那種味道，雖然鐵門生鏽，地板因潮濕而翻起，壁紙悽慘地剝落，但二〇七號房裡卻有著人的味道，更重要的是，屋內還透出亮光。

玄關很窄，我們還是跟走在夜晚的街道時一樣，松倉帶頭，我殿後。松倉停在只有一片水泥地的玄關前，轉過頭來，他稍微抬起右腳，指著自己的腳。我知道他的意思，他是在問我該不該脫鞋子。

我想了一下，指了指屋內，表示「不用脫鞋了，直接進去吧」。這裡是等著拆毀的廢棄房屋，不需要那麼守禮節，地上說不定還有碎玻璃或釘子，更重要的是，如果分發者就在裡面，誰都不知道會發生什麼事，如果需要立刻逃跑，或是要去追趕逃跑的人，還是穿著鞋子比較好。松倉心領神會地點頭，踏進屋內。

在一片漆黑中，我摸不清楚這房子的格局，進門之後似乎不是走廊，而是廚房兼飯廳。光線從裡面的房間透了出來。分隔房間的不是門，而是紙門。松倉抓住門把，再次回頭看著我們，我和瀨野同學點頭之後，他就毫無顧忌地把門拉開。

我最先看到的是放在圓桌上的燈籠造型檯燈，大概是裝電池的。白光微弱地照著狹窄的房間。牆壁似乎是砂壁，非常老舊，到處都有脫落。地板是榻榻米，有一個人倒在地上。

松倉的反應很快，他立刻蹲在那人身旁，按了一下頸側，又把手貼近鼻子下方，然後他回頭看我們，簡短地說：

「是植田。還活著。」

我望向檯燈後方，那裡有個身穿黑色羽絨衣、圍著灰色圍巾的女生。我看不太清楚，她似乎是坐在椅子上。她用輕鬆的語氣說：

「晚安。我們前陣子見過面了，學長。」

長頭髮，放鬆的四肢，〈解放〉的模特兒，一年二班，植田的女友，此外，還有可能是櫛塚奈奈美的妹妹。那人正是和泉乃乃花。

松倉最先問的問題是：

「應該叫救護車吧？」

植田倒在地上，一動也不動。和泉乃乃花似乎為自己的問候沒有得到回覆而不太高興，稍微聳肩說：

「我只是給他吃了安眠藥。」

「為什麼要這樣做？」

「他會打擾我們談話。」

和泉乃乃花乾脆地說道，然後對瀨野同學露出微笑。

「妳也不需要那些男生吧？我們兩個人談就好了。」

瀨野同學立刻回答：

「我拒絕。這兩人幫了我很多忙，我不想在最後關頭把他們排除在外。再說……」

她瞄了躺在地上的植田一眼，露出厭惡的表情。

「我才不想跟妳單獨相處。」

和泉乃乃花把手按在胸前。

「真過分，我可是一直期待著和學姊見面呢。」

「我不認識植田，但他不是一直在幫妳的忙嗎？妳竟然可以不以為意地讓他倒在那裡。」

「我又有什麼辦法，這裡沒有棉被也沒有床。」

和泉乃乃花牛頭不對馬嘴地回答，然後開心地笑著。

「植植……植田雖然個性溫柔，又很懦弱，但他畢竟是個男生，比我強壯多了，輕輕鬆鬆就能搬來這些桌椅，可是我卻這麼簡單就能讓他睡著，藥物還真好用呢。」

沒有人回答她。我把紙門拉上，以免有人從後面悄悄靠近。和泉乃乃花用一種不符合現場氣氛的開朗語氣說：

「先來自我介紹吧。你們一定都知道我是誰吧？」

「妳是奈奈美的妹妹，沒錯吧？」

聽到瀨野同學這麼說，和泉乃乃花很開心。

「是啊。初次見面，我聽姊姊提過妳，妳就是跟姊姊一起做了最初書籤的學姊吧。可以請教妳的名字嗎？」

瀨野同學猶豫了一下，但還是坦然地回答：

「瀨野。」

「原來是瀨野學姊。請坐。」

和泉乃乃花面前的圓桌的另一側擺著一張小凳子，瀨野同學依言在那裡坐下。

「奈奈美沒有跟妳說過我的名字嗎？」

「沒有，姊姊只說過妳很漂亮。的確……」

在昏暗的光線中，和泉乃乃花瞇起眼睛。

「妳真的很漂亮呢。」

瀨野同學的神情不知為何有些茫然。

「奈奈美說我漂亮……？」

「姊姊確實是這麼說的。雖然姊姊也很漂亮，但還比不上學姊呢。」

講到這裡，和泉乃乃花疊起了腿。

「……其實我並不是第一次見到學姊。以前在姊姊家……在櫛塚家前面，我曾經和妳擦身而過。妳不記得嗎？那一刻可是讓我大受震撼呢。

瀨野同學沒有回答，和泉乃乃花愉快地說：

「岡地學姊的得獎照片掛在走廊時，我有想過，如果學姊在我們學校，或許會注意到我，跑來找我，可是學姊卻沒有來。學姊根本不知道有我這個人吧？」

瀨野同學盤起手臂，像是在防守和泉乃乃花的笑容。

「是啊，不好意思。」

「這也是沒辦法的事，因為學姊當時只注意姊姊一個人嘛。」

在黑暗之中，瀨野同學面無表情。和泉乃乃花凝神注視著瀨野同學。

「不過，妳終究還是來了。真開心。」

一直在觀察植田狀況的松倉突然低聲說道：

「敘舊完畢了嗎？這麼晚來打擾真抱歉，但我們還有要事。」

和泉乃乃花睜大眼睛，彷彿現在才注意到松倉的存在。

「你是……松倉學長吧？我聽植植說過。」

「妳別再叫他植植了。雖然妳知道我的名字，但妳一定不知道我來這裡的原因。我和瀨野是不同路的。」

不悅的表情在和泉乃乃花的臉上一閃而逝。松倉是第五堂課在圖書室裡說出他追查書籤的理由，如果她的資訊來源是植田，那她一定不知道松倉的理由。松倉趁著她閉口不語，又繼續說：

「有個人拿到書籤之後就銷聲匿跡了，就是妳利用華特・惠特曼《草葉集》轉交書籤的女生。她自稱瑪麗小姐。把她的名字和聯絡方式告訴我。」

和泉乃乃花似乎看出事態還在她的掌握之中，又變回那副氣定神閒的態度。

「這得經過她本人同意才行喔。」

「如果妳現在能聯絡上她，那就不用告訴我了，我只是想確認她平安無事。」

和泉乃乃花回答得很冷淡，和她對瀨野同學的態度截然不同。

「我的事先處理，你的事晚點再說。」

松倉才不會被她這幾句話擊退，但他現在確實沒辦法逼對方說出情報，只好暫時讓步。不過他還是沒忘記抓住對方話柄：

「好，我就等妳處理完。」

和泉乃乃花轉向瀨野同學，裝出柔和的表情。

「我知道松倉學長來這裡的理由了，那瀨野學姊來找我又是為什麼呢？」

「……因為有人偷了我和奈奈美的祕密。」

瀨野同學的語氣很鎮定，其中卻蘊含著一股激情。

「書籤的事本來只有我們兩人知道，現在卻散播得到處都是。我想搞清楚這件事是誰做的，怎麼做的，用什麼蠢樣子做的。」

和泉乃乃花的笑意加深了。

「不只是這樣吧？」

「……」

「學姊是想要再見我姊姊一面，才循著書籤找到這裡吧？」

瀨野同學不為所動。

「我有想過奈奈美可能回來了，但我追查書籤不是為了見她。」

她的眼中透出一股狠勁。

「如果散播書籤的是奈奈美，就算要搧她耳光我都會阻止她。這才是我來這裡的理由。」

「為什麼要阻止？」

「我才想問妳，為什麼要做這種事？」

被她這麼一問，和泉乃乃花張開雙手，檯燈把她的影子大大地投射在殘破的牆壁上。

「妳不覺得這是很棒的想法嗎？擁有殺手鐧，一人一張。無論發生什麼事，無論被別人怎麼對待，為了讓自己覺得『你能活著是因為我讓你活下去』，無論我們多麼弱小，我們還是擁有殺手鐧。姊姊也真的因此變得幸福了。」

和泉乃乃花一臉認真地望著瀨野同學。

「我很尊敬學姊，我覺得這是很棒的主意。」

瀨野同學盤起的手臂繃得更緊了。

「妳是說妳要繼承我的做法嗎？」

「是的。」

「還在學校裡種花？我們可沒做過這種事。」

和泉乃乃花像個努力成果得到關注的孩子，露出了笑容。

「只是一點小改革。烏頭書籤既然是弱小的我們的殺手鐧，有烏頭在附近生長，就代表在這個環境裡不會有任何人受到折磨。這就像是『讓世界開滿花朵』的感覺吧。」

她講得很煽情，但瀨野同學像是沒有半點共鳴，又問了另一件事。

「妳發出去多少書籤了？」

和泉乃乃花的表情有些不滿，似乎很失望瀨野同學沒有給她回饋。

「這是祕密。不……是學姊的話就可以說。我發出去十一張了。本來還想做更多的，但是目前只開了這些花。」

「……已經使用的有多少張？」

和泉乃乃花又露出笑容。

「天曉得。應該不只一張吧。」

已經有人死了嗎？已經太遲了嗎？

想到這裡，我又覺得不太可能。和泉乃乃花的語氣很詼諧、很輕鬆，那或許是假的，但她至少還裝得出來。橫瀨送醫急救之後，學校裡人心惶惶，氣氛非常沉重，如果書籤已經鬧出人命，和泉乃乃花的態度絕不可能這麼輕鬆……我只能寄望於這毫無根據的樂觀推測。

瀨野同學緊盯著和泉乃乃花，然後搖搖頭說：

「我們製作書籤是為了我和奈奈美，不是為了其他人。妳不知道到處散發那種東西會有什麼後果嗎？因為妳那些書籤，讓學校陷入了恐慌，還有好幾個人嚇到病倒，妳應該知道吧？」

和泉乃乃花微笑著說：

「果然，學姊，妳還真好啊，不去責怪差點用書籤殺死老師的人，反而為了有人病倒的事來責怪我。」

「我又沒有贊同把書籤用在橫瀨身上的人。」

「妳也沒批評那人啊。學姊，妳知道病倒的那些都是什麼人嗎？」

瀨野同學沉默不語，似乎沒料到她會這樣問。我們也沒有調查過恐慌病倒的學生。和泉乃乃花刻意睜大眼睛說：

「妳沒調查過嗎？真意外。」

「……」

「那我就告訴妳吧。第一個被送到保健室的是二年五班的朝村美海，她是管樂社的副社長，很會討顧問老師的歡心，她說要好好訓練老師不滿意的社員，晨練和放學後不斷叫那些人反覆練習，她的口頭禪是『沒有幹勁就滾蛋』和『不要拉低整體的水準』，可是有人真的想退社她又會阻撓，因為她這種行為，已經有一個人不來上學了。」

和泉乃乃花神情愉悅地繼續說：

「另一個是一年一班的田城瑠緋，她小學時曾經結夥霸凌別人，被欺負的那個人到現在還是閉門不出。怎樣啊，學姊，那些折磨過別人而心虛的人現在都嚇得要死，生怕自己就是下一個受害者，妳不覺得散發書籤很有意義嗎？」

「其他幾個呢？怎麼不說完？」

瀨野同學立刻提出質問。和泉乃乃花有些不知所措，瀨野同學沒有疏忽她這種反應。

「讓我來猜猜看。妳說病倒的人都做了虧心事，但符合假設的只有這兩人，其他人都找不到理由，所以妳舉不出其他例子。我正好也認識兩位病倒的學生，一位是認真的圖書委員長，她是為自己的行為感到害怕。另一位是我班上的同學，她只是個懦弱膽小、有點神經質的普通女生。」

我想起了擠不進保健室的兩位女生，還有東谷同學慘白的臉孔，以及坐在病床上的六位學生。

瀨野同學鬆開手臂，一手按著圓桌。

「妳不覺得自己危害到妳沒有舉出的那些人原本安寧的生活嗎？」

和泉乃乃花沒有回答，瀨野同學繼續說：

「如果妳說這是無可奈何的犧牲……那妳自己才該是下一個被下毒的人。」

二〇七號房吹過一陣冷風。

松倉脫下外套，蓋在文風不動的植田身上。

瀨野同學平靜地、溫和地說道：

「妳剛剛說妳很想見我，我一直不明白這是什麼意思。妳要是真想見我，大可來我的教室，雖然妳不知道我的名字，但妳至少知道我的外表。這不是什麼值得炫耀的事，總之妳要找我簡單得很。所以我不明白，為什麼我們第一次見面會是在這種地方……現在我終於明白了。」

瀨野同學稍微瞇起眼睛，像是在嘲笑她。

「妳說想見我，根本是騙人的。」

「……」

「妳得知了奈奈美和我製作書籤的事，一定覺得自己可以做得更好吧？妳覺得我們太笨，只做了兩張書籤，如果聰明的妳加以改良，一定能達到更大的成就。不過呢，可愛的高一小妹妹，妳既然這麼聰明，想必早就發現了，妳只是個模仿犯、抄襲者、山寨版，妳和我見面就會突顯出這一點，所以妳不可能想要見我的，妳是在說謊。」

和泉乃乃花的眼中浮現陰沉的神色。

「我很喜歡姊姊，我絕對沒有看不起姊姊。」

「所以妳討厭的是我？妳恨我搶走了妳的姊姊？妳覺得只要自己做得更好，奈奈美就會注意到妳嗎？」

和泉乃乃花稍微垂下目光，沉靜地回答：

「……不是的。不是這樣。而且我也沒有說謊。」

她抬起頭來，臉頰有些泛紅。

「我很崇拜學姊。學姊連這點都不知道嗎？」

和泉乃乃花的語氣變得和先前不太一樣。

「我說我想見到學姊是真的，我說做這些事是為了把姊姊和學姊的創舉發揚光大也是真的。可是，我開始懷疑自己不適合當主宰者。」

和泉乃乃花把疊起的腿放下，端正坐姿。

「就像學姊所說，我只不過是模仿犯，學姊才是正牌的，如果由學姊來做這件事，一定能更正確地使用書籤。而且我……應該當主宰者的不是我這種普通人，而是特別的人，像學姊這樣美麗的人。」

說到這裡，和泉乃乃花稍微低下頭。

「如果學姊希望的話，我可以把這一切還給學姊。請妳收下姊妹會吧。」

風發出了笛子般高亢的聲音。

荒廢集合住宅的窗戶都用木板蓋住了，大概是為了防止玻璃破碎造成危險吧。風一吹，木板就不停搖晃，發出令人心慌的喀噠聲。

某處傳來了鳥叫……我聽起來好像是這樣。或者那是某人的哀號聲？鳥似乎不會在三更半夜鳴叫，但我也不確定。在這二〇七號房裡，我連掏出手機都辦不到。

瀨野同學沒有拒絕和泉乃乃花的提議，她稍微垂下眼簾，看著自己擱在桌上的手。我和松倉都沒有開口。檯燈的光線彷彿只照在桌邊的兩人身上。

我感覺好像過了幾分鐘，事實上可能只過了幾十秒吧。瀨野同學終於開口說：

「那妳要怎麼辦？」

我似乎看到和泉乃乃花笑了一下。

「我會從旁協助學姊。」

「我不需要妳幫忙。」

瀨野同學的語氣堅決，但又很平靜。

「妳偷了我和奈奈美的主意。如果妳肯退出，那我就答應。」

我和松倉同時開口。

「喂！」

「瀨野同學！」

瀨野同學看都不看我們，丟出一句：

「別插嘴。」

這次輪到和泉乃乃花低下頭，她咬著拇指指甲，擺出思索的模樣。瀨野同學沒有給她太多時間。

「不用假裝考慮，妳早就有結論了吧？好了，快點，快做出決定吧。」

在瀨野同學的催促下，和泉乃乃花嘆了口氣，出人意料地爽快回答：

「好吧，我退出。」

「我想也是。那就把該做的事處理一下吧。」

兩人各自拿出手機。姊妹會的本體只存在於網上，和泉乃乃花先邀請瀨野同學加入群組，然後自己退出群組，又把成員資料全都寄給瀨野同學，瀨野同學還檢查了和泉乃乃花的手機，確定她真的刪除資料了。不用說，和泉乃乃花很可能還有備份資料，刪除資料只是一種儀式，但這確實是個肅穆的儀式。

完成線上的交接以後，瀨野同學又要求了現實中的交接。

「交出這裡的鑰匙，還有妳的書籤。」

和泉乃乃花默默地從放在榻榻米上的包包裡拿出鑰匙和書籤，放在桌上。瀨野同學看都沒看，再次下令。

「全部。」

和泉乃乃花咬著嘴唇猶豫片刻，又拿出兩張書籤擺在桌上。瀨野同學嚴厲地注視著和泉乃乃花，像是不容許絲毫的謊言，但她看出和泉乃乃花再也拿不出任何東西，就指著背後的紙門說：

「這個地方是屬於我和奈奈美的。出去。」

和泉乃乃花站起來，低頭望著植田，彷彿此時才注意到他。

「植田他……」

一直蹲在植田身邊的松倉連頭也沒抬，直接回答：

「我會照顧他的。」

瀨野同學用公事公辦的態度淡淡地說：

「妳的東西以後再還給妳。這檯燈是妳的吧？」

「是植田的。」

「喔，太好了，如果妳把檯燈帶走我會很困擾的。」

瀨野同學說完之後也站起來，拉開紙門。外面一片漆黑。瀨野同學用比較柔和的語氣說：

「雖然發生了很多事，不過能見到妳真是太好了。」

和泉乃乃花的表情也緩和下來。

「我也是……請學姊去看看妳和我姊姊最初找到花的地方吧。」

和泉乃乃花伸出手來，瀨野同學當然沒有和她握手。和泉乃乃花走過她的身旁，離開了房間。我看到了她的側臉。

她在笑。笑得燦爛又狡詐，彷彿想要大吼：「太順利了！一切都正如我所料！」

我聽見生鏽的鐵門打開又關上。分發者就這麼離開了。

門關上了，沉重的餘音消失。松倉說：

「讓她走掉真的沒關係嗎？」

瀨野同學滿不在乎地回答：

「沒關係。」

「沒關係就好，但我還是要提醒妳一句：那傢伙很害怕。已經有人使用了書籤，她知道再這樣下去遲早會驚動警察，才會把燙手山芋丟給妳。」

「我知道。」

瀨野同學伸了個懶腰，轉轉脖子，她一邊操作手機一邊說：

「……光是講幾句話我就知道了，那傢伙非常膚淺。她偷了我們的殺手鐧，還把需要保密的東西到處散發，事情稍微順利一點，她就得意忘形地在學校種花，還拍下勝利的紀念照，嘴上說著『讓世界開滿花朵』，實際上只是在自我陶醉。她跟奈奈美一點都不像，只是個愚蠢又可悲的高一生。我本來還不知道該怎麼處置，她自己怕得逃走倒是讓我省了不少事，而且她自以為勝過我，以後就不會再來報復我。」

接著瀨野同學把手機轉向松倉。

「哪。瑪麗小姐的聯絡方式。」

「喔。」

松倉像是早就料到，神色自若地盯著螢幕，同時拿出自己的手機輸入號碼，他一邊打字一邊皺著眉頭說：

「總覺得……我好像在哪看過這個號碼。是我多心了嗎？」

松倉的視線離開瀨野同學的手機，開始操作自己的手機，幾秒後他就失聲驚叫：

「這不是北林嗎！」

瑪麗小姐的手機號碼和北林同學一樣。也就是說……

「原來北林同學就是瑪麗小姐？」

「是啊，難怪她不去夜店了，因為她給老師下毒了嘛！」

瑪麗小姐的本尊北林同學不再去夜店的時間點是在橫瀨送醫急救之前，若要釐清前因後果，她並不是因為對橫瀨下毒了所以不再去夜店，而是煩惱到無心去夜店玩才決定下毒。松倉一定也想得到這點。他一邊儲存號碼一邊發牢騷：

「如果瑪麗小姐是北林，就算她不來學校，也能確認她平安無事啦。我要去她家探望，不過得等到天亮以後。」

我有一個簡單的疑問。

「她為什麼自稱瑪麗小姐呢？」

松倉想都不想就回答：

「因為她叫北林洋子吧。」

「洋子？」

「把字拆開來看，羊子代表小綿羊，三點水（SanZui）代表小姐（San）。」

原來如此。

瀨野同學和松倉收起手機。我提議道：

「要不要去和泉同學說的地方看看？就是妳們最初發現花的地方。」

我本來以為瀨野同學會因為那地方只屬於她和櫛塚同學兩個人而拒絕，沒想到她很爽快地回答「好啊」，接著她望向還沒醒來的植田。

「這個人要怎麼辦？」

我和松倉異口同聲地回答：

「讓他睡吧。」

「不用管他。」

瀨野同學注視著我們，評論道：

「真是無情的學長。」

這一夜非常漫長。就算是這麼漫長的冬夜也逐漸發白了。

松倉小心翼翼地走下黑漆漆的樓梯，不滿地說著：

「喂，我突然想到……妳不是說妳和櫛塚奈奈美是在一片空地發現花的嗎？這裡怎麼看都不像空地啊。」

瀨野同學若無其事地回答：

「喔喔，那是騙人的。」

「騙人的，妳……」

「你們問我這個問題時，我還不知道可不可以信任你們嘛。那只是小小的謊話。」

松倉也不知道該不該生氣，最後還是無奈地笑了。

「真是服了妳。這麼隨性的謊話叫人怎麼看得穿啊。」

我也有問題想要問瀨野同學。

「妳也該告訴我們了。」

「什麼事？」

「妳為什麼要找出分發者？總不會是為了搶奪主宰者的地位吧？」

如果瀨野同學有那個意思，她大可繼續拓展姊妹會的規模。一想到最近籠罩學校的恐懼，我實在無法坐視不管。

瀨野同學似乎不太情願，但還是回答：

「這個嘛，和泉乃乃花都已經說了，我也隱瞞不了。我們製作了書籤之後，奈奈美的處境確實好轉了。那個……就是這樣啦。」

我覺得自己再不說就太不誠實了，所以幫瀨野同學補充：

「我看過姓櫛塚的男人的新聞報導，那個人死了。」

瀨野同學頓時瞪大眼睛，然後嘆了一口氣，笑著說：

「真不能小看你呢。」

我們到達一樓，走出屋外。天空似乎亮了一些，都市的夜晚本來就亮得看不見星星，現在更是看不到半顆。

瀨野同學又嘆了一口氣。

「是的，奈奈美的繼父三年前死了，奈奈美的處境也好轉了。慶幸別人死掉有點過份，但他死了確實對奈奈美比較好。」

瀨野同學用一種豁出去的態度繼續說。

「我有想過，奈奈美是不是使用了書籤呢？我並不想為此責備她，我覺得能不使用殺手鐧是最好的，但若真的有必要，那就應該使用。不過，奈奈美說自己沒有用過。她說自己有想過要使用，但她會在使用之前自行了斷。」

「妳相信她說的話嗎？」

「我相信了。我一直這樣相信。如果沒有神……如果沒有神在保祐奈奈美，那她就是碰巧得救，碰巧得到了幸福。」

這話是騙人的。

瀨野同學想必一直懷疑櫛塚同學用書籤殺死了繼父，雖然她一直試著相信，但總是抹不去疑心，這正是她追查分發者的理由。如果那人繼續散播書籤，遲早會鬧出人命，到時警察就會開始調查，如此一來，姊妹會的存在很快就會跟著被揪出來，若是警察開始對三年前的「意外事故」起疑……櫛塚奈奈美的幸福恐怕就要結束了。

為了避免這種情況，瀨野同學一定要阻止書籤繼續散播。一切都是為了再也不會見面的櫛塚奈奈美。

我知道她在說謊，但我不想說破。我只想問她一件事。

「瀨野同學……妳為什麼這麼努力地保護櫛塚同學？」

她只回答了這句話：

「因為她是我的朋友。」

廢墟的角落有一處像是從前的花壇，那裡本來該長滿雜草，如今卻整理得乾乾淨淨，裡面只種了一種植物。烏頭的嫩芽爬滿了整片花壇。

「最初發現時只有一朵花呢。」

我們聽見了瀨野同學的喃喃自語。

天色漸漸亮起來。花季早就過了，烏頭的莖為度過冬天而枯萎，嫩芽彷彿等不及春天而急著冒出頭。

松倉按著我的肩膀。

「走吧，堀川。沒有我們的戲份了。」

接下來是瀨野同學自己的問題。她應該會利用剛剛拿到的名單去回收書籤吧。收到書籤的共有十一人，她一定會去找還沒使用書籤的人，軟硬兼施、無所不用其極地討回書籤，如同她在校舍後面做過的一樣，拿去燒掉。那確實是屬於瀨野同學的故事，不是我們的。

我回答松倉說：

「走吧。」

我們留下了佇立不動的瀨野同學，轉身離開。植田或許會感冒，那也是沒辦法的事。

我們得先打通電話給植田的哥哥報平安。

然後，天亮了。

瀨野同學是如何處置那些毒花的，我們無從得知。

逆思流
書籤與謊言的季節
（原名：栞と噓の季節）
作者／米澤穗信　譯者／HANA
執行長／陳君平　榮譽發行人／黃鎮隆
協理／洪琇菁　國際版權／黃令歡
總編輯／呂尚燁
執行編輯／丁玉霈　美術編輯／方品舒
出版／城邦文化事業股份有限公司　尖端出版
台北市中山區民生東路二段一四一號十樓
電話：（〇二）二五〇〇七六〇〇　傳真：（〇二）二五〇〇二六八三
E-mail：7novels@mail2.spp.com.tw
發行／英屬蓋曼群島商家庭傳媒股份有限公司城邦分公司　尖端出版
台北市中山區民生東路二段一四一號十樓
電話：（〇二）二五〇〇—七六〇〇（代表號）
傳真：（〇二）二五〇〇—一九七九
中彰投以北經銷／楨彥有限公司
電話：（〇二）八九一九—三三六九
傳真：（〇二）八九一四—五五二四
雲嘉經銷／威信圖書有限公司　嘉義公司
電話：（〇五）二三三—三八五二
傳真：（〇五）二三三—三八六三
客服專線：〇八〇〇—〇二八—〇二八
南部經銷／威信圖書有限公司　高雄公司
電話：（〇七）三七三—〇〇七九
傳真：（〇七）三七三—〇〇八七
香港總經銷／城邦（香港）出版集團有限公司
香港灣仔駱克道193號東超商業中心1樓
電話：（八五二）二五〇八—六二三一
傳真：（八五二）二五七八—九三三七
E-mail：hkcite@biznetvigator.com
馬新經銷／城邦（馬新）出版集團　Cite(M)Sdn.Bhd.
E-mail：Cite@cite.com.my
法律顧問／王子文律師　元禾法律事務所
台北市羅斯福路三段三十七號十五樓
二〇二三年十二月一版一刷

郵購注意事項：
1.填妥劃撥單資料：帳號：50003021戶名：英屬蓋曼群島商家庭傳媒(股)公司城邦分公司。2.通信欄內註明訂購書名與冊數。3.劃撥金額低於500元，請加附掛號郵資50元。如劃撥日起 10～14日，仍未收到書時，請洽劃撥組。劃撥專線TEL：(03)312-4212 ・ FAX：(03)322-4621。E-mail：marketing@spp.com.tw

國家圖書館出版品預行編目資料

書籤與謊言的季節 / 米澤穗信作 ; HANA 譯. --1版.
--臺北市：尖端出版, 2023.12
面 ; 公分. --(逆思流)
譯自:栞と嘘の季節
ISBN 978-626-377-492-6(平裝)

861.57　　112018390